Infinite Dendrogram
인피니트 덴드로그램
15. 〈GAME OVER〉

카이도 사콘 지음
타이키 일러스트
천선필 옮김

《코드Ⅱ : 셸터》."

0.5초 뒤, 그녀를 향해 수많은 열선이 꽂혔다.
인체를 쉽사리 구멍이 잔뜩 뚫린
숯덩이로 만들 수 있는 열선의 집중포화.
하지만, ……그것은 닿지 않았다.

"——Don't touch the GAME OVER."

Character

레이
레이 스탈링 / 무쿠도리 레이지

대학 수험을 마치고 초보 플레이어로서 〈Infinite Dendrogram〉에 발을 내딛은 청년.
기본적으로는 순하지만 양보할 수 없는 것을 위해서는
몇 번이든 맞서는 강한 의지를 지니고 있다.

네메시스
네메시스

레이의 엠브리오로 나타난 소녀.
무기 형태로 변할 수 있고, 제1단계에서는 대검으로 변한다.
약간 식탐이 있다.

엘리자베트
엘리자베트 S 알터

알터 왕국의 제2왕녀.
언니를 좋아하는 천진난만한 말괄량이 공주. 특기는 탈주.
약혼자는 황하 제국의 제3황자인 쯔안 롱.

신우
신우

황하 제국에 소속된 〈초급〉, [시해선].
결투와 제3황자를 호위하기 위해 왕국으로 원정 중.
황하 제국 결투 랭킹 2위. 〈SUBM〉 토벌자.

제타
제타

지명수배당한 〈초급〉만의 클랜 〈IF〉의 일원, [도적왕].
드라이프 황국의 의뢰를 받아 '개조인' 군단을 이끌고 왕도를 습격.
전 드라이프 황국 결투 랭킹 1위. 〈SUBM〉 토벌자.

인피니트 덴드로그램

15.〈GAME OVER〉

카이도 사콘 지음 **타이키** 일러스트
천선필 옮김

커버 그림, 본문 일러스트 | **타이키**

Contents

■ '감옥' 카페 〈다이스〉

조용한 카페 안에서 두 사람이 체스판을 사이에 두고 앉아 있었다.

한 사람은 미소를 드리운 흑발 남자, 다른 한 사람은 왠지 나른해 보이는 젊은 여자였다.

"보드게임은 매우 단순하죠. 그렇게 생각하지 않습니까? 가베라 씨."

흑발 남자……, 이 가게와 〈IF(일리걸 프론티어)〉의 오너인 [범죄왕(킹 오브 크라임)] 젝스 뷔펠은 그렇게 말하며 나이트를 움직여서 젊은 여자의 비숍을 따냈다.

"……이런 경기가 단순한 것 같지는 않은데……."

젊은 여자……, 식객이자 〈IF〉의 클랜 멤버인 가베라는 왠지 죽은 듯한 눈으로 규칙만 아는 체스를 플레이하고 있었다.

오늘은 우연히 손님이 오지 않았기에 시간을 보내기 위해 둘이서 체스를 즐기고 있었다.

가베라가 초보 이하의 실력이었기에 핸디캡을 주었는데도 일방적이었다.

"체스는 단순합니다. 왜냐하면 게임판 위에는 두 세력밖에 없고, 쓰러뜨려야 할 킹도 하나씩만 있으니까요."

킹이 아닌 말을 차례대로 따내며 젝스는 계속 말했다.

"현실에서는 세력의 숫자가 불분명하고, 따내야 하는 킹도 하나라는 보장이 없습니다. 그리고 세계라는 게임판 그 자체가 이빨을 드러내는 경우도 있죠. 저도……, 예전에 그런 걸 본 적이 있습니다."

"세계라면……, 지진이나 천재지변 말이야? 아, 파파도 어렸을 적에 천재지변 때문에 힘들었다고 했지……. 일본은 해마다 지진이 일어난다면서?"

현실에서는 일본인과 영국인의 혼혈인 가베라는 일본인인 아버지에게 예전에 들은 적이 있는 이야기를 떠올렸다. 일본에서는 지진과 화재, 아버지(파더)를 두려워한다고 한다.

일본에 살았다면 우리 파파도 무서웠을까, 가베라는 멍하게 그런 생각을 했다.

"천재지변이라……. 그렇군요, 그렇게도 말할 수 있겠네요."

"……마음에 걸리는 말투인데."

마치 그가 예전에 보았던 '이빨을 드러낸 세계'는 그런 게 아니라는 듯한 말투다.

"천재지변이라고 하면 천재지변이죠. 그와 동시에……, 세계라는 게임판의 킹이기도 할 겁니다."

기묘한 말투였다. 지금 하고 있는 체스로 따지자면 게임판 그 자체가 세 번째 플레이어로 참가한 듯한 느낌이었다.

'……그럼 어떤 식으로 말을 두는 거지?', 가베라는 진심으로 그렇게 생각했다.

9

"그러고 보니 제가 본 그것 이야기는……, 아직 〈IF〉 여러분께 한 적이 없었군요. 다음에 공유해드리도록 하죠."

"……어? 혹시 현실이 아니라 이쪽 이야기였어……?"

깜짝 놀라며 그렇게 물어본 가베라에게 젝스가 고개를 끄덕였다.

"네. 제가 예전에 본 그것은 이 세계의 킹……."

그리고 그는…….

"더욱 적합한 표현으로는──, '**끝판왕**'이라고 할 만한 것이죠."

──충격적으로 들리기까지 하는 말을 입 밖으로 꺼냈다.

젝스의 말을 듣고 가베라의 나른하기만 하던 두 눈이 크게 뜨였다. 입도 떡 벌어졌다.

"……저기, 그거 엄청난 정보 아니야? 이 게임에 끝판왕이 있었어……? 진짜로……? 〈SUBM〉 같은 레이드 보스가 아니라……?"

"네. '끝판왕'이라고 해도 문제가 없을 겁니다. [천룡왕(친구)]의 정보에 따르면 원래 이 세계(게임)의 전신이었던 게임(세계)의 끝판왕이었다는 모양인데요. 지금의 끝판왕은 이곳의 레드킹을 비롯한 관리자겠고요."

이 세계에서 가장 오랫동안 살아온 몬스터에게 얻은 정보를 말한 다음, 젝스는 숨을 돌리려는 듯이 테이블에 놓아두었던 커피를 마셨다.

"……덴드로에 전작이 있었나? 그리고, 친구……? 아니……,

아까부터 엄청난 이야기를 아무렇지도 않게 하는 거 아니야? 오너. ……나, ……비밀을 알았다든가 그런 이유로 데스 페널티를 받기는(없어지기는) 싫은데…….”

“괜찮습니다. 관리 AI는 〈마스터〉에게 돌이킬 수 없는 짓은 못 하거든요. 심리적인 충격은 별개지만요.”

“?”

“사이좋게 지내던 티안이 무참하게 죽는 것 등을 말하는 겁니다.”

“……아. 잔혹한 묘사를 받아들이기 힘든 사람도 있으니까…….
그런데 오너. 어디서 그런 끝판왕하고 마주쳤던 거야? 어떤 〈신조 던전〉 같은 곳? ……아! 알겠어! 오너는 왕국 출신이니까 〈묘표 미궁〉이겠네!”

“아깝네요. 왕도이긴 하지만 던전 안은 아닙니다.”

“어? 그게 무슨 소리야?”

던전 안이 아니라면 그냥 거리라는 뜻이다. ‘어째서 그런 곳에서 끝판왕하고 만나는 거지?’, 가베라는 그렇게 생각하며 물음표를 잔뜩 띄웠다.

그런 가베라에게 젝스가 미소를 지으며 이렇게 말했다.

“제가 만난 끝판왕은 사람 형태를 취한 채 사람으로 살아가고 있던데요.”

“…………흐에?”

사람 형태를 한 슬라임의 충격적인 발언에 가베라는 말문을 잃고 굳어버렸다.

가베라를 약간 재미있다는 듯이 바라보며 젝스는 최근에 들어온 보고를 떠올렸다.

(그러고 보니 황국의 의뢰로 제타 씨가 왕도를 습격하는 게 오늘이었던가요.)

〈IF〉의 핵심 멤버라 할 수 있는 제타와 라 크리마가 착수한 개조인을 이용한 왕도 습격.

황국의 목적은 습격을 가해 어떤 존재를 끌어내고, 가능하다면 처치하는 거라고 한다.

찾고 있는 것은……, 자신이 예전에 본 것이리라고 젝스는 추측했다.

(오늘 이 이야기를 한 건 그 사실이 기억 한구석에 있었기 때문일까요…….)

젝스는 사고를 거듭하며 문득 생각했다.

아마 나중에 황국도 젝스가 알고 있는 정보를 알게 될 테고, 세계는 다시 크게 움직일 것이다.

예전에……, 젝스가 슈우에게 **피할 수 없는 싸움**을 걸었던 그 전쟁 때와 마찬가지로.

(자칫하면 그것이 본격적으로 움직이기 시작하게 되려나요. 지금은 관여하지 않고 있지만, 아직 아무것도 하지 않았는데 끝나버리면(게임 오버) 곤란한데요.)

젝스가 창밖을 보자 그곳에는 '감옥'의 풍경이 있었다.

거짓 하늘과 거짓 지평선. 레드킹이 만들어낸 공간 고정의 벽에 둘러싸인 거짓된 세계.

젝스는 거짓된 세계를 바라보며 조용히 중얼거렸다.

"슬슬——, 때가 된 거겠죠."

그의 시선은 '감옥'이 아니라……, 공간의 벽 너머에 있는 세계를 보고 있는 것 같았다.

□ ■ 왕도 알테어 시가지

국경 지대에서 개최된 강화 회의가 결렬되었을 무렵, 왕도는 갑작스럽게 습격해 온 이상한 형체……, 벌과 인간을 합쳐놓은 듯한 벌 인간[아피스 이데아]으로 인해 매우 혼란스러운 상황이었다.

벌 인간은 독창으로 사람들을 찔러 죽이고, 자신이 죽을 때는 자폭해서 주위에 있는 것들을 휩쓸어버리는 살인 생물 병기 같은 존재였다. 거리에 있던 경비병과 머무르고 있던 〈마스터〉들도 주민들을 대피시키며 계속 맞서 싸웠지만 벌 인간은 단독으로도 아룡 클래스보다 강한 스테이터스를 발휘하는 강적.

왕국의 티안은 근위기사단 정도가 아니면 혼자서 상대하기 힘들었으며, 실제로 경비병들도 한 파티가 한 마리를 상대하기도 벅찬 느낌이었다.

게다가 단독으로 상대할 수 있는 〈마스터〉도 힘겨운 상황이었다.

히포그리프를 탄 [질풍기병(게일 라이더)] 〈마스터〉……, '바빌로니아 전투단'의 멤버인 랑그가 옆에 있는 사람에게 말했다.

"라이저 씨! 이 녀석들, 꽤 강한 데다 자폭까지 해! 근접 전투는 힘들다고!"

『다른 멤버들에게도 전달. 총기와 화살, 마법을 주로 사용하며 전투를 속행. 원거리 공격수단이 없는 자들은 클랜에 비축된 [젬]을 사용해도 상관없다!』

"라져!"

그의 옆에서 드라이프에서 유출된 물건인 바이크를 모는 사람은 결투 랭킹 6위이자 〈바빌로니아 전투단〉의 오너 대행……, [질풍기병] 마스크드 라이저.

그는 클랜 멤버에게 통신 마법 기기로 그렇게 말하며 바이크 위에서 벌 인간을 향해 라이플을 겨누고 발포했다.

(……후소에게 치료를 받길 잘했군.)

저번에 크로노 크라운과 싸웠을 때 입은 대미지는 츠쿠요의 회복 마법으로 완쾌되었다. 그 덕분에 이번 습격 때도 〈엠브리오〉가 없다는 걸 제외하면 문제없이 싸우고 있다.

손상된 〈엠브리오〉도 황국에서 유출된 마력식 바이크를 대신 쓰고 있다. 하지만.

(전력이 부족해.)

현재 왕도에 이번 습격에 대처할 수 있는 〈마스터〉는 그렇게 많지 않다.

결투 랭커는 그제 기습을 당해 거의 모두가 데스 페널티 기간 중이다.

클랜 쪽도 1위인 〈월세회〉와 2위인 〈데스 피리어드〉는 강화 회의에 참가한 상태.

3위인 〈K&R〉도 주요 전력인 두 초급 직업이 빠진 상황이며, 다른 랭킹 클랜도 대부분 〈월세회〉나 〈K&R〉이 본거지를 두고 있다는 이유로 왕도가 아닌 다른 도시에 자리 잡고 있다.

결과적으로 대처할 수 있는 클랜은 〈K&R〉의 나머지 전력과 〈바빌로니아 전투단〉을 비롯한 소수의 클랜밖에 없다.

(토벌 랭커는……, 부재자도 많지만, 애초에 시가지에서 벌이는 전투에 적합한 사람이 별로 없지.)

1위인 [파괴왕(킹 오브 디스트로이)] 슈우 스탈링이 그런 것처럼, 토벌 랭커는 대량의 몬스터 토벌에 적합한 강한 화력을 지닌 사람이 많다.

그렇기 때문에 왕도에 있다고 하더라도 시가지에서 힘을 발휘할 수 있는지는 다른 문제였다.

"크윽! 역시 힘든데요! 라이저 씨! 이래선 이쪽만 금은 비차각행을 떼고 두는 거나 마찬가지라고요!"

랑그도 비슷한 생각을 한 건지 약한 소리를 했지만, 라이저는 자신의 불안한 마음을 집어삼키며 오너 대행으로서 말했다.

『그래도 계마와 향차, 그리고 보는 남아있다. 우리의 오기를 보여주자고.』

"……네!"

그 말에 랑그는 다시 마음을 다잡은 듯했다.

『나는 동쪽으로 가겠다. 랑그는 B반과 합류해서 서쪽을 가줘.』

"라져!"

바이크를 타고 1분 정도 나아가자 라이저의 앞에 길을 가로막은 바리케이드가 나타났다.

공공회관에서 대피해 온 주민들을 받아들이고 있는 듯한데, 그 사람들을 지키기 위해 설치해둔 것이었다.

바리케이드 주위에는 왕도의 경비병 장비를 장착한 사람들이 돌아다니고 있었다.

"귀공은……, 마스크드 라이저!"

라이저가 다가가자 바리케이드를 쌓고 있던 경비병이 말을 걸었다. 그 특징적인 가면과 더불어 오랫동안 활동한 결투 랭커인 라이저는 티안들 사이에도 널리 알려져 있었다.

『주변 상황은?』

라이저는 바이크에서 내려 경비병에게 물었다.

"제1파와 제2파는 쓰러뜨렸지만, 피해가 발생했다. ……제3파가 올지도 몰라."

『여기를 노린다고?』

"그래. 여기뿐만 아니라 사람이 많은 곳을 우선적으로 노리는 것 같더군."

벌 인간은 이성을 잃고 사람들을 습격하는 것처럼 보이지만, 실제로는 효율적으로 움직이고 있다.

보다 많은 사람들을 공격한다는, 단 하나의 효율.

그것만을 생각하며 사람들을 습격하고, 죽어도 자폭하며 주위를 휩쓸어버린다.

"그리고 통신으로 들은 다른 곳의 정보에 따르면 그 벌 인간은 꼼수까지 써서……."

"보고드립니다! 국교 교회 피난소에 벌 인간이 출현! 피난민들을 자폭으로 휘말리게 했다고……!"

"젠장……!"

공공회관을 지키던 경비대장이 후방에서 들어온 보고를 듣고 욕설을 내뱉었다. 그런 보고가 처음이 아니었기 때문이다.

벌 인간은 이미 나타난 자들뿐만이 아니라 사람 모습에서 단숨에 벌 인간으로 변하는 자도 있다.

특히 대피하는 사람인 것처럼 속여서 사람들이 밀집되어 있는 피난소 안으로 들어간 다음, 정체를 드러내고 자폭하는 것이다.

많은 사람들을 습격했을 때의 효율은……, 무시무시할 정도로 좋았다.

(도망쳐 온 피난민을 받아들이지 않을 수는 없지만, 식별도 까다롭지. ……골치 아픈데.)

《간파》로도 벌 인간의 정체를 알아낼 수는 없다. 이름, 그리고 스테이터스에 걸맞지 않게 낮은 직업 레벨만 알아볼 수 있을 뿐. 몬스터와는 다르게 머리 위에 이름이 뜨지도 않는다. 아무리 이상한 형태라고 해도 인간이라는 증거이며, 그렇기 때문에 정체를 드러내기 전까지는 알아볼 수가 없다.

"애초에 저 녀석들은 대체 뭐야! 레전더리아의 어떤 부족인가?!"

경비대장의 말을 듣고 라이저는 생각에 잠겼다.

(몬스터가 아니라면 상식적으로 생각해 볼 만한 가능성은 그거겠지만……, 아닐 거야.)

연구자 계통 직업을 취득한 〈바빌로니아 전투단〉 멤버의 이야기에 따르면 벌 인간들은 변모한 뒤의 종족이 전부 '마충'이었다.

하지만 보통은 그럴 수가 없다. 벌레와 비슷한 종족이라 하더라도 인간 범주 생물(티안)이라면 '인간'으로 표시되어야 한다.

인간을 언데드로 만드는 [대사령(리치)]이나 악귀로 만드는 [귀무사(오우거 사무라이)]처럼 직업에 의한 후천적인 종족 변화일 가능성도 있지만, 《간파》로 확인했을 때 그런 직업을 가지고 있진 않았다.

(직업이라고 해도, 변신 능력이나 레벨에 맞지 않는 스테이터스를 설명할 수가 없어……, 아니, 설마.)

그가 떠올린 다른 가능성은 〈엠브리오〉나 〈UBM〉으로 인해 인간이 변모한 게 아닌가 하는 것.

하지만 〈UBM〉이라면 이렇게까지 계획적으로 테러를 자행할 가능성은 낮다. 라이저가 알고 있는 한, 기데온에서 암약한 〈외룡왕〉이라 불리는 개체 정도밖에 없다.

(그렇다면 〈마스터〉일 텐데……, 아무리 그래도 이런 짓을 한다고……?)

라이저는 그 사실을 인정하고 싶지 않았다. 그렇다는 건……, 티안을 인간 병기로 만든 〈마스터〉가 있다는 뜻이기 때문이다.

라이저의 입장은 세계파였고, 그렇기 때문에 생각하고 싶지 않은 일이었다.

『……어찌 됐든, 피난소를 공격하는 걸 막아야겠지.』

상대가 변해버린 티안이라 해도 무고한 사람들의 목숨을 빼앗으려 한다면 쓰러뜨릴 수밖에 없다. ……결의와 각오는 이미 되어 있다.

지금 필요한 것은 피난민과 벌 인간을 구분하는 수단. 하지만 〈바빌로니아 전투단〉의 현 멤버 중에는 이 문제를 해결할 수 있을 만한 〈엠브리오〉를 지닌 사람이 없다.

이대로 계속 밀리기만 할 수밖에 없나, 하고 생각했을 때.

"저, 저기……!"

피난소 앞 바리케이드에 있던 라이저 일행에게 말을 건 소녀가 있었다.

『응? 넌…….』

라이저는 그 소녀를 본 적이 있었다.

레이 일행의 지인으로서 지금까지 몇 번 만난 적이 있다.

"〈데스 피리어드〉의 카스미……예요."

그 소녀의 이름은 카스미. 〈데스 피리어드〉 소속이긴 하지만 현실 쪽 사정 때문에 어제 로그인하지 못했고, 강화 회의에 동행하지 않았던 멤버 중 한 명이다.

옆에는 같은 이유로 강화 회의에 참가하지 못했던 이오와 후지농도 함께 있었다.

『그래, 기억하고 있다. 너희는 이쪽에 남아있었구나.』

"네, 네……! 저기, 전해드리고 싶은 게, 있어서……!"

『전하고 싶은 것?』

라이저가 묻자 카스미는 고개를 끄덕이며 들고 있던 판……, 카스미의 〈엠브리오〉인 태극도를 보였다.

"제 태극도는……, 〈엠브리오〉의 장소와 도달 형태를 알 수 있어요……!"

예전에는 〈마스터〉의 위치와 도달 형태만 알 수 있었던 태극도는 상급인 TYPE : 엔젤 암즈로 진화한 뒤에 〈마스터〉와는 별개로 〈엠브리오〉의 위치까지 임의로 띄울 수 있게 되었다.

그리고 그녀가 무슨 말을 하려는 건지 라이저도 짐작했다.

"저 벌 인간으로부터는 전부……, 'Ⅶ', 〈초급 엠브리오〉의 반응이 나오고 있어요……!"

그것은 벌 인간의 몸속에 파묻혀 있는……, 어떤 〈초급 엠브리오〉의 분체의 반응.

태극도는 그것을 하나하나 탐지해내고 있었다.

『〈초급〉……, 아니, 그건 됐고! 인간 모습인 상대도 알아볼 수 있다는 건가!』

"네……!"

좋은 소식이었다. 현재 피해를 가장 크게 확대시키고 있는 것은 피난민인 척하면서 피난소에 들어오는 벌 인간들이다. 그것만 막는다면 피해를 줄일 수 있다.

『그 위치를 알려줄 수 있나?』

"네……! 표식을 남길게요……! 그러니까 그 사실을……, 전해주세요!"

카스미는 그렇게 말한 다음 태극도를 들여다보며 표면을 손가락으로 쓰다듬었다.

그녀의 손가락이 'Ⅶ'이라고 떠 있는 수많은 글자들을 한붓그리기 같은 방식으로 지나쳤다.

"태극도……, 《마킹》!!"

그리고 카스미가 선언한 직후, 주위의 경치에 약간의 변화가 생겨났다.

피난소로 향하던 사람들 중, 한 남자 머리 위에——, 마치 지도 어플에서 본 것 같은 역삼각형이 뜬 것이다.

그것은 식별 표시. 티안 사람들 사이에 숨어 있던 적에게 남긴 **알림표**였다.

"……저 사람이에요!"

"오케이!"

곧바로 이오와 후지농이 움직이기 시작했다. 상급 직업, [흑토술사(랜드맨서)]가 된 후지농의 지속성 마법이 알림표가 달린 남자를 구속했다.

『BUBUBU……』

구속을 당하자마자 알림표가 달린 남자가 벌 인간으로 모습을 바꾸었다.

하지만 그 직후, 머리 위에서 날아든 거대한 도끼——, 이오의 〈엠브리오〉인 오륜이 구속 상태인 벌 인간을 두 동강 냈다.

사망과 동시에 폭발이 일어났지만 주위에 사람들이 없었기에 피해는 발생하지 않았다.

그것은 이오도 마찬가지. 거대한 오륜 덕분에 이오에게도 폭풍은 거의 닿지 않았고, 오륜 자체도 멀쩡했다.

"아, 알림표가……, 대체 뭐지……?"

갑자기 바뀐 상황에 경비병들이 술렁대는 와중에 라이저는 상황이 호전되었다는 사실을 알게 되었다.

카스미의 스킬은 전투에 직접 기여하는 스킬이 아니지만, 그것을 통해……, 피난소에 자폭 공격을 하려는 자들을 알아낼 수 있게 되었다.

『……이건 도시 안에 있는 모든 벌 인간에게 알림표가 붙었다고 생각해도 되는 건가?』

"네, 네! 왕도 내부는 태극도가 전부 커버하고 있어, 요. ……하지만 왕성 안에 있던 'Ⅶ' 다섯 개는 너무 빨라서 터치하지 못했네요……."

『왕성…….』

벌 인간은 강하지만 너무 빠르지는 않다.

(그렇다면 왕성 안에 있는 'Ⅶ'은 벌 인간과는 다른 종류라는 뜻인가? 아니면……, 〈초급〉인가? 아니, 지금 해야 할 일은……!)

의문이 끊임없이 생겨났지만, 자신이 해야 할 일이 생각났기에 통신 마법 기기를 들었다.

『〈바빌로니아 전투단〉 전원에게 전달한다. 머리 위에 알림표가 뜬 티안은 벌 인간이다. 검문과 구속을 실시하고, 정체를 드러낼 경우 무력화시켜라!』

왕도에 흩어져 있던 〈바빌로니아 전투단〉과 통신을 연결하여 필요한 정보를 연락했다.

라이저 옆에서는 경비병들도 비슷한 연락을 도시 전체에 하고 있는 것 같았다.

『고맙다. 네 덕분에 상황이 훨씬 좋아졌다. ……?』

라이저가 카스미에게 고맙다는 인사를 했지만, 정작 카스미는 그 말을 듣고 있지 않았다.

그녀는……, 태극도를 보면서 고개를 갸웃거리고 있었다.

『……왜 그러는 거지?』

카스미는 '이, 이걸……'이라고 말하면서 떨리는 손가락으로 태극도의 한 점을 가리켰다.

라이저와 이오, 후지농도 그것을 들여다보았다.

그것은 왕도 남쪽 큰길에 있는 세이브 포인트이기도 한 분수 광장.

그곳에——, 대량의 'Ⅶ'이 모여들어 있었다.

숫자가 너무 많이 겹쳐서 정확한 수치는 알 수 없지만, 아마도 100마리는 훨씬 넘을 것이다.

한곳에 나타난 숫자로 따지면 분명히 지금까지 나타난 것들 중 최대.

"조, 좀 전까지는……, 없었는데……."

『………….』

원래부터 있었다면 좀 전에 알림표를 띄운 시점에서 눈치챘을 것이다.

그렇다면 정말로 방금, 갑작스럽게 나타난 것이다.

숨어있던 자들이, 숨겨져 있던 자들이 나타난 곳이라고 한다면……,

『설마 이곳이 벌 인간의 **원천**인가…….』

이대로 가다간 벌 인간의 습격이 계속 이어질 테고, 언젠가는 당해내지 못하게 되어버릴 것이다.

라이저는 결단을 내리고 동료들에게 연결되어 있던 통신기를 들었다.

『〈바빌로니아 전투단〉 전원에게 전달한다. 왕도 남쪽 분수 근처에 벌 인간의 원흉으로 보이는 무언가가 출현했다. 바로 갈 수 있는 자들은 집합해서 대처할 것. 나도 간다!』

전달을 마친 라이저가 다시 바이크를 타고 목적지로 향했다.

카스미 일행 역시, 서로 마주 보고 고개를 끄덕이더니 탈 짐승인 [랜드 윙]을 타고 남쪽 분수로 달려갔다.

몇 분 정도 후, 라이저 일행은 북쪽 거리를 지나 남쪽 분수에 도착했다.

다른 〈바빌로니아 전투단〉 멤버들의 모습은 아직 보이지 않지만, 이동 중에 미리 정한 대로라면 다른 방향으로 돌아가서 포위하고 있을 것이다.

『이건…….』

분수 광장의 광경은 매우 기괴했다.

100마리가 넘는 벌 인간들이 마치 훈련받은 군대처럼 정렬해 있었기 때문이다.

『어머어머. 어머어머어머어머. 오호호호호.』

정렬한 벌 인간들 너머에서 웃음소리가 메아리쳤다. 사람의 목소리와 벌레의 날개소리를 합쳐놓은 것 같은, 불쾌한 감정을 부추기는 것 같은 목소리였다.

『1등으로 도착한 걸 축하해요! 당신들이 이 왕도의 인간들 중에서 처음으로……, 저를 알현하는 명예를 얻었습니다. 기쁜 일이죠. 매우 기쁜 일이에요!』

벌 인간의 울음소리와는 달리 웅얼거리긴 하지만 사람의 말로 의미가 통하는 소리.

그 목소리의 주인은 정렬한 벌 인간들의 가운데……, 분수 가장자리에 우아하게 앉아 있었다.

아니, 앉아 있다고 하기는 힘들지도 모르겠다.

목소리의 주인은……, 몸이 매우 뒤틀려 있었다. 풍만한 여자와 벌을 여러 마리 합쳐놓은 것 같은 지극히 삐뚤어진 몸은 어디가 허리인지도 알아볼 수가 없었다.

벌의 특징인 배조차 몸 여러 군데에 튀어나와 있어서, 그것과 비교하면 벌 인간조차 징그럽다고 할 수 없을 정도였다.

『너는……, 누구냐!』

『누구! 누구냐고, 아름다운 제게 묻는 건가요?! 어머나! 어찌 이리 무지몽매할 수가!』

날개소리처럼 웅얼거리긴 했지만, 질문을 불쾌하게 여겼다는 사실은 알 수 있었다.

『그래도, 용서하도록 하죠. 이곳은 왕국. 요정향이 아니기에 신비가 희미한 땅. 그러니 저를 모르는 것도 어쩔 수 없는 일. 용서하도록 하죠. 알 수 없는 탓에 무지한 것은 죄가 아니니까요.』

『요정향……이라고?』

라이저는 그 말을 그냥 넘기지 않았다. 요정향이라는 말이 가리키는 나라는 한 군데밖에 없다.

『그래요. 제 이름은 에 테른 파레! 한때 레전더리아에서 [충장군(버그 제너럴)]으로서 군부의 일익을 맡고 있던 자. 그리고 몽매한 여왕과 그녀를 감싸는 자들로 인해 나라에서 쫓겨나 반역자라 불리게 된 자!』

에 테른 파레라고 자기소개를 한 인물은 자신이 마충의 장군 직업인 [충장군]이라고 했다.

하지만 더욱 중요한 정보는 그 뒤에 이어진 이야기 안에 있었다.

『그리고 지금은! 제 올바름과 아름다움을 인정해주는 새로운 병사를, [아피스 이데아]를 내려주신 라 크리마 님과! 그분께서 소속되어 계신 〈IF〉를 따르는 자!』

『〈IF〉……!』

〈초급〉으로 구성된 범죄자 클랜인 〈IF〉라는 이름은 라이저도 알고 있다.

이 사건 뒤에서 누가 암약하고 있었는지, 그 답 중 일부가 그 발언에 있었다.

『그리고……, 아, 그리고……!』

에 테른 파레는 더욱 도취한 듯이 말을 이어나가며.

『지금의 제 이름은 [레지나(여왕)]!! [레지나 아피스 이데아(여왕벌 개조인)]! 벌의 여왕이자 요정향의 진정한 여왕!』

뽐내듯이 개조된 자신의 이름을 대고는.

『저는 이 싸움을 통해 더욱 힘을 길러 조국 레전더리아를 몽매한 여왕과 잘못된 생각으로부터 해방시킬 거랍니다! 제가 사랑하는 고국이 더 이상 잘못을 범하지 않게끔……!』

큰 목소리로 자신의 소원을 읊고는.

『그러기 위해서어! 우선 당신들을 제물로 바치도록 하죠!』

부하 벌 인간──, [아피스 이데아]를 라이저 일행에게 보냈다.

라이저 일행에게 덤벼든 것은 정렬해 있던 [아피스 이데아] 중에서도 앞줄에 있던 10마리. 두 배 이상의 숫자로 공격하면서도 주위를 경계하고, 파레……, [레지나 아피스 이데아]를 호위하는데 중점을 둔 배분이었다.

모든 [아피스 이데아]는 [충장군]의 두 가지 스킬의 영향을 받고 있었다.

스테이터스 100퍼센트 강화 효과를 주는 스킬 레벨 EX의 《마충 강화》.

그리고 최종 오의, 《이븐 어 웜 윌 번(한 치의 벌레에도 닷 푼의 길동무)》이다.

그것은 초급 직업의 최종 오의 중에서도 몇 안 되는, 자신 이외의 대상에게 대가를 치르게 하는 스킬.

파티의 마충이 사망했을 때 스테이터스의 합계에 비례하는 대폭발을 일으키는 스킬이다.

아룡 클래스 이상의 스테이터스를 지닌 [아피스 이데아] 전부가 그 대상이라면 섬멸력은 차원이 다르고……, 실제로 이 왕도에서도 많은 〈마스터〉들이 길동무가 되었다.

그리고 지금, 그 무시무시한 힘이 라이저 일행에게 다가서고 있었다.

『윽!』

원래 라이저나 그보다 더 상위에 있는 결투 랭커라면 덤벼드는 [아피스 이데아]를 해치우는 것도 그리 어렵지 않았을지 모른다.

하지만 지금 그의 〈엠브리오〉는 파손된 상태이고, 그런 상태로 아룡을 뛰어넘는 전력을 지닌 [아피스 이데아]를 상대하기에는 화력이 부족했다.

『거리를 벌려라! 속도를 죽인다!』

하지만 전혀 방법이 없는 건 아니었다. 많은 양을 지니고 있는 건 아니었지만, 그도 상급 직업 오의에 해당되는 공격 마법 [젬]을 가지고 있었다.

그가 아이템 박스에서 꺼낸 것은 흰색 [젬].

그것을 달려드는 [아피스 이데아] 10마리의 한가운데를 향해 투척했다.

곧바로, [젬]을 중심으로 한 구체형 공간이 하얗게 물들었다.

『BUBU……, BU…….』

[아피스 이데아] 10마리는 온몸이 얼어붙은 채 움직임이 둔해졌다.

라이저가 투척한 것은 빙속성 마법이 특기인 [백빙술사(페일맨서)]의 오의, 《화이트 필드》가 담겨 있던 [젬]이었다. 화력으로는 《크림슨 스피어》보다 뒤처지지만, 주위 일대의 열에너지를 빼앗아서 [동결]시키는 마법.

아룡 클래스 이상인 스테이터스를 지니고 있다 하더라도 인간 크기인 데다 마충이기 때문에 저온에 대한 내성이 약한 [아피스 이데아]의 발을 묶어두기에는 적합했다.

"라이저 씨! 엎드려요!"

즉시 오륜을 옆구리에 낀 채 나선 이오가 그걸 자이언트 스윙을 하듯 휘둘렀다.

공격력에 특화된 초중량 무기의 일격이 [동결]된 [아피스 이데아]를 양단, 분쇄했다.

부서진 [아피스 이데아]는 거리에 있던 개체들처럼 숨이 끊어짐과 동시에 자폭.

"어?"

――하지 않았다.

부서진 채 하반신만, 상반신만 움직여서……, 라이저 일행에게 기어온 것이다.

『후퇴!』

라이저가 지시를 내리자 이오 일행도 조각난 채 다가오는 [아피스 이데아]에게서 거리를 벌렸다. 카스미는 도망치면서 소환수인 [벌룬 골렘]으로, 후지농은 지속성 마법으로 바리케이드를 만들어 벽으로 삼았다.

그리고 조각난 [아피스 이데아]는 그 벽에 가로막힌 뒤 십몇 초가 지나서야, 일제히 대폭발을 일으켰다.

마치 『십몇 초 늦게 죽었다』라는 것처럼.

『이건, 설마……!』

그 광경을 보고, 그 현상을 보고……, 역전의 〈마스터〉인 라이저는 떠올렸다.

그런 현상을 일으키는 어떤 직업의 존재를.

『──[사병(데스 솔저)인가!』

여왕을 곁에서 모시고 있는 [아피스 이데아]……, 통칭 '친위대'는 다른 벌 인간과 두 가지가 달랐다.

첫 번째는 변신 능력을 제거한 대신 기초 스테이터스가 두 배라는 점.

그리고 두 번째는……, 전부 [사병]을 취득했다는 점.

수백 년 전의 전쟁 때 쓰였던 자폭 전술용 직업. 죽은 뒤에도 움직이는 스킬,《라스트 커맨드》를 위한 직업.

그런 직업을 가지고 있으면《간파》에 걸리기에 사람으로 변장할 수가 없다.

하지만 변신 능력이 제거되어 사람으로 변장할 필요가 없는 '친위대'라면 이 직업을 가지고 있더라도 아무런 문제도 없다.

이것이 바로 몬스터는 가질 수가 없는 [아피스 이데아]의 가장 큰 장점.

사람이 소체이기 때문에 [사병]……, 직업을 지닌 상태로 운용할 수 있다. 지금은 시험 단계라 [사병]밖에 눈에 띄는 직업이 없지만, 앞으로 개량해서 빌드를 계속 짜나갈 것이다.

그리고 [사병]만으로도 충분하고도 남을 정도로 그들은 무시무시하다. 박살 나든, 죽든,《라스트 커맨드》의 효과가 끝날 때까지 '친위대'는 적에게 다가간다.

덧붙여 말하자면 머리……, 사고 부위와 떨어지게 된 몸을 움직일 수 없다는 단점을 보완하기 위해 '친위대'의 뇌수는 몸 곳곳에 **분산 배치**되어 있다.

당연히 인간 같은 사고는 불가능하고, 지능도 벌레 정도로 저하되었지만……, [충장군]인 [레지나]의 스킬로 움직이는 말이라면 문제가 없는 것이다. 윤리를 무시한다면 [아피스 이데아]는 [레지나]의 뛰어난 병사라고 할 수 있다.

『어머, 10마리로는 부족했나? 생각했던 것보다 실력이 좋네. 칭찬해드리죠.』

눈앞에서 예전에 인간이었던 10명을 소모품처럼 소비한 [레지나]는 딱히 신경 쓰지도 않는 듯이 그렇게 말하고는, [주얼]로 [아피스 이데아]를 다시 추가했다. [아피스 이데아]가 소모되는 것을 아무렇지도 않게……, 그야말로 벌레처럼 생각하는 것 같았다.

『……악당 자식!!』

라이저가 욕설을 내뱉었다.

[아피스 이데아]는 왕도를 지키기 위해 쓰러뜨려야만 하는 적이지만, 그것이 무엇인지 이해하면 구역질이 나올 수밖에 없다. 그들은 피해자이기도 하니까.

하지만 그런 라이저의 말을 들은 [레지나]는 따지고 들었다.

『악당? 그건 내가 아닌데. 레전더리아야말로 악의 길로 접어들었으니까. 나는 그것을 바로잡기 위해서 싸우고 있으니 악당이 될 수 없어.』

『레전더리아가 어쨌다는 거냐!』

진짜로 화가 난 그녀의 말을 듣고 다른 나라가 무슨 상관이냐며 라이저가 거친 목소리로 응수했다.

설령 그녀의 말대로 레전더리아가 악이라고 하더라도 거기에 반항하는 그녀가 악당이 아니라는 보장은 없다. 적대시하는 양쪽이 다 악이라는 건 충분히 있을 수 있는 이야기다.

『나의 모국은 미쳐버렸어! 톱니바퀴가 어긋나고, 잘못된 생각이 만연했어!』

하지만 그런 전제조차 눈치채지 못한 듯이 [레지나]는 이야기를 이어나갔다.

『그래서 나는 반역자라 불리게 되었고, 쿠데타를 일으켜서라도 그 잘못을 바로잡아야만 했어! 라 크리마 님께 충성을 맹세한 지금도 그 마음은 마찬가지야!』

레전더리아 내부에서 정치적인 암투가 벌어지고 있다는 이야기는 라이저도 소문으로 들은 적이 있다.

그 부정을 바로잡으려고 하는 것이 이 [레지나]의 동기겠지.

하지만 그렇다고 해도 용납할 수 있을 만한 일은 아니다.

『그래! 거역해야만 했다고! 나는! 나라 전체가 미쳐서 잘못된 방향으로 나아가고 있었으니까!』

[레지나]는 마치 라이저 일행이 없는 것처럼, 자신의 안쪽만을 바라보는 것처럼, 날개소리가 뒤섞인 목소리로 계속 외쳐댔다.

『그래! 레전더리아는 잘못 되었어. 왜냐하면…….』

그리고…….

『왜냐하면──, 아름다운 나를 제쳐두고, [요정 여왕]을 떠받들고 있으니까!』

　그녀의 동기의 핵심을……, 세계에서 그녀만이 정당한 동기라고 생각하는 말을 꺼냈다.

　라이저도, 카스미도, 이오도, 후지농도……, 그곳에 있던 [레지나] 말고는 아무도 그녀가 한 말을 이해하지 못했다.

　잘못 들었나 하는 생각도 들었지만, 틀리지 않았다.

　[레지나]는 확실하게 선언한 것이다.

　──'[요정 여왕(티타니아)]을 자신보다 더 떠받들기 때문에 반역을 일으켰다'라고.

　라이저 일행도, 다른 많은 사람들도 그 동기와 인과관계를 이해할 수 없었다.

　『이상하잖아?! 그렇게 추한 존재를 아름답다고, 귀엽다고, 우상이라고 떠받들다니, 광기야! 나라 전체가 미쳐버린 게 분명해!』

　『………….』

　[요정 여왕]의 사진은 〈Infinite Dendrogram〉 안에서도 다른 나라까지 돌아다니고 있고, 현실에서는 인터넷에서 잔뜩 볼 수 있다.

　라이저는 그 사진을 떠올리며 '그럼 나도 미친 건가'라고 생각했다. 그 정도로 [요정 여왕]의 외모는 빼어났다.

　적어도 지금 맞서고 있는 뒤틀린 벌의 괴물……, [레지나]와는 비교도 되지 않을 정도로.

　『내가 내 아름다움을 주장했는데도 레전더리아 녀석들은 아무도 들어주지 않았어! 그게 광기가 아니면 대체 뭐라는 건데?!』

"하, 하지만……, 그 아름다움도……, 그런 모습이 되어선 이제……."

카스미가 조심조심 말을 꺼냈다. 다른 [아피스 이데아]와 마찬가지로, 태극도는 [레지나]에게서도 'Ⅶ'이라는 반응을 느끼고 있었다. 그녀 또한 인간이 개조된 존재라는 뜻이다.

『무슨 소릴 하는 거야?』

[레지나]는 고개를 살짝 갸웃거리고는.

『이 모습은 **아무것도 변한 게 없는데**?』

이번에도 카스미 일행이 이해할 수 없는 말을 꺼냈다.

『내게 힘과 새로운 병사를 내려주신 그분께 부탁드렸거든. '태어날 때부터 지니고 있었던 제 아름다운 모습은 그대로 유지하게 해주세요'라고! 그분께서는 '그러면 강화 개조가 약해지는데 괜찮으시겠습니까'라고 물어보셨지만, 물론이지! 내 아름다움 이상으로 가치가 있는 건 이 세상에 하나도 없으니까!』

그것이 무엇보다 올바르다고, [레지나]는 딱 잘라 말했다.

『…………』

가치의 기준은 개인마다 다르다. 무엇을 더 높게 평가할지는 그 사람에게 달렸다.

그런 의미에서는 [레지나]의 생각도 잘못되었다고 딱 잘라 말할 수는 없다.

『나를 잘못되었다고 말하는 게 잘못된 거야! 그래서 지금도 잘못을 바로잡고 있지.』

하지만 그녀의 가장 큰 잘못은, 대다수와는 너무나도 다른 가치관을 지닌 그녀 자신이 누구보다 다른 자들의 가치관을 허용하지 못했던 것.

『내 모습을 인정하지 못하는 자들은 잘못의 근원이니 죽이겠어요. 광기에 사로잡힌 레전더리아를, 세계를 바로잡겠어! 내가 바로 아름다움이자 정의라고오!』

미쳤다. 게다가 그녀는 자기 말고 다른 모든 것이 미쳤다는 생각을 결코 의심하지 않는다. 카스미는 《진위 판정》이 전혀 반응을 보이지 않는다는 사실에 등골이 오싹해졌다.

정말로 그녀의 가치관에서는 그녀가 세계의 누구보다 더 아름답고, 떠받들어야 하는 존재인 것이다.

그녀는 그것을 인정하지 못한다면 세계조차 멸망시키겠다는 의지를 품고 있었다.

개조로 얻은 힘이 아니라, [아피스 이데아] 같은 병사가 아니라, 그녀가 아름답다고 믿는 징그러운 외모조차 아니라……, 그녀의 마음이야말로 괴물이었다.

『……그러냐.』

자신의 가치관을 위해 다른 이들의 전부를 유린하려는 것.

그것을……, '악'이라고 하지 않으면 뭐라고 할까.

『──〈바빌로니아 전투단〉, 공격 개시!』

그 사실을 이해했기에, 라이저는 통신으로 지시를 내렸다.

곧바로 분수 광장을 포위하고 있던 〈바빌로니아 전투단〉 멤버들이 [레지나]를 향해 뛰쳐나왔다. 라이저 일행이 [레지나]의 주의를 끄는 동안, 다른 멤버들은 기습을 위해 자리를 잡고 있었던 것이다.

모두 합쳐 열두 명의 〈마스터〉가 사방에서 [레지나]를 공격했다.

상급 직업의 오의와 〈엠브리오〉의 필살 스킬로 날려대는 집중포화.

아무리 인체 개조가 된 초급 직업이라고 하더라도 맞으면 멀쩡하지 못할 것이다.

게다가 [레지나]는 강화가 약하게 되었다는 사실을 스스로 밝혔다.

[아피스 이데아]가 그녀의 명령에 따라 움직였지만, 역전의 〈마스터〉들은 피하거나 필살 스킬의 돌파력으로 뚫었다.

그리고 여러 〈마스터〉의 비장의 수가 [레지나]에게 직격했다!

──그 직후, **도시 전체에서 폭음이 울렸다.**

그것은 거리뿐만이 아니라 정렬해 있던 [아피스 이데아] 몇 마리에게서도 들렸다.

공격을 날렸던 〈마스터〉들도 폭풍에 휘말려 일부가 데스 페널티를 받았다.

『아, 깜짝 놀랐네. **100마리나 터져버렸어.**』

그런 〈마스터〉들과는 대조적으로 [레지나]는──, **멀쩡했다.**

마치 자신이 입어야 할 상처를 어딘가로 보내버린 것처럼.

『이건……, 설마……!』

라이저는 무슨 일이 일어난 건지 짐작했다. ……짐작해 버렸다.

『《라이프 링크》인가……!!』

『약간 다르긴 하지만, 비슷한 거지.』

[레지나]가 사용한 스킬의 이름은 《콜로니 포 원》.

[충장군]의 패시브 스킬이며, 자신의 대미지를 효과 범위 안에 있는 부하 마충들에게 대신 입게 하는 스킬. 《라이프 링크》보다 범위가 훨씬 넓고 숫자도 많다.

효과 범위 안에 [아피스 이데아]가 있는 한, [레지나]에게 대미지를 입힐 수는 없다.

그리고 대미지가 왕도에 분산 배치된 [아피스 이데아]에게 넘어간다는 것은 곧.

"그렇다면……, 설마……."

"저 녀석을 공격하면 **도시 전체에서 대폭발이 일어난다**는 뜻이야?!"

──[레지나]에게 가한 공격이 대참사의 방아쇠가 된다는 뜻이다.

『호호호, 자, 어떻게 할 거야? 나는 이대로 싸워주더라도 상관이 없는데? 아무도 내 아름다움을 해칠 수는 없으니까!』

[레지나]는 웃으며 [아피스 이데아]를 보충했다. 보충된 [아피스 이데아]가 라이저 일행과 〈바빌로니아 전투단〉의 〈마스터〉들에게 독창을 겨누었다.

자기 자신은 다치지 않고, 왕도를 인질로 삼아 군단을 내보낸다.

라이저에게 있어서……, 예전의 그 대마룡에 버금가는 큰 위협이 그곳에 있었다.

□ 2044년 9월 모일

  그날, 〈바빌로니아 전투단〉은 크레밀 근처의 고원에서 〈UBM〉을 토벌하고 있었다.

  〈바빌로니아 전투단〉의 종합 전력은 강했고, 지금까지 〈UBM〉을 여러 마리 토벌해왔다. MVP 중 대부분은 오너이자 왕국의 결투 3위이기도 한 폴테스라나 클랜의 기둥 샤르카가 얻었다.

  하지만 그날 상대한 전설급, [분진룡 발칸]은 상황이 달랐다.

  돌연변이로 탄생한 날아다니는 **지룡**이자, 몸속에 모아둔 에너지를 통해 로켓처럼 초음속으로 날아오르는 존재. 지룡 특유의 견고한 외피로 먹잇감을 향해 돌격하는 〈UBM〉.

  생태계와 주민들의 생활에 생기는 문제를 두고 볼 수 없어 크레밀에 본거지를 둔 〈바빌로니아 전투단〉이 토벌하러 나섰지만……, 난항이었다.

  상대가 공중을 자유자재로 날아다니는 지룡이었기 때문이다. 최대 전력인 폴테스라와 샤르카의 공격은 닿지 않았고, 위력을 중시한 스킬을 지닌 자들은 맞추지 못했고, 반대로 명중률을 중시한 스킬은 견고한 외각에 제대로 대미지를 입힐 수가 없었다.

  항상 상성 차이가 따라붙는 것이 〈Infinite Dendrogram〉의 전투다. 〈바빌로니아 전투단〉도 [발칸]을 당해내지는 못하는 것처럼 보였다.

하지만 단 한 명, [발칸]에게 대처할 수 있는 〈마스터〉가 있었다.

그의 이름은 마스크드 라이저.

그의 〈엠브리오〉인 헬모즈는 아직 제5형태였지만, 스킬을 통해 짧은 시간이나마 초음속으로 날아올라 강력한 일격을 날릴 수 있었다.

그렇기에 〈바빌로니아 전투단〉은 그를 중심으로 토벌 작전을 짰다. 결과적으로는 성공이었다.

다른 멤버들이 맞지 않는데도 필살 스킬을 날려 [발칸]의 움직임을 유도했고, 마지막에는 샤르카가 있는 힘껏 라이저의 일격을 강화해주었다. 결국 발칸은 땅에 떨어졌다. 그 기회를 놓치지 않고 샤르카의 라흐무로 구속한 뒤, 다시 하늘로 날아오르지 못하게끔 총공격을 가하자 토벌은 끝났다.

토벌을 마쳤을 때, MVP로 선택된 건 라이저.

라이저 본인은 당황했지만 다른 멤버들은 폴테스라와 샤르카를 비롯한 모두가 납득했다.

하지만 라이저의 당황은 거기서 끝나지 않았다.

왜냐하면 그가 처음 획득한 MVP 특전은 무구가 아니라……, **생산 소재**였기 때문이다.

『……이걸 어쩌라는 거지.』

라이저는 〈바빌로니아 전투단〉의 본거지에 있는 담화실에서 가면 너머로 곤란한 표정을 지으며 큰 탁자 위에 있는 것을 바라보고 있었다.

큰 탁자 위에는 [분진룡 압축 유해 발칸]이라는 이름이 붙은 아이템이 자리 잡고 있었다.

성인 남자보다 조금 큰 그것은 라이저가 MVP를 따낸 [분진룡 발칸]의 조각상 같지만, 분명히 MVP 특전이며 특전 소재였다.

소환사 계통이라면 〈UBM〉의 열화판 몬스터를 소환하는 매체, 사령술사 계통이라면 언데드로 써먹을 때 필요한 유해나 골격이 나오는 경우가 있다.

그리고 생산직 등이 어떤 수단을 통해 MVP가 된 경우에도 소재가 나오는 경우가 많다.

다시 말해 MVP가 그것을 살릴 수 있는 생산직이나 소환사, 사령술사 계통이라면 소재가 나오기도 한다는 것이다.

하지만 이번 MVP인 라이저는 순수 전투형이었고, 빌드나 〈엠브리오〉에도 생산 요소가 없어서 [압축 유해]를 가공할 수단이 없었다.

그에게는 첫 특전이지만 이래선 썩혀두기만 할 뿐이다.

"무슨 일이야? 라이저."

『오너…….』

그때, 고민하던 그에게 오너인 폴테스라가 말을 걸었다.

"아, 그건 어제 얻은 특전인가? 아직 가공은 부탁 안 한 거야?"

『네. ……가공을 부탁해요?』

"응? 몰랐나?"

낯선 말을 듣고 되묻은 라이저에게 폴테스라가 말했다.

"소재 계열 특전은 가공을 다른 사람에게 위탁할 수 있어. 완성품을 쓸 수 있는 건 MVP뿐이지만."

『그런 구조였나요?』

"그래. 순수 전투형 MVP 특전으로 소재가 나오는 건 가공을 맡길 수 있는 사람이 근처에 있을 때뿐이야. 나도 예전에 약의 원료로 쓸 수 있는 특전이 생겨서 부인에게 가공해달라고 했거든. 너도 짐작 가는 사람이 있지 않아?"

라이저는 기술자 중 누군가를 떠올렸다.

『알겠습니다. 바로 부탁하러 가보죠.』

"그래. 완성되면 보여줘."

성채도시 크레밀은 수백 년 전의 방어 거점에서 발전된 도시였기에 지금도 무구 생산에 관여하는 기술자가 많았고, 생산직 티안의 숫자로는 왕국에서 손꼽히는 곳이었다.

라이저가 [압축 유해]를 가지고 찾아간 곳은 그 크레밀에서도 손꼽히는 실력을 지닌 방어구 장인의 공방이었다. 라이저가 열려 있던 문으로 들어가자 안에서 기술자 여러 명이 바쁘게 움직이고 있었다.

『실례합니다. 조라 씨 계신가요?』

"그래, 있지. 라이저 꼬맹이. 오늘은 무슨 일이야? 마스크는 무사한 것 같은데."

안에 있던 노년에 접어든 남자……, [고위갑주장인(하이 아머 마이스터)] 조라가 갑옷의 일부로 보이는 금속 장갑을 닦으며 라이저에게 대답했다.

조라는 이 공방의 주인이며 제자인 기술자들과 함께 〈마스터〉와 티안의 의뢰를 받아 많은 방어구를 만든 인물이다.

라이저와 조라의 교류는 그가 이 크레밀에 온 지 얼마 안 되었을 무렵……, 2년 이상 전부터 이어져왔다. 그가 지금도 착용하고 있는 가면……, 특촬 히어로와 비슷한 금속제 히어로 마스크 제작을 의뢰했던 게 조라였던 것이다.

초기 〈Infinite Dendrogram〉에서 〈마스터〉의 생산은 기존에 있는 것을 만드는 것이었다. 완전히 새로운 장비를 만들려면 뛰어난 생산직의 독창성이나 기술 혁신을 기다려야만 했다.

그것은 어레인지도 마찬가지였고, 기존의 풀페이스 헬름 디자인을 바꾸려 해도 겉모양을 크게 변화시키면서 기존 같은 성능을 발휘하기 위해서는 숙련된 기술이 필요했다.

'특촬 히어로 마스크와 비슷하게 생긴 금속제 풀페이스 헬름'이라는 라이저의 주문도 서비스 개시 직후의 〈마스터〉들에게는 무거운 짐이었고, 결과적으로 라이저는 티안 장인에게 의뢰하는 선택을 내렸다.

하지만 거기에도 문제는 존재했다.

생각해보니 처음에는 무리한 주문을 했다며 라이저는 기억을 더듬었다.

(특촬물의 개념 자체가 없는데 '히어로 마스크를 만들어 달라'고 부탁했으니까.)

애초에 티안에게 히어로란 [용사(히어로)]밖에 없다.

그 때문에 처음에는 의견 차이가 있었지만, 나중에는 서로 이해하며 함께 나아갔다. 라이저가 직접 그린 어설픈 그림을 토대로 몇 번이나 시행착오를 반복하며 지금 그가 쓰고 있는 마스크를 만들어낸 것이다.

거기서 끝은 아니었다. 디자인은 그대로 유지하면서도 라이저의 레벨이 올라가면 소재에 업데이트가 필요했기 때문이다. 이내, 마스크는 [레시피]로도 남겨두어 파손되어도 다시 만들 수 있게 되었다.

그런 교류 속에서 라이저와 조라는 사적으로도 친구가 되었고, 때로는 조라의 가족이나 제자들과 함께 식사를 하는 관계가 되었다.

라이저에게는 가장 믿을 수 있는 장인. 그라면 가공을 맡길 수 있을 거라 생각했다.

『실은 부탁하고 싶은 게…….』

라이저는 그렇게 사정을 이야기하며 [압축 유해]를 소재로 사용한 장비의 생산을 발주했다.

"으음……."

하지만 조라의 반응이 탐탁지 않았다.

라이저가 꺼낸 [압축 유해]를 보고 뭔가 고민하며 주저하는 것 같았다.

"그건……, 내가 안 만드는 게 낫지 않을까?"

『어째서죠?』

"그야……, 내가 소재에 걸맞지 않으니까."

조라는 그렇게 말하며 [압축 유해]의 머리 부분에 손을 올려놓았다.

"〈UBM〉의 특전 소재. 소문으로 듣긴 했는데 본 건 처음이야. 물론 써본 적도 없지. 그런 내가 다뤄도 될 것 같진 않군."

『하지만.』

"그리고……, 나는 초급 직업(슈페리얼 잡)이 아니야."

조라는 고민의 이유를 토해냈다.

"레벨도 중간에 멈춰버렸고, 재능도 어설픈 기술자다. 이런 내게 세계에서 하나뿐인 소재를 맡기는 것보다는 초급 직업인 장인이나 대장장이에 특화된 〈엠브리오〉를 지닌 〈마스터〉를 찾는 게 라이저 꼬맹이에게는 더 도움이 될 거다."

〈마스터〉와는 달리 티안에게는 사람마다 각자 재능 레벨의 한계가 있다.

자신이 역부족이라는 사실을 알고 있던 조라는 그런 이유로 거절하려 했다.

기술자의 실력이 부족하면 희귀하기 짝이 없는 특전 소재를 낭비할 뿐이라는 것을 알고 있었기 때문이다.

『…………。』

하지만 그와 동시에 세계에 하나뿐인 소재로 장비를 만들고 싶다는……, 기술자로서의 소원도 그 눈 안에 드러나 있었다.

조라의 말을 듣고, 그의 눈을 본 라이저는…….

『상관없습니다. 조라 씨께서 만들어주세요.』

부탁을 번복하지 않기로 했다.

"그러니까 나는 역부족이라고……."

『이 마스크를.』

라이저는 자신의 마스크를 손가락으로 가리키며 계속 말했다.

『이 마스크를 만들어주신 건 조라 씨입니다. 저쪽에서 사고를 당해 배우로서의 꿈을 포기한 제가, 이 세계에서 히어로인 저로 있을 수 있는 건 조라 씨께서 마스크를 만들어주신 덕분이죠.』

히어로 마스크를 만들자고 맨 처음 생각한 건 긍정적인 이유가 아니었다.

잃은 꿈, 닿지 않게 된 가능성, 그런 것들의 여운이었을 뿐.

하지만 조라가 만든 마스크를 쓴 뒤, 그는 약간 변했다.

예전에 자신이 품었던 꿈을 형태로 나타낸 마스크는 그에게 눈부신 물건이었다.

그렇게 마스크를 쓰고 나서야 눈치챈 것이다.

지금 그에게는 인간을 초월한 스테이터스가 있다. 자신과 함께 달려주는 〈엠브리오〉가 있다.

그리고 히어로로서의 **얼굴**이 있다.

여운이 아니다. 그는……, 지금 자신이 히어로가 될 수 있다는 사실을 깨달았다.

라이저는 형태를 갖춘 꿈에, 이룰 수 있게 된 예전의 꿈에 부끄럽지 않은 자신이 되자고 결심했다.

그렇게 그는 마스크를 쓰고, 조라와 제자들에게 수제 히어로 슈트까지 제작을 부탁해서……, 히어로로서 계속 내달렸다.

사람들을 지키기 위해 몬스터와 강도들과 싸우고, 사건을 막기 위해 순찰을 했다.

 〈마스터〉로부터, 티안으로부터, 이상한 녀석이라는 말을 들었다.

 재미있어하며 가끔 순찰을 함께 돌아주기 시작한 비슈마르나 그의 소문을 듣고 스카웃하러 온 폴테스라와 친구가 되었다.

 그렇게 활동을 계속하던 와중에……, 그는 '히어로'라 불리게 되었다.

 [용사]가 아니라 그 같은 히어로도 있다. 크레밀 사람들은 그 사실을 알게 되었다.

 그는 마스크를 얻음으로써 잃었던 꿈의 여운이 아니라 마스크드 라이저로서 달려왔다. 그렇기 때문에…….

 『이 마스크와 함께 몸에 두를 장비는……, 조라 씨에게 부탁드리고 싶습니다.』

 "꼬맹이…….."

 라이저는 망설이지 않고 조라에게 제작을 의뢰했다.

 "……어쩔 수 없지! 질이 안 좋아도 불평하지 마라!"

 그의 진지한 부탁을 들은 조라는 잠시 고민하고 생각하다가, 그것을 받아들였다.

 "좋았어! 이렇게 된 이상 철저하게 만들어주지! 야, 너희들! 도안을 만들자! 지금 받아둔 일이 끝나면 공방 모두가 이쪽에 집중한다!"

 ""예! 어르신!""

조라가 호령하자 그의 제자들도 미소를 지으며 대답했다.

그들도 마찬가지로 특전 소재를 사용해서 방어구를 만들고 싶다는 생각이 있었던 것이다.

"아무튼 디자인부터. 히어로라면 우선 그게 중요하잖아."

『아뇨, 조라 씨가 만들기 편하게…….』

"바보 같은 소리. 너만의 장비를 만드는 거라고. 히어로답지 않으면 어쩔 건데!"

라이저의 가슴을 슬쩍 찔러대며 조라가 웃었다.

"뭐, 아직 우리도 히어로다운 게 뭔지 완전히 파악하지 못했을지도 모르겠다만! 공방에서 디자인을 내놓을 테니 라이저 꼬맹이가 마음에 드는 걸 골라라!"

『알겠습니다. ……기대하겠습니다!』

"당연하지!"

그렇게 조라의 공방은 [발칸]을 사용한 장비 제작에 들어갔다.

조라는 한 달 정도의 시간을 들여 [분진룡 압축 유해]를 장비로 가공했다.

장비의 이름은 [발칸 에어]. [분진룡]이 지니고 있던 특성을 이끌어 내면서도 라이저의 〈엠브리오〉인 헬모즈와 동시에 사용하는 것까지 고려한 설계였다.

무엇보다 그것은 그야말로 히어로다운 디자인이었다.

모든 면에서 라이저가 걸치기에 어울리는 장비였지만, 한 가지……, 문제가 있었다.

"미안하다……, 실패했어."

그 장비를 만든 조라와 제자들이 분하다는 듯이 고개를 숙일 만한 단점이 존재했다.

장비 스킬란에 적혀 있는 스킬에 《파손 내성》이 있던 것이다.

특전 무구라면 원래 가지고 있을 자동 수복 기능. 부서지더라도 시간이 지나면 수복되고, 소유자 곁으로 돌아오는 그 기능이 이 갑옷에는 제대로 달려 있지 않았다.

《파손 내성》으로 인해 장비가 좀처럼 부서지지 않는다고 적혀 있긴 하지만, 반대로 말하자면 **파괴되기도 하고, 손상되기도 한다**는 뜻이다.

그 문구가 적혀 있는 시점에서 오히려 이 장비의 내구도 한계가 보였다.

보기에 따라서는 그 한 가지 때문에 특전 무구보다 훨씬 못 미친다고 할 수 있다.

"제일 실수해선 안 되는 부분에서 내가 실수해버린 모양이다……."

더욱 실력이 좋은 장인이었다면 특전 무구와 동등한 수복 능력을……, 잃지 않게 되는 능력을 남길 수 있었을지도 모른다며 조라는 안타까워했다.

하지만 장비를 받아든 라이저의 반응은 조라가 보여준 것과는 달랐다.

『아뇨, 이거면 됩니다.』

"뭐라고……?"

『언젠가 부서질 것이기에 소중한 것도 있죠.』

영원히 계속 존재하는 게 아니다. 부서질지도 모른다, 잃게 될지도 모른다.

그렇기 때문에⋯⋯, 무엇과도 바꿀 수 없는 것이기도 하다.

예전에 잃어버린 꿈처럼, 그 장비는 라이저에게 눈부신 것이었다.

"꼬맹이⋯⋯, 그 갑옷이라도 괜찮다고?"

『네. 이 갑옷⋯⋯, 슈트는 소중하게 여기겠습니다.』

라이저가 망설임 없이 그렇게 대답하자 조라는 뜸을 들인 후 웃었다.

"⋯⋯하하하! 그러냐. 클라이언트가 마음에 들었다면 나도 좋지. 좋아, 그럼 장비가 완성된 기념으로 뒷풀이를 해야지! 마시러 가자! 돈은 내가 낸다!"

조라가 걱정거리가 사라졌다는 듯이 라이저의 어깨를 끌어안고, 제자들이 환호성을 질렀다.

"우리 꼬맹이들하고 마누라도 같이 가도 되나?"

『물론이죠!』

그들은 함께 웃으며 조라의 가족까지 불러 저녁놀이 지는 크레밀 거리를 걸어갔다.

이야기를 나누면서, 일을 하나 마친 걸 칭찬하며.

그것은 평온한⋯⋯, 하지만 눈부신 일상의 광경.

그 광경 속에 있던 사람들은.

지금은 라이저 말고 아무도 남아있지 않다.

그 한 달 뒤에……, [삼극룡 글로리아]라는 왕국 최대의 재앙이 덮쳐왔기 때문이다.

그를 히어로라고 불러준 크레밀 사람들도 전부……, 빛 속으로 사라져버렸다.

◇

그는 꿈을 잃었다.

그는 소중한 사람들을 잃었다.

하지만 지금도 아직……, 남아있는 게 있다.

그것은——.

◇ ◆ ◇

□ ■왕도 알테어 분수 광장

『호호호, 왜 그러시나? 갑자기 움직임이 느려진 것 같은데?』

왕도에서 [레지나 아피스 이데아]와 벌인 전투 상황은 최악에 가까웠다.

자신의 대미지를 부하에게 넘기는 [레지나]. 대미지를 짊어진 [아피스 이데아]는 왕도 어딘가에서 죽어 대폭발을 일으킨다.

게다가 라이저 일행과 맞서 싸우고 있던 '친위대'도 위험했다.

[사병] 직업을 가진 '친위대'는 죽어서 폭발할 때까지 시간적 여유가 있다.

말 그대로 라이저 일행에게 돌격하는 것도……, 또는 도시의 건물을 들이받으며 자폭 테러를 감행하는 것도 가능하다는 뜻이다.

왕도 전체를 인질로 잡은 거나 마찬가지다. [레지나]를 함부로 공격할 수도 없었기에 라이저와 카스미 일행, 그리고 〈바빌로니아 전투단〉 멤버들은 수세에 몰리게 되었다.

그런 와중에 라이저는 상황을 타파할 활로를 계속 찾고 있었다.

(상태이상이라면……, 어떨까?)

자신이 사용한 [젬]처럼 대미지가 아니라 상태이상으로 막아두는 방법도 있다.

하지만 아마도 [레지나]의 움직임을 막는 것만으로는 의미가 없을 것이다. [레지나]가 [동결]이나 [석화]로 인해 움직이지 못하더라도 [아피스 이데아]는 자유롭게 움직일 수 있고, 죽을 때 자폭까지 한다.

오히려 [레지나]를 막자마자 지금까지보다 더 거센 공세를 가해 왕도를 공격할지도 모른다. 아예 공격해서 쓰러뜨리지 못하는 이상, 그것을 막을 방법은 없다.

([매료]라면 그것도 막을 수 있겠지만……, [매료] 사용자는 좀처럼 없지.)

라이저가 알고 있는 [매료] 사용자는 단 두 명. 토벌 2위인 캐서린 콩고와 〈데스 피리어드〉의 루크뿐이다.

하지만 캐서린 콩고는 요즘 모습을 보이지 않는 상태고, 루크는 강화 회의에 참가했다.

(대미지를 입히지 않고 치사 상태에 몰아넣을 수 있는 [죽음의 저주 선고] 같은 종류는……, [젬]으로 유통되는 것이 왕국의 법으로 금지되어 있는 이상, 가지고 있는 사람은 없을 테고.)

쓸 수 있는 방법은 한정적이고, 그 한정적인 방법도 쓸 수가 없다. 다 틀렸다는 게 바로 이런 상황일 것이다.

"라, 라이저 씨."

그런 와중에 태극도를 들고 있던 카스미가 라이저에게 다가와 작은 목소리로 말을 걸었다.

"사, 상대방의 폭발에 대해서 눈치챈 게 있어요."

카스미는 태극도를 손가락으로 가리키며 원을 그리듯 움직였다.

"좀 전 공격으로 폭발한 건 이곳에서 반경 약 3킬로미터 이내에 있는 벌 인간뿐, 이에요……! 도시의 북쪽에 있는 벌 인간은 거의 폭발하지 않았어요……!"

『……!』

보아하니 [아피스 이데아]의 분포에 분명히 치우친 부분이 있었다.

조금 전, 자폭 테러를 막기 전에 보았을 때는 도시 전체에 흩어져 있던 [아피스 이데아]가 지금은 남쪽 분수 광장을 중심으로 한 범위(정확히는 새로 [아피스 이데아]를 불러낸 분수 주변을 제외한 도너츠 모양의 범위)에만 배치에 빈틈이 생겨나 있었다.

이 범위……, [레지나]의 반경 약 3킬로미터가 대미지를 전가하는 《콜로니 포 원》의 유효 범위라는 뜻이다.

넓은 범위이긴 하지만 결국 유한하다. 그 사실을 알아낸 것만으로도 다행이었다.

"그녀를 왕도에서 멀리 보내면 왕도의 피해를 막을 수 있을 거예요……! 하지만……."

『……고맙다.』

"그건 힘들……, 네?"

카스미의 말을 가로막으며 라이저가 고맙다는 인사를 했다.

그녀가 무슨 말을 하고 싶은지는 알고 있었다.

수많은 [아피스 이데아]를 뚫고 [레지나]의 몸을 왕도 바깥으로 옮기는 것.

[레지나]를 옮기는 도중에 [아피스 이데아]에게 파괴 지시를 내리지 못하게 하는 것.

양쪽 다 힘들기 짝이 없는 일이지만……, 카스미의 정보를 들은 라이저에겐 희망이 보였다.

그리고 라이저는 알고 있다.

이 조건에서, 이 상황에서, 이 문제를——, 해결할 수 있는 방법은 이미 있다.

왕도를 구해낼 비장의 수는 그의 손안에 있다.

그렇다면 이제……, 결단을 내리는 것뿐.

『……조라 씨.』

55

라이저는 품속에서 작은 입방체를……, 귀중품용 아이템 박스를 꺼냈다.

그 안에 들어있는 것은 그에게 무엇과도 바꿀 수 없을 정도로 소중한 물건.

지금은 없는 사람들과의 추억의 물건. 수많은 싸움을 거쳐……, 이제는 한계를 맞이한 장비.

그렇다고 해도──.

『마지막 한 번, 쓰도록 하겠습니다.』

그렇다고 해도──, 라이저는 쓰기로 결심했다.

『이번에야말로……, 지키기 위해서.』

그리고 아이템 박스를 쥐면서 그는 일부러 소리 내어──, 그 이름을 말했다.

『《순간 장착》──, [발칸 에어].』

그 직후 그의 장비가 완전히 변했다.

특촬 히어로 슈트 같은 갑옷──, [발칸 에어].

예전에 [분진룡]에게 달려 있던 추진기관과 비슷한 파츠를 몸 곳곳에 장비하여, 특촬 히어로가 파워업한 듯한 형태.

하지만 그 장비는 너덜너덜했다. 장갑에 금이 가지 않은 부분은 없었고, 떨어져 나간 부위도 많았다.

수없이 많이 넘어온 사선의 증거가 거기에 새겨져 있었다.

"라, 라이저 씨!"

"라이저, 너……, 그 장비는……!"

랑그 같은 〈바빌로니아 전투단〉 멤버들이 소리쳤다. [발칸 에어]가 라이저에게 얼마나 소중한 것인지를 그들은 알고 있었다.

하지만 말릴 수는 없었다. 쓰면 확실하게 부서질 그것을 라이저가 몸에 두른 이유를……, 각오를……, 함께 오랫동안 지낸 그들은 깨달았기 때문이다.

『그건 뭐야? 꾀죄죄한 장비네. 아름답지 않아.』

그리고 [레지나]는 너덜너덜한 히어로 슈트를 걸친 라이저를 비웃었다.

『그렇게 추한 모습으로 아름다운 내게 맞서려는 당신은 대체 누구지?』

그 물음에……, 라이저가 대답했다.

『나는, 라이저. 마스크드……, 라이저.』

그는 이름을 대답하고.

『소중한 사람들에게——, 히어로라 불렸던 남자다.』

자신에게 가장 소중한——, 자신의 증명을 입에 담았다.

『[용사(히어로)]? 오호호호호. 《간파》해봤는데, 당신은 초급 직업조차 아니야. 사칭도 정도가 있지, 어찌 됐든 그건 패배자의 이름이라고!』

[레지나]는 [용사]가 [역병왕(킹 오브 플래이그)]에게 살해당했다는 사실을 지적하며 웃어댔다.

라이저에게도 패배자라는 말을 듣고 드는 생각이 있었다.

한때 강대한 적에게 손도 써보지 못하고 패배하고, 지켜야 할 자들을 지키지 못했던 순간.

한때 결투의 벽을 넘어서지 못하고 후발주자들에게 패배해서 순위가 떨어졌던 순간.

한때 기데온의 운명을 건 싸움 도중에 퇴장해서 다른 자에게 떠넘겨버렸던 순간.

그리고, 왕국의 미래가 걸린 곳으로 가기 전에 패배해서 친구와 〈엠브리오〉가 부서져버렸던 순간.

자신의 무력함을 느끼고 패배한 건 라이저가 몇 번이나 겪은 일이다.

그럼에도 불구하고 그는 자신의 존재 방식을 일그러뜨리려 하지 않았다.

『당신 따위가 아름다운 나와 그분의 군단을 넘어설 수 있다는 거야?』

비웃음이 섞인 물음에도 라이저는 동요하지 않고, 겁내지 않고, 해야 할 말을 했다.

『적이 아무리 많이 있더라도.』

라이저는 천천히 두 다리를 벌리고.

『이 몸이 초급 직업이 아니더라도.』

허리의 중심을 낮추고.

『아무리 많은 패배를 겪더라도.』

두 손을 움직이고.

『그런 이유로 물러날 수는……, 없다.』

자세를 취했다.

『나는――, **그들의 히어로니까!**』

외치는 모습은……, 용감한 히어로 그 자체였다.

그는 꿈을 잃었다.
그는 소중한 사람들을 잃었다.
하지만 지금도 아직……, 남아있는 게 있다.
그것은── 바로 그 자신(히어로).
강대한 악으로부터 약자를 지키는──, 그라는 정의의 사자(히어로)가 아직 남아있다.

『그래, 어리석은 자구나. 그렇다면 허세나 부리다가 사라지도록 해!!』
[레지나]는 '친위대'를 보내 라이저를 포위하게 했다.
그 포위를 뚫을 수는 없고, 뚫으려 하면 연쇄 폭발을 일으키게 된다.
[레지나]는 절대적인 죽음의 지역을 라이저에게 선사했고.
『──부스트!!』
라이저는──, 그 죽음의 포위 지역을 **뛰어넘었다.**
『뭐?!』
죽음의 포위 지역을 날아올라 돌파한 라이저를 [레지나]가 경악하며 바라보았다.
라이저는 히어로 슈트 곳곳에서 흰 연기를 뿜어내며 하늘을 내달렸다.
추진력(부스트). 그것이 바로 [분진룡 발칸]의 특성이자 그의 〈엠브리오〉인 헬모즈의 추가 아머로 설계된 [발칸 에어]의 기능이었다.

그것은 강도 한계를 맞이한 지금도 계속 장인들이 설계한 힘을 발휘하고 있었다.

『아, [아피스 이데아]!! 저 남자를 막아!!』

라이저가 자신을 노리고 있다는 걸 깨달은 [레지나]는 방어를 준비했다.

접촉을 피하지 못할지도 모르겠지만, 대미지는 다른 [아피스 이데아]에게 넘어간다.

이대로 [레지나]를 부하가 없는 도시 밖으로 데리고 가려 해도 [아피스 이데아]들이 벽이 되어 막을 것이다.

뜻밖의 움직임을 보긴 했지만, 그럼에도 불구하고 [레지나]는 자신이 죽을 일이 없을 거라 생각했다.

하지만, ──그 예상은 뒤엎어졌다.

왜냐하면 라이저가 향한 곳은 도시 바깥이 아니었기 때문이다.

『오오옷!!』

『커, 흑……?!』

짧은 외침과 함께 한순간에 거리를 좁힌 라이저가 [레지나]의 배에 부츠 오른쪽 발을 찔러넣었다.

그와 동시에 라이저는 땅을 박차며 자신의 몸을 비틀고는.

『[발칸 에어]……, 풀 부스트ㅇㅇㅇㅇㅇㅇㅇ!!』

──[레지나]에게 때려 넣은 다리를 하늘로 치켜올렸다.

그 직후, [발칸 에어]가 온몸의 추진 파츠를 최대로 가동시켰고──, 라이저는 [레지나]와 함께 날아올랐다. 그의 소중한 사람들이 만들어낸 장비는 사람이 만들어낸 힘(로켓)과도 같이, 지상을 떠나 하늘로 솟구쳤다.

『……크, 윽?! 다, 당신……, 설마?!』

위쪽으로, 한결같이 위쪽으로.

그것이 최단거리이자 가장 방해하기 힘든 방향. 《콜로니 포원》의 범위 밖.

또는 [아피스 이데아]에게 지시를 내릴 수 있는 범위 밖.

라이저는──, 고고도 공중에서 [레지나]를 쓰러뜨릴 생각이었다.

『이, 이게……, 그 발……, 치워!!』

[레지나]는 깨달았다. 라이저의 상승 가속은 엄청나다. 처음 몇 초 만에 이미 많은 [아피스 이데아]가 그녀의 효과 범위 밖으로……, 그뿐만이 아니라 지시 범위 밖으로 나가버렸다.

이대로 가다간 대미지를 떠넘길 수 없게 되어 부하가 아니라 그녀가 죽게 된다.

『아, 아름다운 내가 이런 곳에서 죽어도 될 리가……, 없어!!』

추진력이 한 점에 집중된 부츠가 배에 파고든 상황에서도 [레지나]는 아이템 박스에서 신화급 금속으로 만들어진 자신의 창을 꺼냈다.

그리고 [아피스 이데아]의 무기와 마찬가지로 강한 독성을 지닌 그것을, 라이저의 머리를 향해 내질렀다.

영거리에서는 피할 방법이 없었기에 창은 정확하게 라이저의 얼굴에 꽂혔다.

『해냈어! ┄┄┄┄┄┄┄어?』

크레밀의 장인이 시행착오를 겪으며 만들어낸 마스크는 부서졌다.

하지만, ──라이저는 상처를 입지 않았다.

창에 비해 강도로는 크게 뒤처지는 마스크가┄┄, 착용자의 목숨을 지켜냈다.

그것이 마치 예전에 마스크를 설계한 장인들이 남긴 기적이라는 것처럼.

"오오오오오오옷!!"

『끄윽┄┄?!』

부서진 마스크 너머로 라이저가 포효했다. [발칸 에어]가 더욱 가속했고, 라이저의 오른쪽 다리를 [레지나]에게 더욱 깊게 박아 넣으며 하늘로 올라갔다.

[레지나]는 배에 심한 통증을 느끼며 들고 있던 창을 떨어뜨렸다. 대미지를 대신 입어줄 부하가 스킬 효과 범위 안에 하나도 없었기 때문이다.

『이, 이런, 끄어억┄┄!』

입에서 피거품을 뿜어내며 [레지나]가 초조한 목소리로 외쳤다.

하지만 초조함을 느끼는 건 라이저도 마찬가지였다.

부족하다, 아직 부족하다.

애초에 한계에 도달해 있었던 [발칸 에어]는 자신의 추진력을 견디지 못하고 부서지기 시작했다.

아직 [레지나]를 쓰러뜨리지는 못했다.

이대로 가다간 고도가 떨어져서 다시 《콜로니 포 원》의 효과 범위 안으로 돌아가게 되어버린다.

[레지나]는 낙하하며 대미지를 전부 부하에게 전가할 것이다. 그렇게 되면 왕도는 끝장이다.

비장의 수를 쓴 그의 손에는 이제 승산이…….

"……아직이다!"

──아니, 그의 손에는 아직 남은 게 있다.

"와라……!"

이 세계에서 그와 함께 걸어온 게 있다.

이 세계에서 그의 기쁨과 분노와 슬픔과 즐거움을 전부 공유한 게 있다.

그 이름은──.

"──헬모오오오오오오오오오오즈!!"

그 부름에──, 그의 〈엠브리오〉가 응했다.

크로노 크라운에게 파괴당한 〈엠브리오〉가 다시 눈을 떴다.

말 없는 무기물이지만, 기적과도 같이, 필연과도 같이, 지금 이때 되살아나 주인에게 부응했다.

그것이 바로……, 〈엠브리오〉라고 말하는 것처럼.

그리고 한 사람과 한 대와 한 벌은 하나가 되어 가속했다.

라이저와, 헬모즈와, 부서져가는 [발칸 에어]의 모든 것을 한
데 겹친 최종 비상.

　삼위일체의 가속으로 인해 세계가 선이 되어 지상으로 흘러
갔다.

　《라이저어어어어어어——.》

　목소리가 들리지도 않는 극한 공간에서 라이저가 포효했다.

　"——반전——."

　최후이자 최강의 발차기를 때려 넣으며, 아득히 먼 상공을 향
해 일직선으로 뛰어 올라갔다.

　"——키이이이이이이이이익》!!"

　그리고 그는——히어로와도 같이——꿰뚫었다.

　헬모즈와 [발칸 에어]의 고동과 함께, 소리와 세계를 저편에
두고서.

　『이럴, 수가…….』

　그들의 한없는 비상에 [레지나]는 도달하지 못했다.

　그 한순간에 도달하기도 전에……, 그녀의 몸통은 잘려나갔다.

　이 하늘에 그녀가 대미지를 넘길 수 있는 부하는 어디에도 없
었다.

　『이, 이럴 수가……, 아, 아름다운 내가, 이런, 이런 곳에서…….』

　HP가 0으로 줄어들어 가는 그녀의 몸에 변화가 생겼다. 몸
안쪽에서 붉은 빛이 넘쳐흐르기 시작한 것이다.

『아, 거짓말……, 거짓말이야…….』

그것은 그녀가 누구보다 잘 알고 있는 것.

[충장군]의 최종 오의, 《이브 어 웜 윌 번》.

그녀 또한 인체 개조로 인해 마충이 된 개조인인 이상, 그것의
발동으로부터는 벗어날 수가 없다.

『이럴 수가……, 이럴 수가?!』

마치 왕도에서 [아피스 이데아]들을 마구 소모시켰던 죗값을
치르는 것처럼.

『이런 건……, 잘못된 거라고오오오오오오오오오오오오오오?!』

단말마를 내지른 [레지나 아피스 이데아]는 왕도 상공에서 폭
발했다.

바로 아래쪽에서 희미하게 울린 폭음을 들으며 라이저는 단
한 마디를 중얼거렸다.

"……이번에는 지켜냈나."

싸움을 마친 히어로는……, 하늘 저편에서 조용히 의식을 잃
었다.

평온하게, 만족스러운 듯이…….

　□ ■왕도 알테어 왕성 안

　왕도가 [아피스 이데아]로 인해 혼란의 소용돌이에 빠졌을 때, 왕성은 그것을 뛰어넘는 궁지에 처한 상태였다. 정문을 뚫고 성 안으로 쳐들어온 [염왕(킹 오브 블레이즈)] 퓨엘 라즈번……, 아니, [이그니스 이데아]로 인해 성안은 차례차례 타오르기 시작했다.

　그리고 [이그니스 이데아] 말고도 두 마리, 거미와 박쥐 개조인이 성안의 경비병들을 해치우며 따로 행동하고 있었다. 근위기사단을 비롯한 티안 기사들이 맞서 싸웠지만 전력 차이는 현저했다. 성 밖에서 왕성으로 달려온 〈마스터〉들이 개조인 세 마리에게 섬멸당했다는 사실로 봐도 알 수 있었다.

　혹시나 알티미어가 이 왕성에 있었다면 이야기가 달라졌을지도 모른다.

　그녀라면 개조인 세 마리와도 싸울 수 있었을지도 모른다.

　아니면 저번 전쟁 때 목숨을 잃은 [천기사(나이트 오브 세레스티얼)]나 [대현자(아치 와이즈먼)]가 살아있었다면.

　하지만 그중 누구도 없는 지금, 알터 왕국의 왕성은 함락될 위기에 처해 있었다.

　(——잠입 성공.)

　그런 와중에 왕성에 침입한 자가 있었다.

침입자의 이름은──, [도적왕(킹 오브 밴디트)] 제타.

(《코드Ⅲ : 미라주》는 계속 기동 중. 스킬 발동을 저해하는 요소는 없거나, 기능을 잃었다.)

그녀는 자신의 기척을 직업 스킬로 없애고, 추가로 〈엠브리오〉의 스킬로 광학적으로도 보이지 않게 한 채 혼란에 빠진 왕성에 들키지 않고 숨어들었다.

원래는 왕성을 둘러싸고 있는 마술적인 경계 시스템이 작동해야 하지만, 개조인 세 마리의 습격……, 특히 마력 전달 설비를 중심으로 공격하고 있는 박쥐 개조인으로 인해 넓은 범위가 망가졌다. 그로 인해 여러 개의 스킬을 동시에 기동시켜서 잠입한 그녀는 누구에게도 들키지 않았고, 애초에 그녀를 눈치챌 여유가 이 성에 없었다.

(역시, 전력으로는 부족함 없이 써먹을 수 있다.)

자신이 풀어놓은 개조인의 활약을 확인하며 제타는 몇 달 전에 있었던 일을……, 라 크리마가 개조인을 맡겼을 때 있었던 일을 떠올렸다.

◇◆

[혼 장사꾼(소울 바이어)] 라 크리마. 암흑 사회의 사업가로 이름이 알려진 〈마스터〉 중 한 명이며 무기 상인인 [기신(더 웨폰)] 라스칼 더 블랙오니키스와 쌍벽을 이루는 인물.

라 크리마는 **2인 1조**이기도 하다.

한 명은 휠체어를 타고 다니는 여자. 챙이 넓은 모자를 쓰고, 하얀 드레스를 입고, 눈을 포함한 얼굴의 위쪽 절반을 흰색 붕대로 가린……, '하얀색'이라는 인상의 여자. 붕대로 가리지 않은 얼굴의 아래쪽 절반은 많은 사람들이 '아름답다'라고 할 것이다.

다른 한 명은 휠체어를 밀고 다니는 남자. 2메텔이 넘는 거구 전부를 까만 가죽 벨트로 미이라처럼 감싸고, 얼굴까지 벨트로 가린……, '검은색'이라는 인상의 남자.

어느 쪽이 〈마스터〉고, 어느 쪽이 조종당하는 티안 개조인(이데아)인지……, 답을 맞춘 사람이 무사한 적은 없었다. 일종의 터부다.

그런 라 크리마가 다루는 상품은 개조 노예.

라 크리마의 〈초급 엠브리오〉는 채리엇과 가드너의 아종복합 하이엔드인 TYPE : 어드밴스 레기온이자 인체 개조에 특화된 [진상개찬 이데아]다.

라 크리마는 수많은 티안을 개조하여, 그들을 뛰어난 노예로 암흑사회에 팔아넘기고 있다.

죽음의 상인이라고 동료들에게조차 야유를 받곤 하지만, 예전에 라 크리마는 진지한 표정으로 이렇게 반박했다.

""죽음의 상인? 이상한 말씀을 하시네요? 제가 하는 일은 그 사람의 재능을 발휘시키고 활약할 장소를, 온 힘을 다해 살아갈 기회를 주는 겁니다. 말하자면 정반대……, '삶의 상인'이라고 불러야 하지 않을까요?"요?"

그 말이 블랙 조크였다면 야유한 동료……, 가베라도 웃었겠지만, 본인이 매우 진지하게 그렇게 말했기에 모두가 말문이 막혔다.

두 명의 입을 통해 엇나간 타이밍으로 말하는 것까지 포함해서 범죄자 소굴인 〈IF〉 멤버 중에서도 독특한 인물.

하지만 이런 라 크리마의 모습이나 행동거지까지는 세간에 널리 알려져 있진 않다. 라 크리마의 노예 장사는 부하……, 개조인이 대행하고 있기에 거래 상대조차 라 크리마의 얼굴을 알지 못한다.

외모가 불확실한 채 지명수배되었고, 카르디나에 있었을 무렵에는 〈세피로트〉가 목숨을 노리는 와중에 [섬멸왕(킹 오브 터미네이터)]과 [방탕왕(킹 오브 고져스)]이 거처를 날려버렸는데도 살아남아 천지로 넘어갈 정도로 신출귀몰했다.

2인 1조의 모습조차 두 종류의 사람에게만 알려져 있다.

한쪽은 동료. 지명수배당한 〈초급〉으로 구성된 클랜, 〈IF〉의 핵심 멤버들.

다른 한쪽은 소체. 이데아의 분체만 옮겨서 원격 개조를 하는 게 아니라 자신이 직접 정성을 들여서 개조한 티안 초급 직업에 해당되는 소체 앞에는 그 모습을 드러낸다.

이번 왕도 습격에 투입된 개조인 중 [레지나 아피스 이데아]를 비롯한 네 마리는 라 크리마와 **면식이 있다.**

그런 특별제라고 할 만한 개조인 네 마리를 맡기 위해 제타는 라 크리마와 직접 접촉했다.

"질문. 물어봐야만 하는 것이 있음."

장소는 황하 남쪽의 항구 마을, 시기는 그녀가 선선대 [용제(드래고닉 엠퍼러)]의 비보인 보물수 구슬을 훔쳐낸 다음 카르디나 서쪽에서 활동하기 직전이었다. 그녀 앞에는 현재 활동 거점인 천지에서 일부러 그녀를 찾아온 라 크리마 일행의 모습이 있었다.

라 크리마는 이미 초급 직업 소체 개조인 네 마리와 [레지나 아피스 이데아]의 부하인 [아피스 이데아]를 넣어둔 [주얼]을 제타에게 넘겼다.

그리고 다른 곳에 파견한 세 마리도 다른 일을 마치는 대로 그녀와 합류한다고 한다.

그 세 마리는 [광왕] 에프와의 전투로 인해 격파당하게 되지만……, 그건 다른 이야기다.

""뭐죠?"죠?"

"설명. 초급 직업 소체 개조인 네 마리의 컨셉과 운용 방법에 대해 알려주십시오."

""그건 설명해드릴 필요가 있겠군요"요."

라 크리마는 동시에 고개를 끄덕인 다음 말하기 시작했다.

""[레지나]는 [충장군]의 스킬을 살릴 수 있게끔 준비했습니다. 하지만 그건 부하인 [아피스 이데아]에 관련된 것들이 대부분이고, [레지나] 자신에게는 거의 손을 대지 않았습니다. [아피스 이데아]에 대한 지휘능력을 강화시킨 것. 그리고 어느 정도의 스테이터스 상승과 함께 자신의 스킬 효과를 볼 수 있게끔 종족을 마충으로 변경한 정도입니다"다."

"질문. 어째서입니까?"

""본인의 희망으로 외모에 손을 댈 수 없었기 때문입니다. 이데아 개조는 육체 구조의 리디자인입니다. 외모를 중시하는 노예는 물론, 전투용 노예로 개조할 때도 손을 댄 만큼 외모에 변화가 생깁니다. 그렇기 때문에 외모에 변화를 주지 않는 범위에서는 할 수 있는 것이 제한되어 있습니다"다."

"다시 질문. 어째서 소체의 희망사항을 받아들인 겁니까?"

""약속했으니까"까."

"납득."

제타는 라 크리마가 한 말을 납득했다.

이 라 크리마라는 인물은 악당을 악당으로 여기지 않고, 윤리가 망가진 것도 눈치채지 못한 사람이지만……, 약속이라는 것은 지킨다는 사실을 제타는 알고 있다.

정체까지 포함해서 거짓말을 전혀 하지 않는 건 아니지만, 약속은 지킨다.

"다음."

""네"네."

두 라 크리마를 보고 뭔가 떠올리며 제타는 뒷이야기를 재촉했다.

라 크리마는 그녀가 뜸을 들인 걸 신경 쓰지도 않고 계속 설명했다.

""[아라네아]는 상위 순룡 클래스인 거미를 소재로 삼아 신체 조직과 뒤섞고, 개조 전에는 도구를 통해 사용했던 강력한 독과 구속 능력을 독자적으로 거의 무한대에 가깝게 쓸 수 있게 만들었습니다. 원료는 몸속에 박아넣은 아이템 박스를 이용한 자동 공급, 자동 생성입니다"다."

[맹독왕(킹 오브 베놈)]———, [아라네아(거미) 이데아].

""[웨스펠티리오]는 감각 기관의 강화와 무시야화 능력을 부여하였습니다. 어두운 곳을 직접 만듬으로써 강제로 발견되지 않는 상태를 형성하여 기습 성공률과 유지 성능을 상승시켰습니다. 또한, 마력 감지 기능도 지니고 있기에 생물과 마력 관련 설비에 대한 레이더 역할도 맡을 수 있습니다"다."

그리고 [기습왕(킹 오브 레이드)]———, [웨스펠티리오(박쥐) 이데아].

전부 스펙만 따지면 티안 초급 직업이었던 시절을 능가했다.

각자 개조를 받기 전부터 지니고 있던 힘을 외부의 힘으로 더욱 강력하게 만들었기 때문이다.

예를 들자면 티안에게 〈엠브리오〉를 들려준 거나 마찬가지다.

그것도 〈마스터〉보다 기량이 훨씬 뛰어난 티안 초급 직업에게.

전체적인 전력이라면 모를까, 개인 전투력만 따지면 이 두 마리는 [레지나]를 훨씬 능가한다.

하지만 이 두 마리도 제타에게 제공된 네 마리 중에서 최강이라고 할 순 없다.

""그리고 [이그니스]는 현재까지의 마법 계열 개조인 중에서 최고 성능입니다. 개조인 전체로 따져도 [펠름]과 [칸투스]에 버금가는 성능입니다"다."

[이그니스(불꽃) 이데아]———, [염왕] 퓨엘 라즈번에 대해 라 크리마는 그렇게 평가했다.

""개조에 대해서는 본인의 요청 사항이 있었습니다. [대현자]를 뛰어넘는 마력이라고 하더군요"요."

"확인. 그것이 가능한 안건입니까?"

""방법은 간단했습니다"다."

왕국의 살아있는 전설이었던 [대현자]를 뛰어넘는다는 것을 '간단하다'라고 말한 라 크리마는.

"배양한 [산 제물(새크리파이스)] 노예의 뇌 중추와 심장을 10개씩 몸 안에 연결하였습니다."

아무렇지도 않다는 듯이……, 그렇게 설명했다.

""몬스터의 기능을 이식하는 것과 마찬가지로 MP 공급원으로 접속시킨 것입니다. 예상하지 못했던 점으로는 스테이터스상으론 MP가 전부 [이그니스]의 것으로 처리되었고, 최대 MP까지 상승했다는 점이 있습니다. 뇌는 사고 부위를 제거하였기에 개인이 아니라 [이그니스]의 장기 일부로 인식되는 건지도 모르겠습니다. [산 제물]이라는 직업을 계속 가지고 있으면서 그렇게 된 것은 저도 뜻밖이었습니다. 별개로 다른 직업의 티안을 시험해 보았습니다만, 그쪽은 사고 부위를 제거한 시점에서 합쳐진 쪽의 직업이 사라지거나, 사라지지 않은 상태라도 스테이터스 통합은 이루어지지 않았습니다. [이그니스]의 특성은 [산 제물]이라는 직업 자체의 특성일지도 모르겠습니다. 그리고 이번 시술에서 우려된 장기 접속으로 인한 거절 반응은 이데아로 해결했습니다만, 조금이라도 거절 반응을 줄이기 위해 혈액형을 맞췄습니다. 그 때문에 B형 [산 제물] 노예가 현재 부족……, 아,

이건 딱히 할 필요가 없는 이야기였군요"요."

보고해야 한다고 생각한 정보였기 때문인지 라 크리마는 주절주절 이야기를 길게 이어나갔다.

그 내용이 상상하기만 해도 구역질이 날 만한 것이라고는 생각하지도 못했다는 듯이.

제타는 소리 내어 말하지 않았지만, 라 크리마의 그런 부분이 무시무시하다고 느꼈다.

차라리 창작물에 나오는 매드 사이언티스트처럼 피험체를 괴롭히거나 미쳐버린 모습을 보여준다면 무섭지는 않을 것이다. 원래 그런 녀석이라고 이해할 수 있다.

하지만 라 크리마는 두 사람이 동시에 이야기한다는 점을 제외하면 철두철미하게 진지하고 성실한 말투로 말한다. 아무리 피비린내 나는 화제라 해도 일절 특별하게 여기지 않는 것처럼.

그런 점은 오너인 젝스와도 비슷한 점이 있지만…….

(……이제 와서 따질 만한 것도 아니겠죠.)

〈IF〉는 그런 인간들의 모임이다. 모두가 현실에서 손에 넣지 못한 것을 〈Infinite Dendrogram〉에서 추구하고 있다. 젝스는 '목적'을. 라 크리마는 '사랑'을. 가베라는 굳이 말하진 않았지만 '특별한 자신'을.

물론 제타 자신도 마찬가지다. 추구하는 게 있기에 〈Infinite Dendrogram〉에 있다.

어쩌면 다른 멤버들보다 그런 마음이 더 클지도 모른다.

추구하는 것은 크고 작고를 떠나서 누구에게나 있겠지만,

〈IF〉의 멤버……, 지명수배당한 〈초급〉들은 추구하는 것을 위해 남을 해치기를 망설이지 않는다.

그렇기 때문에 지명수배당한 것이고, 그렇기 때문에 〈IF〉인 것이다.

'〈IF〉인 나 자신이 라 크리마의 윤리관에 참견하는 것도 우습다', 제타는 그렇게 생각했다.

""이야기를 되돌리자면, [산 제물] 노예는 각각 MP가 늘어나게끔 개조해두었습니다. 그리고 라스칼이 제공한 선선대 문명의 MP 증강 아이템도 합쳤으니 [이그니스]의 MP는 〈초급〉 마법직보다 높을 것입니다"다."

라 크리마는 그렇게 말한 다음 뭔가 눈치챈 듯이 덧붙였다.

""아. 물론 [지신(디 어스)]은 별개입니다"다."

"예외. 그것이 예외라는 사실은 굳이 말하지 않아도 이해하고 있습니다."

〈UBM〉까지 포함하더라도 [지신]보다 MP를 더 많이 가진 존재는 없다고 단언할 수 있다.

"수치. 그래서, [이그니스 이데아]의 MP는 어느 정도입니까?"

화제를 돌리려는 듯이 제타가 질문하자.

""──수치는 9800만입니다"다."

여전히 아무렇지도 않게, 라 크리마는 그렇게 말했다.

"…………네?"

자기도 모르게 제타의 입에서 원래 목소리가 새어 나왔다.

티안은 고레벨의 마법 계열 초급 직업이라도 MP가 100만 정도가 한계.

〈엠브리오〉의 보정을 받는 〈마스터〉라도 예외를 제외하면 겨우 그 두세 배 정도다.

그런데 9800만. 분명히 자릿수가 이상하다.

""마법의 위력은 MP의 최대치에 정비례하지 않지만, 어느 정도는 비례합니다. 더불어 마법의 발사 기관으로 팔을 늘렸습니다"다."

그리고 그런 것을 만들어낸 라 크리마는 전혀 흥분하지도 않고, 마치 당연하다는 듯이 이렇게 이야기를 마무리했다.

""[이그니스]는 [지신]을 제외하면 가장 강력한 마법 발사 장치입니다. 성채 하나를 태워 없애는 것도 손쉬운 일일 겁니다"다."

◇ ◆

□ ■왕도 알테어 왕성 안

기억을 더듬어 보다가 '성채 하나를 태워 없애는 것도 손쉽다'라는 말을 떠올린 제타는 조용히 숨을 내쉬었다. 이대로 가다간 정말로 그렇게 될지도 모르기 때문이다.

(아직 일러.)

클라우디아의 의뢰를 생각하면 확실히 성이 통째로 타버리는 게 더 편하겠지만, 그래선 제타가 곤란하다.

(나 개인의 목적은 왕국으로 가져온 **구슬 10개**.)

그것은 쯔안 롱 일행, 황하의 사절단이 왕국으로 가져온 것.

혼인 동맹을 맺은 증거로 왕국에 증여된 〈UBM〉을 봉인해둔 구슬.

(황하가 검토를 위해 보물 창고를 연 타이밍에 7개는 훔쳤어. 하지만 그 이상은 나도 훔치지 못했지.)

선선대 [용제]가 남긴 마술식 함정이 잔뜩 있는 보물 창고. [도적왕]인 제타도 훔쳐내는 게 쉽다고 할 순 없었다.

(그러니 지금은 보물고 바깥으로 나와 있는 구슬을 회수해야 겠지.)

〈UBM〉 특전은 여러 용도로 쓸 수 있다. 〈IF〉 멤버들의 적성에 맞춰서 분배하는 건 물론이고 새로운 멤버인 로건의 악마 소환 비용으로도 쓸 수 있다.

또한, 카르디나에서 그랬듯이 혼란스럽게 만드는 씨앗으로도 이용할 수 있다.

뭘 할 수 있는지 알고 있는 데다 봉인되어 약해진 〈UBM〉 10마리.

가치가 매우 크기에, 〈IF〉……, [도적왕] 제타가 그것을 무시할 수는 없었다.

(가능성이 컸던 곳은 황하의 황자가 머무르고 있던 영빈관. 하지만 그쪽은 꽝이었어. 그렇다면 황자가 직접 가지고 있거나……, 아니면 이미 양도를 마쳤거나.)

어찌 됐든 황자인 쯔안 롱이라면 알고 있을 정보다.

(내부가 혼란스러운 와중인 지금, 황자 일행도 대피했겠지.

그 피난처에 숨어들어서 황자나······, 아니면 황자의 약혼자인 제2왕녀를 인질로 삼아 구슬의 정보를 알아낸다.)

방침을 정한 제타는 쯔안 롱 일행이 있는 곳으로 향했다. 습격으로 인해 마력 공급이 끊겨서 어두워진 복도를 걸어가며 왕성 안쪽으로 향하려다가.

──그 직후에 옆쪽으로 뛰었다.

그 직전까지 그녀가 있던 공간을 초음속으로 뻗은 금빛 '무언가'가 꿰뚫었다.

(이건······.)

금빛 '무언가'는 피한 그녀를 쫓아 가파른 각도로 휘어졌다.

제타는 눈으로 보고 다시 피하면서, 금빛──, **뻗은 의수**가 다가온 방향을 보았다.

그녀가 있던 어두운 복도 안쪽에 사람 한 명의 모습이 있었다.

아니, 사람의 모습이라고 할 수가 없을지도 모르겠다.

왕성의 높은 천장에 닿을 정도로 큰 그 형체는 매우 이상해 보였다.

이상한 형체가 금빛 팔을 자유자재로 휘두르며 제타를 노렸다.

아니, 노릴 수 있는 걸까? 첫 번째 공격은 제타를 노렸지만, 그 뒤로 이어진 공격은 《코드Ⅲ(광학미채)》로 숨겨진 제타를 놓친 것 같았다.

그럼에도 불구하고 복도 같은 좁은 영역을 완전히 장악한 듯이 움직이는 의수의 연속 공격은 우연히 그녀에게 닿을 만했다.

제타는 회피에 전념하며 그 모든 공격을 흘려냈다.

하지만 의수 측면——, 달라붙어 있던 [**부적**]에서 열선 몇 줄기가 솟구쳤다.

(회피는 가능. 아니, 저게 노리는 건…….)

제타는 화속성 마법인 열선을 피했지만, 피한 순간에 목적이 공격을 **맞추는 것**이 아니라는 사실을 알게 되었다.

"——이 방식으로 미채가 풀렸나. 네 수법을 조금이나마 알겠군."

이상한 형체는 보이스 체인저를 쓴 것 같은 목소리로 그렇게 중얼거렸다.

그 말대로 제타의 모습을 광학적으로 숨기고 있던 스킬의 효과가 사라지려 하고 있었다.

화속성 마법으로 주위가 불타올라 주변의 기온이 상승한 게 원인이다.

그녀의 〈엠브리오〉의 능력은 섬세하게 컨트롤할 필요가 있기에 외부 환경이 갑작스럽게 바뀌면 곧바로 대응할 수가 없다. 여러 스킬 중에서 가장 미세하게 조정할 필요가 있는 《코드Ⅲ》는 급격하게 변화한 기온으로 인해 미처 조정을 제대로 하지 못하게 되었다.

말 그대로 불태워 끌어낸 듯이, 제타의 모습이 일그러진 상으로 드러나고 있었다.

(어느 정도 짐작하고 있다고 봐야 할까요.)

그녀에 대한 소문과 얼마 전 로건과의 결투.

그러한 정보를 통해 적이 제타의 〈엠브리오〉의 정체를 예측하고 있을지도 모른다.

단념하고 광학미채를 풀었는데……, 모습을 드러낸 건 그녀뿐만이 아니었다.

매섭게 타오르는 불꽃에 비친 이상한 형체 역시, 그 모습을 드러낸 것이다.

"――[시해선(마스터 강시)] 신우."

"――너는 [도적왕] 제타구나?"

제타 앞에 나타난 사람은 왕도의 잔류 전력 중에서 제1급 경계대상이었던 인물――, 황하의 초급인 신우였다.

신우도 한때는 드라이프의 랭커였던 제타의 얼굴을 알고 있었다.

그리고 양쪽 모두……, 서로를 위험한 적이라고 인식하고 있었다.

불꽃이 비추는 복도에서 신우와 제타가 마주 보았다.

서로 상대방의 움직임을 경계하는 와중에 신우가 먼저 말을 걸었다.

"네가 여기 있는 걸 보니, 이 습격은 황국이 꾸민 짓인가? 너무 지나친 것 같은데."

"반문. 당신의 질문에 대답할 순 없지만, 이쪽에서 물어보고 싶은 게 있습니다. ……어떻게 눈치채셨습니까?"

기척을 없애고, 모습도 숨기고 있었던 제타의 침입을 어떻게 눈치챘는지 물었다.

"응? 기척도 없고, 모습도 보이지 않았지만, 공간 위를 움직였잖아. 나는 그런 것에 민감하다고."

"……납득."

한정적이라고는 해도 공간 전이 공격 스킬을 지니고 있는 〈초급 엠브리오〉.

그렇기 때문에 신우가 사용하는 [부적]에는 공간 서치 계열 마법도 포함되어 있다. 굳이 말하자면 [음양사]의 특기인 수법이지만, [시해선]도 불가능한 것은 아니다.

이번에는 성 내부를 탐지한 결과, 부자연스러운 움직임……, 궁지에 처해 소란스러워진 성안에서 너무 조용하게 움직인 제타를 발견한 것이다.

"의외. 그런 것치고는 의외입니다. 당신은 개조인과 맞서 싸우러 나갈 거라 생각했습니다만."

"**이데아**라는 건 입구 근처에서 날뛰고 있는 녀석들 말인가? 그렇게 시끌벅적하게 날뛰면 내가 아니라고 해도 양동 작전을 의심할 거다. 뭐, 성을 지키는 사람들은 그걸 방치할 수 없겠지만……, 내 역할은 성을 지키는 게 아니니까."

제타를 끌어내기 위해서라고는 해도 성의 일부를 불태운 신우는.

"내 역할은 쯔안 일행을 지키는 거니까. ——기동."

그렇게 말한 다음——, 좀 전에 의수로 공격하면서 뿌려둔 [부적]을 기동시켰다.

기습처럼 아래쪽에서 제타를 향해 쇄도하는 열선.

"파악."

제타는 그 포석을 눈치채고 있었기에 발동 순간을 파악하고 몸을 날려 회피했다.

하지만 움직인 건 그녀 혼자가 아니었다. 동시에 신우의 두 팔이 복도 양쪽을 따라 초음속으로 늘어났다.

두 팔 안쪽에 붙어 있는 것은 수많은 공격용 [부적]——, 그것들이 이미 뿌려진 [부적]과 함께 복도 전체를 유린하며 열선을 뿜어냈다.

피가로와 싸웠던 투기장과는 달리, 복도라는 한정적인 공간.

뿜어져 나간 열선의 그물 사이에는 사람 한 명이 들어갈 공간조차 없었다. 도망칠 곳이 없는 유린 앞에서 제타는.

"《코드Ⅱ : 셸터》."

도망치지 않았다.

0.5초 뒤, 그녀를 향해 수많은 열선이 꽂혔다.

인체를 쉽사리 구멍이 잔뜩 뚫린 숯덩이로 만들 수 있는 열선의 집중포화.

하지만, ……그것은 닿지 않았다.

제타에게 닿기 전에 보이지 않는 벽에 부딪힌 것처럼 가로막힌 것이다.

신우의 공격을 막아낸 직후, 제타는 공격에 나섰다.

"《코드Ⅰ : 포밍》, 《코드Ⅳ : 아틸러리》."

"윽!"

신우는 곧바로 왼쪽 다리의 테나가 아시나가를 자기 쪽으로 되감았다.

즉시, 주위 360도에서 일제히 신우를 향해 공격이 날아들었다.

그것들은 전부 강철조차 뚫을 것 같은 압력을 지니고 있었지만, 〈초급 엠브리오〉인 테나가 아시나가를 뚫지는 못했다.

하지만 그 공격의 문제는 위력이 아니라…….

(……안 보여.)

전방위에서 덮치는 공격이 전부 투명해서 전혀 보이지 않는다는 점일 것이다.

아니, 잘 살펴보니 보이는 게 있었다. 아지랑이처럼 부분적으로 일그러진 공간.

(이건……, 공기탄인가?)

풍속성 마법 등에서 볼 수 있는 압축 공기를 날려서 물체를 분쇄하는 공기탄.

그리고 그녀가 사용한 것은 마법이 아니라 〈엠브리오〉의 스킬이다.

그렇다면 역시 제타의 〈엠브리오〉는…….

"……, ……?"

자신의 추측을 말하려던 신우는 목소리가 나오지 않는다는 것을 깨달았다.

(진공 상태…….)

어느새 복도를 비추던 불꽃도 꺼진 상태였다.

그녀들이 있는 복도에서는 제타가 날리는 공기탄 외의 다른 공기가 완전히 사라진 데다, 압력 차이로 공기가 흘러들어오지도 않고 있었다.

(나는 언데드니까 공기가 없어도 상관없지만, 다른 녀석이라면 맹공에만 주의하다가 이런 잔재주에 당해버렸을지도 모르겠군.)

[시해선]이자 언데드의 단점이 아닌 장점만 가진 신우이기에 이런 상태에서도 문제없이 활동할 수 있다. 신우는 진공 상태를 아랑곳하지 않고 의수로 계속 공격을 가했다.

그에 맞서 제타는 의수를 회피……, 또는 **보이지 않는 벽**으로 튕겨내며 직격을 피해갔다.

"변경."

제타도 진공 상태에 효과가 없다는 사실을 이해했다. 전술을 전환할 시간이었다.

복도에 있던 금속제 조명과 문의 금속 같은 것들이, 전부 급속도로 녹슬기 시작했다.

(이 녀석……, 이번에는 산소 농도를 끌어올렸어.)

순수한 산소는 자연계에서 지극히 강력한 산화제.

수많은 물질을 침식하여 강제로 화합물을 만들어낸다.

신우는 자신의 장비에 그런 부식 효과가 일어나기 시작했다는 사실을 짐작했다.

또한, 산소는 연소를 돕는 작용을 하기 때문에 함부로 화속성 마법도 쓸 수가 없다. 좀 전에 진공 상태가 되어 복도의 불이 꺼지지 않았다면, 지금쯤 정문과 마찬가지로 큰 화재가 일어났을 것이다.

(저 온몸 붕대는 패션으로 두른 게 아닌 것 같군. **기압**이나 **대**

기 성분의 변화에 자신이 휘말리지 않게끔 붕대 안쪽에 우주복이나 잠수복에 해당되는 장비를 걸치고 있는 것 같다.)

그래도 이제 제타의 〈초급 엠브리오〉의 정체가 드러났다.

"광학미채, 보이지 않는 벽, 공기탄, 진공, 산소의 충만······. 네 〈초급 엠브리오〉의 능력, **공기를 조작하는 것**이군."

화속성 마법을 쓰지 않은 채, 의수로 공격하고 의족으로 방어하며 신우가 말했다.

"공기의 굴절을 컨트롤한 광학미채. 진공과 공기층을 여러 겹으로 겹친 단열. 압축 공기의 벽. 전방위에서 나를 공격한 공기탄. 진공 상태와 그 반대인 산소 충만. 너무 노골적이라고."

"···········."

신우의 말을 듣고 제타는 붕대로 가려진 얼굴에 약간 놀라운 표정을 드러냈다.

"이렇게까지 연달아 이것저것 써대면 내가 아니라도 눈치챌거야. 하지만, 눈치채봤자 문제는 없는 거겠지?"

제타의 〈초급 엠브리오〉가 신우의 추측에 들어맞는 거라면 눈치채봤자 약해지지 않는다. 사람이 살아있는 한, 공기는 반드시 필요하니까.

예전에 슈우와 싸웠던 가베라의 알하자드처럼, '그런 〈엠브리오〉가 있다'라는 사실을 알게 된 시점에서 위협이 줄어드는 것과는 다르다.

능력을 알아낸다고 하더라도 문제가 없는 부류라는 뜻이다.

"그 〈엠브리오〉는 공기의 성분까지 조작할 수 있으니까. 할 수 있는 게 무시무시하게 많겠지. 아까부터 쓰는 스킬도 똑같은 것 같으면서도 다르고."

열선을 방어한 단열용 스킬과 신우의 의수 공격을 막아낸 보이지 않는 벽——, 실버의 압축 공기 방벽처럼 물리적인 방어력에 특화된 스킬. (정확히는 압축시켜서 빛이 통하지 않게 된 공기를 위장하기 위해 《코드Ⅲ》를 함께 써서 투명화시켰다)

제타는 그런 것들을 쉽사리 다루고 있다.

"그래도 공기를 없애거나 반대로 산소만 늘릴 수는 있지만, 독가스를 만드는 건 아니군. 원래 있는 공기를 움직여서 컨트롤하는 것뿐이지?"

이 산소 충만 상태도, 순수하게 산소를 부풀린 게 아니다. 산소 말고 다른 것들을 나누어서 압축 공기의 벽이나 공기탄으로 뭉쳐두었을 거라 신우는 짐작했다.

물론 반대로 말하자면 존재하는 공기를 컨트롤하는 것만 놓고 보면 거의 뭐든지 할 수 있다는 뜻이다.

어떤 상대와도 싸울 수 있는 만능형 〈초급〉.

신우 자신도 그런 스타일이지만, 제타의 만능 스타일은 신우를 뛰어넘었을지도 모른다.

게다가 컨트롤도 절묘하다. 추측한 것을 말하면서……, 능력을 간파했다고 말하면서 동요를 일으키려 했지만, 공기의 벽도 그렇고 포탄도 전혀 움직임이 흐트러지지 않았다.

제타 본인도 항상 움직이며 신우의 필살 스킬에 주의를 기울이고 있었다.

(다행인 건 그것만으로는 나를 해치우지 못한다는 건가.)

공기포를 연달아 날리는 《코드Ⅳ》는 신우의 방어를 뚫을 수 있을 정도로 강하지 않다. 방어의 벽도 신우의 공격을 완전히 튕겨낼 정도는 아니다. 만능이기 때문에 출력이 낮다.

그리고 생물에게는 결정타가 될 진공 상태나 성분이 조절된 독성 공기는 신우에게 통하지 않는다.

이대로 계속 싸운다면 언젠가는 신우가 이기겠지만…….

(〈엠브리오〉 자체는 도적질을 보조하는 의미가 강하지. 그렇다면 전투 쪽 결정타는 따로 있을 거다.)

〈마스터〉들의 싸움은 〈엠브리오〉만으로 결정되는 것이 아니다.

([도적왕]의 오의. 결투를 할 때 닿은 상대의 심장을 뽑아내는 스킬도 있어. 저 녀석 자신이 다가오게 두면 위험해. 그리고 또 하나……, 자세한 능력을 전혀 알 수가 없는 초급 무구도 가지고 있을 테고.)

[도적왕]의 오의에 대해서는 신우도 문헌을 통해 조사한 적이 있다.

오의의 이름은 《앱솔루트 스틸》.

닿은 것의 **안쪽**에 있는 물체를 훔쳐내는 스킬. 아이템 박스에 사용하면 도난 대책과는 상관없이 임의의 아이템을, 생물에게 사용하면 장기조차 쉽사리 훔칠 수 있다.

(공기를 컨트롤해서 상대방에게 보이는 상을 교란하고, 들키지 않게 접근해서 심장을 **빼내는** 것……, 정도는 할 수 있겠지. 애초에 내가 아니었다면 진공 상태나 독성 기체로 인해 자세가

무너져서 억지로 빈틈을 만들게 되었을 거야.)

실제로 황국에서 결투를 했을 때는 로건이 독성 기체와 국소 진공의 조합으로 행동 불능 상태가 되었고, 오의로 심장을 빼냈다.

(필살의 한 수로 이어지는 흐름을 자유롭게 만들 수 있다…….그렇게 생각하니 저 〈엠브리오〉의 만능성은 역시 위험하군.)

기본적으로 신우는 상대방이 무엇을 할 수 있는지 예상하고, 그러면서 자신의 전술을 생각한 다음 상대방을 몰아가다가 해치운다. 〈엠브리오〉의 데이터가 별로 없었던 피가로 상대로는 졌지만 그 전술안과 상황 대처능력은 결코 떨어지지 않는다. 제타와 맞서면서도 〈엠브리오〉로 뭘 할 수 있을지 생각하고, 상대방이 자신을 쓰러뜨리기 위해 무슨 행동을 할지 냉정하게 분석하고 있었다.

"…………."

그리고 제타 또한 절대로 다가오지 못하게 하는 신우의 움직임을 보고 그걸 파악하고 있다는 사실을 짐작했다.

"……의문. 당신은 아직 어린아이인 줄 알았습니다만, 어디서 그런 지식과 전술안을."

"하! 이쪽에서 몇 년 동안 지내다 보면 지식 한두 개 정도는 늘어난다고!"

"당연. 이야기를 듣고 보니 당연하군요. 정신연령도 육체연령보다 더 늘어날 테니까요."

그런 것 치고 자신이 지도하고 있는 로건은 실제 나이와 정신연령이 비슷하다고 제타는 생각했다. 신우와 그, 어느 쪽이 더

건전한 정신연령인지는 다툼의 여지가 있겠지만.

"관심. 지낸 시간으로 인한 정신의 성장이 있는지 없는지. 하나의 테마로 삼을 수 있겠군요."

"내 정신연령은 됐고, 그 말투는 이제 그만 쓰지. 짜증 나."

"…………."

자신의 아이덴티티의 일부인 말투를 '짜증 나'라는 한마디로 정리하자 붕대 안쪽에서 제타의 볼이 약간 움직였다.

〈IF〉의 멤버 중에서도 가장 냉정하고 침착한 이미지인 제타도 라 크리마의 설명을 듣고 놀란 것처럼, 감정이 없는 것은 아니었다.

오히려 붕대로 얼굴을 가리지 않으면 포커페이스를 지을 수 없을 정도로 감정이 넘쳤다.

"……저지. 그렇게 생각한다면 자신의 힘으로 막으면 될 텐데요."

"그럴 생각이라고!"

늘어난 신우의 오른팔이 제타의 눈을 향해 돌진했다.

제타는 그것을 공기의 벽으로 방어하려다가……, 곧바로 회피운동으로 전환했다.

공기의 벽을 아랑곳하지 않는 듯이 신우의 오른팔이 번쩍였다.

그 오른팔의 칼날은 손톱이 아니라 쥐고 있던 단검. 초급 무구[응룡아 스린 이]. MP를 불어넣을수록 위력이 강해지는 특성과 방어를 꿰뚫는 힘으로 제타의 공기 방어를 꿰뚫은 것이다.

처음부터 쓰지 않았던 건 사용할 때마다 MP를 소모하기 때문이었지만, 그걸 써서라도 단시간에 결판을 내기로 마음먹었다.

교착 상태 중에 상대방의 오의를 맞지 않도록, 빠르게 결판을 내기 위해서.

"⋯⋯⋯⋯⋯."

제타는 〈초급〉 중에서도 HP와 END가 약한 부류에 해당된다.

자유자재로 솟구치는 칼날에 맞으면 첫 번째 공격에 [브로치]가 부서지고, 두 번째 공격에 목숨을 잃게 된다.

게다가 신우의 움직임은 공격뿐만이 아니었다. 팔을 늘렸다가도 계속 틈을 봐서 되돌리며, 적의 변화에 대처하기 위해 팔을 자유자재로 뻗을 수 있는 공간을 계속 확보하고 있었다.

형세는 제타에게 불리했다. 제타도 오의로 신우를 해치울 수 있긴 하지만 사정거리 차이가 컸기에 이대로 계속 싸운다면 제타의 승산은 별로 없다.

그래서. 제타 역시 숨기고 있던 비장의 수 중 하나를 쓰기로 결심했다.

"⋯⋯삼종."

"?"

"삼종. 개인 전투, 광역 제압, 광역 섬멸. 전투 스타일은 이 세 종류로 분류됩니다만, 저는 전부 해당됩니다."

"⋯⋯그렇겠지."

갑작스러운 말에 신우는 의심쩍어하면서도 대화에 응했다.

상대방과의 대화로 정보를 끌어내기 위해, 그리고⋯⋯, 자신의 필살 스킬을 사용하기 위해.

두 손으로 공격하고, 왼쪽 다리로 방어하며 복도에 꽂아둔 오른쪽 다리로 《저편으로 뻗는 손, 내딛는 다리(테나가 아시나가)》의 발동을 준비했다.

"그보다 더 만능인 〈엠브리오〉는 나도 본 적이 없어. 세 종류의 스타일을 전부 쓸 수 있더라도 이상할 게 없지."

제타의 〈엠브리오〉가 지닌 공기를 다룰 수 있는 힘은 만능이다. 이렇게 신우와 맞서 싸울 수 있는 시점에서 개인 전투형. 광역으로 공기를 다루면 제압도, 섬멸도 손쉬울 것이다.

"동의. 만능성에 있어서 제 〈엠브리오〉를 뛰어넘을 〈엠브리오〉는 저도 둘밖에 본 적이 없습니다."

"……꽤 있는데?"

"기각. 무형과 무한을 상대로 만능성을 겨뤄봐도 닿을 순 없으니까요."

제타는 〈IF〉 소속인 두 사람을 떠올리며 그렇게 중얼거렸다.

"문제. 이야기를 되돌리자면, 제가 지니고 있는 세 종류의 전투 스타일……."

제타는 신우에게 손가락 세 개를 펴들고.

"이 세 종류 중에——, 제 진짜 스타일은 어떤 것일까요?"

"……!"

마치 퀴즈 같은 물음이었지만, 신우는 그 진짜 의도를 곧바로 이해했다.

세 종류 안에 정답이……, 제타에게 가장 살상력이 뛰어난 전투방식이 있다.

방금 그 질문은, '진짜 전투 방식으로 죽여주겠다'라는 말살 선언.

(전투, 제압, 섬멸……! 너무 만능이라 어떤 걸로 나올지 파악이 안 돼!)

하지만 신우를 해치울 수 있는 공격이라는 건 분명하다.

방어에 집중해야 하는가, 아니면 피해야 하는가. 어떤 게 정답일지는 전혀 알 수가 없다.

(접근한다면 전투형! 거리를 벌린다면 자신이 휘말릴 위험이 있는 제압형이나 섬멸형이다! 전투형이라면 오의를 날릴 가능성이 크고!)

《앱솔루트 스틸》을 이용한 심장 뽑기. 알고 있는 제타의 능력 중에서는 가장 치명적인 스킬이기 때문에 신우는 세심한 주의를 기울이며 제타의 움직임을 주시했다.

그리고 제타는──, 신우를 향해 접근했다.

"살(殺)!!"

두 손의 테나가 아시나가를 전속력으로 컨트롤하며 제타의 접근을 막아내려 시도했다.

동시에 화속성 마법의 열선이 사방에 뿌려졌다. 산소로 인해 연소가 확대되는 것도 신우는 아랑곳하지 않았다.

하지만 날린 순간에 눈치챘다.

(……산소 농도가 원래대로 돌아왔어!)

지금은 진공도, 고농도 산소 상태도 아닌 평소에 가까운 공기 성분으로 돌아와 있다.

그리고 열선 중 몇 개가 제타를 노렸고.

──그 몸을 신기루처럼 통과했다.

아니, 신기루처럼이 아니다. 신기루(미라주) 그 자체.

(처음에 쓰던 광학미채의 배리에이션인가!!)

그렇다면 제타 본인은 보이는 곳과는 다른 곳에 있다.

공간 서치 [부적]을 쓸지 신우가 생각했을 때──, 뒤에서 기척이 느껴졌다.

"윽!"

그것이 제타라고 판단한 신우는 자신에게 되감은 왼쪽 다리로 열선을 날렸다.

열선에게 쫓긴 제타의 기척은 멀리 떨어져 나갔다.

닿은 감촉도, 내장을 가져간 감촉도 없었다.

테나가 아시나가를 되감아 두었기에 심장에 오의를 쓰는 걸 막을 수 있었다.

(저지한……, 건가?)

하지만 안심할 수는 없다. 다시 공격이 날아올 것을 경계하며 신우는 모습이 보이지 않는 제타의 위치를 찾아내기 위해 공간 서치 [부적]을 기동하고……, 깨달았다.

"저 녀석……, 어디로 갈 셈이지?!"

제타로 보이는 반응이 그대로 신우에게서 거리를 계속 벌리고 있다는 것을.

신우를 무시하고 그녀가 노리던 쯔안 롱과 엘리자베트에게 향한 것이다.

"……얕보기는. 심장을 뽑아내 주지!!"

처음에 공간 서치로 발견했을 때는 적인지 아군인지 정체조차 알 수 없었기 때문에 곧바로 필살 스킬을 사용하지 않았다.

하지만 지금은 다르다. 침입자……, 제타의 정체가 적이라는 걸 확인했고, 포착했다.

그렇다면 이 왕성 어디에 있더라도 필살 스킬로 기습할 수 있다.

그렇기 때문에 신우는 제타를 해치우기 위해 필살 스킬을 기동시켰고……, 다시 변화를 눈치챘다.

"…………?"

공기가 다르다.

진공이 아니다. 산소나 독성 가스가 가득 차 있는 것도 아니다.

하지만 분명히 공기의 질이 바뀌었다는 것을 신우는 느꼈다.

"이건, ……!!"

그와 동시에 눈치챘다.

좀 전에 자신이 했던 생각이다. 제타가 거리를 벌린다면, 그것은…….

『발동. ──《천공절대통제권(우라노스)》.』

다음 순간, 공기에 메아리치는 듯한 목소리가 울렸고.

왕성 한구석이 찬란한 빛과──, **수만 도**의 고온에 휩싸였다.

◇ ◆

"다비(茶毘). 시체는 화장하는 것이 그녀의 나라 문화였죠."

완전히 타버린 왕성 한구석에서 조금 떨어진 장소. 제타가 그렇게 중얼거렸다.

제타의 [기곡추추 우라노스]는 신우가 추측한 대로 대기를 컨트롤하는 〈초급 엠브리오〉다. 대기의 밀도와 성분, 압축을 컨트롤함으로써 광학미채나 진공화, 산소 충만, 방어, 공기포까지 다룰 수 있다.

예전에 그란바로아에 있었을 때는 공기 배리어를 잠수에도 사용했을 정도지만, 그 만능성 때문에 출력 자체는 그리 크지 않다.

할 수 있는 게 늘어날수록 외부 리소스를 필요로 하거나 출력이 떨어지는 것이 〈엠브리오〉의 법칙이며, 우라노스 같은 경우에는 후자였다.

하지만 그 대가를 일시적으로 무시할 수 있는 수단도 있다.

우라노스 같은 경우에는 필살 스킬, 《천공절대통제권》.

일정 시간 동안만 출력을 증대시키고, 대기 컨트롤의 한계를 뛰어넘는 스킬.

예전에 〈SUBM〉과 싸웠을 때는 바닷물을 공기의 벽으로 밀어내서 바다에 큰 구멍을 뚫었고, 이번에는 그보다 규모는 작지만 차원이 다른 복잡성을 드러냈다.

공기의 성분을 나누는 정도에 불과했던 컨트롤을 강화해, 공기를 구성하는 원자를 기반으로 다른 원자를 생성하는 것조차 가능해졌던 것이다.

우라노스는 대기 성분에서 중수소와 삼중수소를 생성하여 핵융합 반응을 일으켰다.

그로 인해 생겨난 것은 헬륨의 생성과 막대한 에너지의 방출.

단적으로 말하자면 **수소폭탄**이다.

단 원래 기폭제로 사용되는 원자 폭탄이 없기에 방사성 물질이 남지도 않고, 상온, 상압으로 사용해서 깨끗하다. 힘을 조절해서 규모를 극도로 줄였으며, 반응 시 방사선이 범위 밖으로 누출되는 것까지 포함해서 제타가 전부 컨트롤했다.

그러나 발생한 에너지까지 약해진 것은 아니었다. 그녀들이 있던 복도를 날려버리기에는 충분하고도 남았고……, 신우에게 그 막대한 에너지가 직격한 것이다.

"답. 저는 원래 광역 섬멸형입니다."

순수 수소폭탄……, 핵융합 반응이라는 차원이 다른 파괴력을 손에 넣은 〈초급〉은 듣는 사람이 사라진 공간에서 그렇게 중얼거렸다.

하지만 제타는 붕대 안쪽에서 식은땀을 흘리고 있었다.

그럴 만도 했다. 핵융합 반응을 비롯한 《천공절대통제권》의 컨트롤은……, 전부 그녀의 사념으로 **수동 조작**해야 한다.

스킬로 매크로를 등록해두어서 어느 정도 조작을 한정적이지만 자동화시킨 《코드》와는 달리, 수동으로 일으키는 핵융합 반응은 자칫하다간 그녀 자신까지 날려버릴 수도 있다.

그런 양날의 검을 쓰게 된 시점에서 제타도 궁지에 처해 있었다고 할 수 있다.

상대가 오의를 경계하고 있었고, 초급 무구도 **쓰지 못하는** 환경이었기 때문에 결정타는《천공절대통제권》밖에 없었던 것이다.

"⋯⋯강적. 제가 싸웠던 〈마스터〉 중에서도 손꼽히는 강적이었지만, 그래도 이것을 견디지는 못했군요."

수소폭탄에 필적하는 고열의 직격을 인체가 견뎌낼 수는 없는데다 신우의 목숨줄은 제타가 이미 **빼앗아두고** 있었다.

제타의 손안에 있는 것은 액세서리⋯⋯, [구명의 브로치].

제타의 것이 아니라 신우의 것이다.

제타가 신우에게 달려들었을 때, 그녀는 어떤 스킬을 발동시키고 있었다.

그것은 [도적(시프)]의 기본 스킬⋯⋯,《스틸》.

도난 대책이 되어 있지 않은 아이템 박스나 상대방의 장비를 낮은 확률로 훔치는 스킬.

하지만 [도적왕]인 제타의《스틸》은 스킬 레벨이 EX이기에, 대책이 되어 있지 않다면《스틸》로도 100퍼센트 훔쳐낼 수 있다.

상대방에게 들키지 않게 [브로치]를 훔쳐낸 다음 치명적인 공격을 때려 넣는다.

이것 또한 제타의 특기인 전술 중 하나.

대역 액세서리도 없었다. 신우의 데스 페널티는 확정적이다.

"소실 확인. 생존 능력이 뛰어난 [시해선]도 저번 피가로와의 결투 때 초고온이라면 흔적도 남기지 않고 없앨 수 있다는 사실을 확인한 바 있습니다."

그렇기 때문에 핵융합 반응을 사용한 제타의 판단은 정답이었다.

──그와 동시에 오답이기도 했다.

"............?"

빠직, 무언가가 부서지는 소리가 들렸다.

곧바로 손을 보았지만, 거기에 있는 [브로치]는 부서지지 않았다.

부서진 것은──, 제타가 차고 있던 [브로치]였다.

뒤늦게 돌아본 제타의 경추를 노리는 듯한 형태로……, [응룡아]를 쥔 금빛 의수가 뻗어오고 있었다.

"윽! 이, 건……!"

제타가 경악하며 거리를 벌렸다.

하지만 의수는 좀 전과는 달리 제타를 쫓아오지 않았다. 삐걱삐걱, 녹슨 듯한 소리를 울리며……, [브로치]를 부순 일격이 한계였다는 듯이 땅에 떨어졌다.

"──하, ……이제야, ……짜증 나는 말투를, 안 쓰는……, 군…….."

그 대신 그런 말이 제타에게 들렸다.

목소리의 주인은 굳이 말할 필요도 없이……, 핵융합 반응으로 불타 없어진 줄 알았던 신우였다. 그녀는 제타의 뒤쪽에서 옷과 몸의 경계조차 알아볼 수 없는 상태로 오른팔만 남은 의수를 뻗고 있었다.

"당신……, 어떻게 그 폭발에서 살아남았……!"

"……한번, 증발……당했……잖아……? 대책을 마련하는 건……, 당연하지…….."

예전에 피가로와 벌인 결투를 교훈 삼아 옷에 짜 넣었던 내화 마법 [부적].

그 방호가 발동되어……, 신우는 증발하는 것을 피할 수 있었다.

하지만 완전하진 못했다. 규모가 작긴 해도 수소폭발에 필적할 정도로 막대한 열량이 신우의 방어를 뚫었기에 온몸이 거의 [탄화]되었다.

움직일 수 있었던 것은 그녀가 언데드인 [시해선]이기 때문이다.

"……쳇……, 여기까지……인가…….."

하지만 그것도 한계. 혀를 찬 다음……, 신우의 몸은 말 그대로 무너져내렸다.

"……뒷일은, 부탁…….."

그렇게 뭔가 말하려다가……, 그녀는 빛의 먼지가 되었다. 제타의 목숨을 끊기 직전이었던 [응룡아]와 테나가 아시나가도……, 그녀의 데스 페널티와 함께 소실되었다.

[도적왕] 제타와 [시해선] 신우.

그 결판은……, 역시 제타의 승리로 막을 내렸다.

"…………."

하지만 붕대 안쪽에 있는 제타의 표정은 밝지 않았다.

승리를 확신한 직후에 [브로치]가 부서졌다. 만약에 이것이

[브로치]를 쓸 수 없는 싸움……, 신우의 주 전장인 결투였다면 무승부였거나 신우의 승리로 끝났을 것이다.

"정말로……, 강적이었군요. 당신은."

약간의 패배감과 함께 신우의 건투에 솔직하게 감탄하며, 제 타는 목적을 위해 다시 걸어가기 시작했다.

▢ 한 기사에 대하여

근위기사단의 [성기사(팔라딘)], 테오도르 린도스는 〈마스터〉를 싫어하는 것으로 유명하다.

왕국의 집무에 〈마스터〉가 관여하는 것을 탐탁지 않아하고, 그런 모습을 숨기지도 않기 때문이다.

아버지가 〈마스터〉에게 살해당했는데도 〈마스터〉와의 협조 노선을 펼치는 릴리아나 그란드리아와는 달리 그릇이 작다며 험담하는 귀족도 있다.

물론 그런 그에게 동조하는 자들도 있지만, 근본적인 부분에서 그 소문은 틀렸다.

그는 〈마스터〉를 싫어하는 것이 아니다.

자신을 싫어하는 것이다.

예전에 왕국에서 나라를 지키는 자는 기사였다. 그중에서도 [성기사]로 구성된 근위기사단이 바로 국방의 핵심이자 나라를 지키는 자의 대명사였다.

테오도르는 어렸을 때부터 그들을 동경하고, 수련을 거듭하여 좁은 문을 뚫고 [성기사]가 되었다.

하지만 그가 [성기사]가 되었을 때, 세계의 정세는 크게 바뀌어 있었다.

〈마스터〉의 증가로 인한 전력 균형의 큰 변화.

기사단이 죽음을 각오하고 쓰러뜨려야 할 정도로 강대한 몬스터를 단독으로 토벌하는 〈마스터〉의 존재.

정신없이 변해가는 세계의 상황 속에서 그가 가장 혐오한 것은……, 자신의 약함이었다.

테오도르에게는 재능이 없었다. 비유도 아니고, 노력해서 해결할 수 있는 문제도 아니었다.

왜냐하면 그는 이미 한계에 도달해 있었기 때문이다.

상급 직업 하나와 하급 직업 세 개, 합계 레벨 250. 현재 시점의 그이자……, 그의 종착점.

테오도르는 **거기까지만** 레벨을 올릴 수 있었다.

〈마스터〉와는 달리 티안에게는 명확한 재능의 한계가……, 개인별로 다른 레벨의 한계가 있다. 그는 [성기사]가 될 수 있었지만, 거기서 재능이 끝난 것이다.

자신의 재능이 거기까지에 불과하다는 사실을 그도 처음에는 납득하지 못했다.

왕국에서는 〈마스터〉들이 계속 늘어났고, 그와 동시에 제3왕녀를 유괴하려 한 젝스 뷔펠 같은 〈마스터〉 범죄자도 늘어났다.

왕국을 지키는 자로서 강해져야 한다고 생각한 그는 피를 토하는 노력을 거듭했지만……, 그렇다고 해서 레벨 한계치가 변할 리는 없었다.

자신의 한계를 인정하는 데는 시간이 필요했지만, 그걸 받아들인 그는 다른 방식으로 노력을 거듭했다.

순수한 힘으로 뒤처진다면 범용 스킬을 통해 다른 힘을 얻으려는 생각에 하급 직업의 구성도 변경했다. 그 과정에서 [성기사]의 《성별의 은광》과 《그랜드 크로스》, 그리고 여러 명이 《그랜드 크로스》를 동시에 날리는 '겹치기'라는 기술도 습득했다.

그렇게 노력을 거듭한 그의 진가가 시험받을 때가 왔다.

그것은 황국과의 전쟁. 그가 기사가 된 이후로는 처음……, 아니, 왕국의 기사들에게는 경험이 전혀 없었던 대외 전쟁.

그럼에도 불구하고 그는 왕국과 왕을 지키기 위해 온 힘을 다했다.

기사의 힘은 왕국의 검이며, 기사의 몸은 왕국의 방패.

기사로서 배우는 와중에 들었던 말을 가슴에 품고 그는 전장에 섰다.

하지만 황국과의 전쟁에서……, 그는 아무런 도움도 되지 못했다.

[마장군(헬 제너럴)]의 악마 군단과 교전하던 그는 조기에 중상을 입고 정신을 잃은 채 후송되었다.

그리고 그가 왕도의 교회에서 깨어났을 때는……, 모든 것이 끝난 뒤였다. 그는 왕을 지키지도, 기사단장 일행의 결사적인 돌격에 동행하지도, 동료의 등을 지켜주지도 못했다.

전쟁으로 인해 그가 소속되어 있던 근위기사단은 괴멸되었다고 해도 과언이 아닐 정도로 막대한 피해를 입었다.

살아남은 자들 중에서도 기사를 그만둔 자들이 많다. 손가락질당한 것보다도 자신의 무력함을 알게 된 것이 더 큰 원인이라는 사실을……, 그는 알고 있었다.

그도 마찬가지로 자신의 무력함, 부족한 재능 때문에 기사를 그만두려 했던 사람들 중 한 명이었기 때문이다.

아무리 나라에 충성을 다하기 위해 노력하더라도 아무런 도움도 되지 않는 자신은……, 다른 기사들에게 부담만 되는 게 아닌가 하는 생각에 그는 절망했다.

그는 다른 기사들과 마찬가지로 은퇴 수속을 밟고 있었다. 그대로 2주가 지나면 기사를 그만두고 친가인 자작 가문으로 돌아가서 영지를 이어받게 될 것이었다.

때가 되기를 기다리던 와중에, 그는 사람이 줄어든 성내의 순찰 임무를 맡게 되었다.

순찰 도중 그는 왕성의 실내 장미 정원에 들렀다. 우연이었을지도 모르고, 아니면 기사를 그만둔 뒤로는 두 번 다시 볼 수 없게 될 거라는 생각에 눈에 새겨두려고 했던 건지도 모르겠다.

"……여긴, 변함이 없나."

그는 근위기사단의 일원으로서 왕과 왕녀들의 다과회를 경호했던 때를 떠올렸다. 장미 정원의 경치는 당시와 달라진 게 없었다. 왕이 죽은 뒤에도 정원사가 자신의 역할을 다하고 있는 건지 장미가 전부 싱싱했고, 형태도 가지런했다.

어쩌면 나중에 왕국이 멸망한다 하더라도, 이 장미 정원은 주인이 바뀐 채 계속 남을지도 모르겠다.

그렇게 생각했을 때……, 테오도르는 가슴을 찌르는 듯한 아픔을 느꼈다.

왕국이 멸망한다는 미래에 대한 예상과, 그 전에 기사를 그만두려 하는 자신의 상황에서 생겨난 것이다.

"……그렇다고 해서 내가 뭘 할 수 있나."

기사단에 남아 봐야 재능과 힘이 없는 자신은 아무것도 할 수가 없다.

그러니 그만두는 게 정답이라며 그는 자신의 마음을 필사적으로 타일렀다.

문득, 장미 정원 입구에서 소리가 들렸다.

누군가가 걸어오는 발소리를 들은 그는 재빨리 몸을 숨겼다.

어째서 숨어버린 건지 그도 알 수가 없었다. 도망치는 것을 정당화하려는 자신의 모습을 누구에게도 보여주고 싶지 않았던 건지도 모르겠다.

그가 숨고 난 직후, 어떤 사람이 장미 정원에 놓인 테이블로 다가와 거기 딸려 있는 의자에 앉았다. 그리고 심겨 있는 장미를 바라보기 시작했다.

장미를 보는 그 사람은……, 그도 잘 알고 있는 사람이었다.

(저분은……, 엘리자베트 전하신가?)

죽은 국왕의 딸이자 왕국의 제2왕녀, 엘리자베트 S 알터.

곁에는 아무도 없지만, 말괄량이 같은 그녀가 혼자 행동하는 건 드문 일이 아니었다.

하지만 그럴 때 그녀가 매우 밝은 표정을 짓는다는 사실을 테오도르는 알고 있었다.

절대로 지금처럼……, 어둡고 가라앉은 표정을 짓지는 않았다.

(……말을 걸어야 하나.)

선천적으로 진지한 성격이었던 테오도르는 자신이 품은 고민을 제쳐두고 엘리자베트 앞에 모습을 드러내야 하나 생각했다.

하지만 엘리자베트의 표정이 변했다.

장미를 보고 있던 그녀가 눈물 한 방울을 흘린 순간에, 그 의지는 사라지고 말았다.

왕성의 장미 정원이 무엇을 위한 것인지 테오도르는 알고 있다.

왕족이 친한 사람들과 차를 마시기 위한 장소이며, 엘리자베트에게는 가족과의……, 아버지와의 추억이 있는 장소다.

그렇기에 그녀가 장미를 보고 흘리는 눈물의 이유는 굳이 말할 필요도 없다.

"흑……, 흐윽……."

단 한 방울로 인해 둑이 터진 것처럼, 그녀는 멈추지 않는 눈물을 계속 뚝뚝 흘려댔다.

그 모습에 테오도르가 움직이지 못하고 있자니…….

"엘리자베트 언니."

장미 정원의 입구에서 그런 목소리가 들렸다.

엘리자베트의 여동생, 제3왕녀인 테레지아 C 알터.

그런데 신기하게도 그녀는……, 항상 타고 다니는 거대 쥐(도마우스)와 함께 있지 않았다.

자신의 다리로 직접 걸어서 사라진 언니를 찾아다닌 모양이었다.

"훌쩍, 테레지아……."

"…………."

엘리자베트를 데리러 온 테레지아는 곧바로 언니의 볼에 흐른 눈물을 눈치채고 표정을 바꾸었다.

타고난 병 때문인지 감정 표현이 적고, 왠지 인형 같은 인상을 풍기는 소녀.

하지만 그런 그녀조차……, 아버지를 떠올리며 우는 언니의 모습을 보니 흔들리는 게 있었던 모양이다.

그리고 테레지아는 엘리자베트에게 다가가 아무런 말도 하지 않은 채 그녀를 끌어안았다.

그 얼굴은 무표정에 가까웠지만, 볼에는 눈물이 한 줄기 흘러내리고 있었다.

그녀들은 둘 다 아버지를 막 잃은 어린아이.

눈물을 흘릴 수밖에 없는 시간도……, 있다.

"…………."

그 광경을 보고……, 테오도르는 들키지 않게끔 테레지아와 엘리자베트가 들어온 입구 반대쪽으로 장미 정원을 나갔다.

한동안 말없이 복도를 걸어가 아무도 없는 곳까지 다다른 다음, 자신의 이마를 돌벽에 부딪혔다.

묵직한 아픔이 느껴지고 이마에서 피가 흘러내렸지만, 그럼에도 불구하고 자신에 대한 분노가 사그라들지 않았다.

"그 아이들의 마음도 지키지 못했던 남자가, 어째서 자신의 마음만을 지키려 하는 거지……!"

자기 자신에 대한 분노가 테오도르의 마음을 가득 채웠다.

그리고 그는 곧바로 행동에 나섰고……, 제출했던 사표를 철회했다.

자신의 약함을 이유로 도망치는 것을 그만두었다.

예전처럼, 예전보다 더, 자신이 할 수 있는 것을 찾아다녔다.

이윽고 기데온에서 일어난 사건을 겪은 뒤에도 그는 변하지 않았다. 자신의 한계를 알면서도, 자신의 한계를 인정하면서도, 그러면서도 할 수 있는 게 있을 거라고 생각하며……, 계속 달렸다.

그리고 지금. 그는 왕도 습격의 날에 이르렀다.

왕국과 그녀들의 마음을 지킬 수 있는지 시험당할 때가……, 다시 찾아온 것이다.

□ ■왕성 1층 최심부 넓은 방

[이그니스 이데아]가 정문을 공격한 지 10분 이상이 지났다.

테오도르를 포함한 근위기사단 12명은 성의 1층 부분의 가장 안쪽에 있는 넓은 방을 지키고 있었다.

넓은 방 안쪽에는 지하로 통하는 계단과 그것을 가로막는 두꺼운 신화급 금속제 문이 있다.

지하 계단을 내려간 곳은 긴급시 피난 구역이기에, 그들이 지키고 있는 넓은 방은 최종 방위선이라 할 수 있는 장소였다.

"린도스 경! 정문으로 침입한 라즈번 님……, [염왕]의 침공이 멈추지 않습니다!"

"그래…….'"

정문으로 침입한 자의 정보는 왕성 전체로 전달되었고, 기사와 경비병들은 왕성의 설비를 이용해서 방어전을 개시했다.

하지만 그 움직임은 그리 효과적이지 못했다.

"성 내부의 방어 설비, 가동률 30퍼센트 이하입니다!"

"지금까지 일어난 사건으로 인한 인원 부족이 원인으로 보입니다…….'"

부하의 보고를 받고 테오도르는 씁쓸한 표정을 지었다. 왕성에는 건국 시에 설계된 수많은 방어 설비가 있고, 최근에 [대현자]가 설치한 장치도 많다. 원래는 견고한 곳이다.

하지만 그것들을 사용할 수 없는 상태가 되었다. 침입자 중 한 명이 내부의 마력 배선을 파괴한 것도 있지만, 가장 큰 이유는 인원 부족이었다.

왕성에 설치된 수많은 설비, 특히 [대현자]가 설계한 기능은 마법을 사용할 수 있는 자가 조작하는 것을 전제로 하고 있다.

하지만 왕성의 마법 전문가……, [대현자]의 도제들은 1년 정도 전에 [글로리아] 습격으로 인해 괴멸되었다.

재야의 인재나 귀족 밑에 있던 인원을 고용하려 해도 왕성의 방어 설비의 핵심이기 때문에 어설픈 신변 조사만으로 인원을 늘릴 수 없어서 인원이 여전히 부족했다.

그 결과, 왕성이 습격당했는데도 방어 설비는 기능을 제대로 발휘하지 못하고 있다.

왕성을 지킬 인원이 부족하다. 그들도 뼈아플 정도로 잘 알고 있었다.

"전하와 일행분들은?"

"핀들 후작의 통신에 따르면 무사히 피난용 구획 안쪽으로 나아가고 계신다고 합니다."

엘리자베트와 쯔안 롱, 그리고 밀리안느는 지하의 피난용 구획으로 대피했다. 호위를 맡은 근위기사 6명과 시녀들, 그리고 피난용 구획의 마법 장치를 움직이기 위해 첩보부의 우두머리이자 장치도 잘 알고 있는 핀들 후작 역시 함께 따라갔다.

"……그란드리아 경의 연락은?"

"아직……, 없습니다."

하지만 그 일행 중에 릴리아나와 테레지아는 없었다.

원래 이곳에서 근위기사단의 지휘를 맡는 건 릴리아나의 역할이었지만, 지금은 없다.

엘리자베트를 피난시킬 때 테레지아가 자리를 비운 채 돌아오지 않았기 때문이다.

근위기사단의 지휘를 테오도르에게 맡기고 릴리아나는 적은 인원으로 각각 나뉘어 테레지아를 찾으러 간 상황이다.

(부대 지휘라면 내가 더 낫다고 판단한 거겠지.)

테오도르가 취득한 하급 직업 중 하나는 [지휘관(리더)]. 파티 멤버의 스테이터스를 약간 상승시켜주는 직업이며, 어떤 형태로든 기사단, 그리고 왕국의 힘이 되기 위해 재능이 없는 그가 선택한 동료의 힘을 키워주는 방법이다.

사실 상급 직업인 [사령관(커맨더)] 쪽이 범위나 강화 수준이 더 뛰어나지만 상급 직업을 하나밖에 고를 수 없는 그는 그러지 못했다.

그래도, 그는 자신이 할 수 있는 일을 한다.

"[염왕]의 현재 위치는?"

"1층 남쪽의 2번 복도입니다."

"그 부근의 마력 배선은 아직 살아있을 거다. 그리고 2번 복도에는 마법직이 아니더라도 기동시킬 수 있는 격리 결계 설비도 있지. 근처에 있는 경비병에게 연락해서 2번 복도를 격리시켜라."

"알겠습니다!"

부하가 통신 마법으로 연락을 보내고, 그 통신을 받은 경비병이 테오도르의 지시를 실행했다.

수십 초 뒤 격리가 성공했다는 소식이 들어왔다.

"성공입니다! [염왕]을 결계 안에 격리하는 데 성공했습니다!"

부하의 목소리를 듣고 고개를 끄덕이면서도 테오도르는 안심하지 않았다.

(그 정문을 녹일 정도의 실력이야. [대현자]님께서 남긴 격리

113

결계도 오래 버티진 못하겠지.)

길어봤자 10분, 테오도르는 그렇게 예상하고 있었다.

"그건 그렇고 린도스 경, 배선이나 설비에 대해 용케 알고 계셨군요."

"……재능이 없는 자가 할 수 있는 건 지식을 쌓는 것뿐이지. 귀공도 자신의 권한 범위 안에서 알 수 있는 설비와 탈출구에 대해서는 숙지해두도록."

"아, 알겠습니다."

"그리고 안심하긴 일러. 지금은 결계 설비를 기동시켜서 시간을 벌고 있지만, 정면으로 뚫고 나오는 것도 시간문제겠지. 그리고 마력 경로가 단선된 것도 잊어서는 안 된다. 그 격리 결계는 기동시킬 수 있었지만, 다른 구획은 제대로 기능을 발휘하지 못하는 곳이 많아. 감시망까지 포함해서. 게다가 아직 테레지아 전하께서 피난 구역으로 도망치시지 못하셨다. 이만큼 얘기했으면 이제 우리 역할을 알겠지?"

"전하와 일행분들의 안전을 확보할 때까지 지하로 통하는 이 문을 지키는 것……이군요."

"그렇다."

부하의 대답에 고개를 끄덕이며 테오도르는 그렇게 말하고…….

그 시선을 최종 방위선으로 이어지는 유일한 길, 지금은 셔터로 막혀 있는 통로로 돌렸다.

"린도스 경?"

부하가 의아하다는 듯이 테오도르를 보았다. 그의 표정은 굳어 있었다.

"······**상자**가 움직이고 있다. 하지만 빠르진 않아. 도망치는 움직임은 아니군. 그렇다면······."

테오도르가 그렇게 중얼거린 직후.

『푸슉······, 푸슉······, 푸슉.』

숨소리와 비슷한 것 같은 기분 나쁜 소리가 들렸고——, 통로를 막고 있던 셔터가 녹아내렸다.

"뭐?!"

"경계하라! 적습이다!"

녹아내린 바리케이드를 보고 부하 몇 명이 깜짝 놀랐다. 테오도르를 포함한 몇 명이 주의를 당부하며 무기를 겨누었다.

바리케이드였던 것을 지나 통로 안쪽에서 누군가가 모습을 드러냈다.

3메텔에 가까운 거대한 몸집에······, 인간 같지 않은 형태.

『푸슉······, 푸슉······. 어라, 튼튼해 보이는 문이 있군요. 여기는 정답입니까? 아니면······, 약한 인재들밖에 없는 걸 보니 꽝인가요?』

그것은 거미와 사람을 합쳐놓은 듯한 괴물이었다. 인간 크기의 거미 다리를 네 개 떼어내고 대신 사람의 팔다리를 붙인 다음 인간 형태로 일그러뜨린 듯한, 불쾌함이 느껴졌다.

"웬 놈이냐."

인간의 언어를 말하는 거미 인간에게 테오도르가 정체를 묻자 거미 인간은 재주도 좋게 고개를 살짝 숙여 인사했다.

『제 이름은 [맹독왕] 아로 우르밀. 예전에는 [사신(死神, 더 데스)] 님의 필두 암살 그룹, 〈사신의 엄지손가락〉의 일원이기도 했던 자입니다. 하지만 지금은 라 크리마 님과 〈IF〉를 따르는 서포트 멤버 중 한 명, [아라네아 이데아]라고 해야겠지요.』

거미 괴물, [아라네아 이데아]는 자신이 누군지 쉽사리 대답했다.

『아. 자기소개를 한 이유는 간단합니다. 모두 여기서 죽을 테니까요. 푸슉푸슉…….』

몸을 흔드는 모습을 보니 아무래도 숨소리가 아니라 웃음소리인 모양이었다.

다시 말해 이 괴물은, 웃으면서 이곳에 있는 근위기사단을 몰살시키겠다고 말한 것이다.

[아라네아]는 자신이 들어온 통로를 가리켰다.

『이 정보는 대단한 정보입니다. 가지고 돌아가기만 해도 큰 공일 텐데요?』

"공교롭게도……, 적의 힘에 겁을 먹고 물러날 자는 지금 기사단에 남아있지 않다."

도주를 권하는 [아라네아]에게 테오도르는 단호한 태도로 그렇게 딱 잘라 말했다.

적에 대한 공포로, 자신의 무력함으로 도망칠 거였다면 그 전쟁이 끝난 뒤에 이미 도망쳤을 것이다.

지금 이곳에 있는 근위기사단 중 도망칠 사람은 전혀 없다는 것을, 그들의 표정이 말해주고 있었다.

『그거 아쉽군요.』

[아라네아]는 진심으로 아쉽다는 듯이 고개를 천천히 저었다.

『──겁쟁이부터 먼저 죽게끔 준비해 두었는데.』

가리키던 통로 안쪽에서 부글부글 소리를 내며 보라색 액체가 흘러들어왔다.

"……독인가."

『네, [맹독왕]이니까요. 푸슉푸슉…….』

자신의 초급 직업 이름을 강조하며 [아라네아]는 다시 웃었다.

『그런데 레벨이 500은커녕 겨우 그 절반이라니, 허약한 집단이로군요. 왕국의 방패는 매우 얇은 모양이에요. 저는 두 가지일을 해야만 하니 시간을 낭비하고 싶지는 않은데요.』

"두 가지 일이라고?"

『네. 저는 바쁜 몸입니다. 한 가지는 이 성에 대한 파괴 공작.』

뭐가 기쁜 건지 [아라네아]가 주절주절 이야기하기 시작했지만, 그 정보를 듣고도 테오도르는 놀라지 않았다. 정문을 파괴한 이상한 형태의 [염왕]과 확실하게 같은 부류인 상대였기 때문이다.

『다른 한 가지는──, 제2왕녀의 암살입니다.』

하지만 그 뒤에 이어진 말에는 테오도르도 이성을 잃을 뻔했다.

"……어째서 전하를 노리는 거지?"

다른 근위기사단이 화를 내며 칼날을 겨누는 와중에도 테오도

117

르는 애써 냉정한 척하며 [아라네아]에게 물었다. 그 목소리는 분노로 인해 떨리고 있었다.

『저는 [사신]님께서 라 크리마 님께 양도하신 인재. 하지만 예전에 [사신]님 밑에 있을 무렵에는 하부 조직의 지도도 맡았습니다. 〈**사신의 새끼손가락**〉, 딱히 특별한 재능이 없는 자가 모인 [사신]님의 부하 중에서도 최하급 그룹이었습니다만.』

"······?"

테오도르 일행은 알지 못했지만, 그것은 예전에 보로젤 후작이 의뢰해서 엘리자베트의 목숨을 노리다가 〈초급 킬러(마리)〉에게 괴멸당한 암살자 집단이었다.

그녀가 단독으로 해결했기에, 엘리자베트는 자신을 노렸다는 사실도 눈치채지 못한 채 사건이 어둠 속으로 사라지게 된 것이다.

하지만 이야기는 그걸로 끝난 게 아니었다.

『그 〈사신의 새끼손가락〉이 제2왕녀의 암살에 실패하고 괴멸당했다더군요. 지도했던 자로서 원통하게 쓰러진 그들 대신 죽여둘까 해서요.』

마치 대신 쓰레기를 버려준다는 듯한 가벼운 태도로 [아라네아]는 엘리자베트의 암살을 선언했다.

『어떠십니까? 제2왕녀가 어디 있는지 가르쳐주신다면 여기 있는 모두의 목숨을 일단 살려드리겠습니다만. 이번에는 진심인데요.』

근위기사단 중에서 《진위 판정》을 지니고 있던 사람도 그 말이 거짓말이 아니라는 사실을 확인했다.

그런 [아라네아]의 제안에 테오도르는 입을 다물고 있다가······.

"그런가? 그렇다면 말하지. ──거절한다."

결의를 담아 거절했다.

적은 재능의 괴물이다.

티안의 힘이 직업으로 확정되는 세계에서 초급 직업을 얻은 걸물.

게다가 〈초급 엠브리오〉에 의해 개조 수술을 받아 더욱 강해졌다.

상급 직업조차 하나밖에 가지지 못한 테오도르와는, 격을 비교하는 것도 바보 같은 짓이다.

이곳에 있는 근위기사단이 모두 덤빈다 하더라도 승산은 만에 하나도 없을 것이다.

그렇기에 테오도르의 결단은 분명 이곳에 있는 모두를 죽음에 이르게 할 것이다.

그럼에도 불구하고 그는, 그들은, 거부를 선택했다.

"우리의 힘은──."

"""──왕국의 검."""

기사들은 검을 겨누고.

"우리의 몸은──."

"""──왕국의 방패."""

기사들은 방패를 자기 앞으로 내밀고.

"근위기사단……, 전투 개시!!"

""""서, 옛 서!!""""

[아라네아]를 향해 전의를 내뿜었다.

그들의 의지는 하나. 겁먹은 자는 없었다.

그들의 이름은……, 근위기사단.

왕국의 수호자를 대표하던 이들이다.

『푸슈슉……, 발버둥 치는 건가요? 허약하지만 괜찮은 사냥
감. 푸슈슈슈슉…….』

유쾌하다는 듯이 거미 입을 움직이며 [아라네아]가 웃었다.

『조심하시길. 제 맹독은 어지간한 〈UBM〉보다 흉악합니다. 팔
다리 하나둘 정도는 쉽사리 **녹이니까요**. 무엇보다 이 몸은 〈사
신의 엄지손가락〉이었을 때보다, 그저 초급 직업이었을 때보다,
훨씬 강하거든요. 확실히 승부가 안 될 텐데요?』

그 말은 협박이자 단순한 사실.

하지만 그 말에 겁을 먹은 사람은 아무도 없었다.

"가자!!"

""""예!!""""

그는, 물러서지 않는다.

그들은, 물러서지 않는다.

근위기사단은……, 차원이 다른 강적을 상대로 죽음을 각오한

싸움을 시작했다.

『푸슈슉……, 《페이탈 미스트》.』

"전원! [쾌유 만능 영약(에릭실)] 복용!"

[아라네아]는 처음부터 [맹독왕]의 오의를 사용했고, 근위기사단은 테오도르의 지시와 동시에 지급받은 [쾌유 만능 영약]을 복용했다.

양쪽의 첫 번째 행동에선 근위기사단이 우위를 점했다.

[아라네아]가 사용한 《페이탈 미스트》는 자신이 보유한 병독 계열 상태이상을 부여하는 독 중 열 가지를 임의로 선택해서, 화학적인 반발이 전혀 없는 상태로 혼합시켜 독무로 주위에 뿌리는 스킬이다. 게다가 [맹독왕]은 병독 계열 상태이상을 강화해주는 《맹독화》 스킬 레벨이 EX이기에 효과가 100퍼센트 향상된다.

치명적인 병독 계열 상태이상을 10개나 동시에 걸면 보통은 즉사를 피할 수 없다.

《병독 내성》 스킬 레벨도 EX이기에 병독 계열 상태이상을 항상 완전 무효화시키는 [아라네아] 말고는 전멸하더라도 이상할게 없었다.

그에 맞서 근위기사단이 유일하게 대항할 수 있는 수단이 바로 [쾌유 만능 영약]이었다. 자신이 걸린 질환을 제외한 병독 계열 상태이상을 완치시키고 180초 동안 무효화해주는 영약.

그것을 복용함으로써 기사단은 [아라네아]의 《페이탈 미스트》로 인한 즉사를 피하고, 180초 동안은 최대의 무기인 독에 걸리지 않게 된다.

[맹독왕]에게는 치명적이라고도 할 수 있는 대책이었지만.

『푸슈슉! [쾌유 만능 영약]! 좋네요! 그거 정말 좋아하거든요!』

자신에게 천적인 약을 보고 [아라네아]는 기뻐했다.

기분 나쁘다고도 할 수 있는 그 광경을 보고도 근위기사단은 겁먹지 않았다.

"3, 2, ──《그랜드 크로스》!!"

"""──《그랜드 크로스》!!"""

테오도르의 수신호에 맞춰서 발동되는 것은 그들의 오의.

[성기사]의 최대 화력, 《그랜드 크로스》.

사용한 사람은 테오도르를 포함한 근위기사단원 네 명. [성기사]라고 해도 그 오의를 모두가 쓸 수 있는 것은 아니다.

하지만 그 네 명은 '겹치기' 기술을 터득했다.

기데온에서 프랭클린을 상대로 패한 뒤, 근위기사단은 《그랜드 크로스》 사용자를 늘리고 '겹치기'의 훈련도 충분히 해두었다.

그 효과는 이 실전에서도 발휘되었고, 《그랜드 크로스》 네 발의 '겹치기'가 완성되었다.

땅에서 하늘로 뻗은 십자형 빛기둥. 성속성과 그에 딸린 열량 덩어리.

두껍고 강대한 빛의 거센 물결은 순룡조차 쓰러뜨릴 수 있는 위력을 토해냈다.

『그렇군요, 대단하긴 합니다만……, 아쉽네요. 그건 효과가 별로 없을 텐데.』

하지만 초고열 빛기둥 속에서도……, [아라네아]는 건재했다.

『푸슉푸슉. 그걸로는 태울 수가 없어요. 저는 열 공격 내성을 지니고 있거든요. 지금 동료가 **그거**니까요.』

[아라네아]는 열에 대한 내성을 부여해주는 액세서리를 여러 개 장비하고 있다.

그것은 원래 동행한 [이그니스 이데아]가 공격했을 때의 **여파**를 경감시켜주기 위한 것이지만, 《그랜드 크로스》의 고열에 대해서도 효과적이었다.

"그건 알고 있었다!"

《그랜드 크로스》의 빛이 사라진 순간, 곧바로 근위기사단 12명이 일제히 달려들어 근접 전투를 감행했다.

『호오?』

근위기사단이 동요할 거라 생각했던 [아라네아]는 그 움직임을 보고 놀랐다.

테오도르는 처음부터 '통하지 않을 것'이라는 사실을 알고 있었기 때문이다.

테오도르의 세 가지 하급 직업 중 하나는 《간파》와 《감정안》, 《투시》 같은 시각 범용 스킬을 한꺼번에 취득할 수 있는 [감정사(어프레이저)]이다.

전부 유용한 범용 스킬이지만, 원래는 다른 직업을 선택해도 덤처럼 취득할 수 있는 스킬이다. 각각 스킬 레벨도 하급 직업의 최대치인 스킬 레벨 5에 못 미치기 때문에 [감정사]를 선택하는 사람은 그리 많지 않았다.

하지만 직업의 선택에 여유가 없는 테오도르는 하나의 직업으로 유용한 스킬을 세 개 취득할 수 있는 [감정사]를 선택했다.

그리고 지금, 《감정안》을 통해 [아라네아]가 내열 액세서리를 장비하고 있다는 사실을 알아냈기에 《그랜드 크로스》를 미끼로 쓰기로 결심했다.

《그랜드 크로스》 직전에 보낸 수신호는 그것을 위한 지시이기도 했다.

"오오오!!"

근위기사단이 혼신의 힘을 다한 열두 개의 칼날이, [기사(나이트)]의 검격 스킬을 강화한 [성기사]의 검격이 [아라네아]의 몸에 꽂혔고.

『……안 통하는데요.』

전부——, 표피에 얕게 꽂힌 채 막혔다.

"윽……! 이 정도일 줄이야……!"

자신의 검이 적의 가슴팍에 박히지 않았다는 사실에 테오도르는 충격을 받았다.

『푸슉푸슉. 장비품은 《감정안》으로 알아본 모양인데, 제 정확한 스테이터스까지 《간파》하지는 못한 것 같군요. 레벨 차이를 생각하면 당연한 일인 것을……. 아, 제 레벨은 합계가 980입니다.』

《간파》는 상대방의 스테이터스를 알아보는 스킬이지만, 상대방이 《간파》를 저해하는 스킬이나 장비를 지니고 있으면 레벨 차이로 인해 정확하게 알아보기 힘들어진다.

『애초에 [맹독왕]의 스테이터스 따위는 이제 아무런 의미도 없지만요.』

"뭐라고⋯⋯?"

『예전의 저였다면 육체가 허약했을 테니 쓰러뜨릴 수 있었을지도 모르겠지만⋯⋯, 지금은 통하지 않습니다.』

[맹독왕]은 연금술사 계통의 [독술사(포이즌 맨서)]에서 파생된 직업이고, MP와 DEX를 제외하면 육체적인 스테이터스는 [성기사]보다 훨씬 낮다.

평범한 [맹독왕]이었다면 방금 그 연계로 쓰러뜨릴 수 있었을 것이다.

하지만 지금 그는 [맹독왕] 아로 우르밀이 아니라⋯⋯, 〈초급 엠브리오〉에 의해 인체 개조된 [아라네아 이데아]다.

『이 몸은 인간처럼 허약하지 않거든요.』

그의 육체는 소체로 삼은 상위 순룡 클래스의 거미형 몬스터와 융합된 상태.

이 몬스터 융합 술식은 라 크리마의 개조 수술에 자주 사용되는 수법이며, 순수한 후위나 생산직 스킬을 지닌 채 육체적인 강도마저 전위를 훨씬 능가하는 파격적인 개조 인간을 손쉽게 **생산**할 수 있다.

실제로 지금 [아라네아]의 스테이터스는 [성기사]보다 모든 면에서 월등히 높았다.

『단순히 스테이터스만 따져도 저는 그쪽을 능가합니다. 게다가 이런 스킬까지 가지고 있죠. 용기는 가상합니다만⋯⋯, 당해낼 수가 없을 텐데요?』

인간이 작은 거미를 보는 듯한 눈초리로 거미 괴물이 근위기
사단을 바라보았다.

"……아직이다!"

하지만 근위기사단은 칼날을 멈추지 않았다.

완벽한 연계로 베었는데도 얕은 상처만 입혔지만……, 상처를
입긴 했기 때문이다.

앞서 날린 《그랜드 크로스》도 완전히 무효화된 것은 아니다.
[아라네아]의 표피는 약간 그을린 채 열기가 남아있었다.

하급 화속성 마법보다 얕은 상처이긴 하지만, 그래도 상처를
입었다.

무적의 괴물이 아니다. 쓰러뜨릴 여지는……, 있다.

"가능성은 있다!"

예전에 근위기사단을 유린한 괴물이 있었다.

물리 공격을 튕겨내는 배리어를 펼치고, 성속성 공격을 무효
화시키는 괴물이 있었다.

[성기사]의 천적, 무적이라고 할 수밖에 없는 그 괴물에게 근
위기사단은 패배할 위기에 처했다.

하지만 그 괴물을 쓰러뜨린 것은 한 [성기사]……, 〈마스터〉
였다.

[성기사] 〈마스터〉가 자신의 천적을, 무적으로 여겨지던 괴물
을 타도한 것이다.

그 순간을, 테오도르는……, 그리고 근위기사단의 [성기사]들

은 보고 있었다.

승리를 알리기 위해 들어 올린 오른손을 보고 있었다.

그렇다면 우리도 포기할 수는 없다.

우리 또한 이 나라를 지키는 [성기사]이기에.

"쳐라! 팔다리가 움직이는 한……, 이 괴물을 쓰러뜨리기 위해 계속 싸워라!"

"""서! 옛 서어어!!"""

근위기사단은 계속 움직였다. 다시 [쾌유 만능 영약]을 복용하며 계속 공격을 가했다.

아무도 포기하지 않고, 팔이 끊어질 듯이 검을 휘둘러 [아라네아]에게 찰과상을 계속 입혀댔다.

『푸슈슉, ……짜증 나는군!』

그렇게 검을 맞다가 테오도르의 검이 다시 가슴 쪽을 찔렀을 때, 발끈한 목소리로 말하며 [아라네아]가 거미의 팔을 휘둘렀다. 순룡 클래스의 힘으로 휘두른 네 개의 거미 팔에 근위기사단 네 명이 튕겨 나갔지만, 나머지 여덟 명은 겁내지 않고 그 틈에 공격을 계속 가했다.

(……빈틈이 보인다!!)

[아라네아]는 강하다. 모든 스테이터스가 그들의 열 몇 배는 될 것이다.

특히 거미이기 때문에 견고한 외각은 END가 높은 [성기사]와 비교해도 단단했다.

하지만 AGI는 말을 타지 않으면 둔한 [성기사]보다 비교적 높을 뿐 아음속에도 도달하지 못했으며, 실제 속도에는 수치만큼 의 차이도 나지 않았다.

성기사들이 아무것도 하지 못하고 순식간에 살해당하지 않은 이유였다.

『건방진……!』

[아라네아]의 AGI가 비교적 낮은 데는 원인이 있다.

융합한 거미형 몬스터는 [아라네아]보다 훨씬 빨라서 아음속 에 도달하지만, 그것은 거미 형태를 유지하고 있을 때 이야기다.

아로 우르밀이 인간인 이상 기반은 인간 형태이고, 그렇기 때 문에 거미처럼 움직일 수는 없다. 거미의 몸을 주더라도 거미처 럼 움직일 수 있을 때까지 시간이 얼마나 걸릴지 모르기 때문에 AGI를 제대로 발휘하지 못하더라도 인간에 가까운 형태로 설정 할 수밖에 없다.

속도(AGI)는 단순한 내구도(END)와는 달리 몬스터의 능력치를 그대로 유지할 수가 없다.

몬스터 융합 술식의 근본적인 단점이라고도 할 수 있는 부분 이다.

가드너의 융합 스킬과는 달리 물리적으로 몬스터와 합성시킨 이상, **인간** 부품이 남아있는 한 몬스터의 힘을 완전히 발휘할 수 없는 부분이 생기는 것이다.

『──얕보지 말아주셨으면 하는데요!』

하지만 그것은 인간으로서의 장점을 남겨두었다는 뜻이기도 하다.

[아라네아]는 다시 거미 팔을 휘두르며 그 끄트머리에서 수많은 실을 뿜어냈다.

"뭐?!"

휘두른 실──, 점착사는 주위에 있던 근위기사단을 묶은 다음 곧바로 벽에 내동댕이쳤다.

"커, 헉⋯⋯!"

등을 강하게 부딪힌 테오도르가 폐 속에 있던 공기를 토해냈다.

숨을 가다듬고 곧바로 움직이려 했지만, 실로 [구속]되어 움직일 수가 없었다.

"이건⋯⋯!"

『푸슈슉⋯⋯, 보면 아시겠지만 실입니다. 번거롭게 하시더니, 이제 끝장이군요.』

그렇게 말하면서도 [아라네아]는 거미 팔로 실을 잔뜩 뿌리며 넓은 방을 거미집으로 가득 채워나갔다.

거미이기 때문에 독뿐만이 아니라 거미줄도 사용한다.

당연한 것이긴 하지만, 순서는 반대. 개조 받기 전의 아로 우르밀이 독과 실에 정통한 남자였기에 융합할 상대 몬스터로 거미가 선택된 것이다.

『푸슉푸슉⋯⋯. 저는 예전부터 이렇게 실로 상대방의 움직임을 막는 걸 좋아했거든요.』

왜냐하면⋯⋯.

『이제 [쾌유 만능 영약]을 쓰지 못하겠네요.』

그것이 그가 실을 사용한 구속술 실력을 갖춘 이유다.

이미 말했듯이 [쾌유 만능 영약]은 [맹독왕]에게 천적인 아이템이다. 대책은 당연히 필요했고, 그것이 실을 사용한 구속으로 재사용을 막는 것.

실을 무기로 쓰는 스킬은 DEX에 따라 정확도가 바뀌기 때문에 개조받기 전 아로 우르밀에게도 [맹독왕]과 시너지가 있는 빌드였다.

『푸슉푸슉……. 이렇게 해버리면 움직이지 못한 채 3분 동안……, [쾌유 만능 영약]의 **효과가 끝나는 순간**을 공포에 떨면서 기다리게 되니까요.』

무엇보다 그의 취향을 만족시켜주는 데도 충분했다.

그가 [쾌유 만능 영약]을 사용하는 모습을 보고 기뻐한 것도 그것 때문이었다.

앞서 말한 대로 번거롭게 했지만 이걸로 끝.

이제 공포에 질린 근위기사단의 모습을 지켜본 다음, 지하로 내려가 제2왕녀를 암살하기만 하면 된다.

[아라네아]가 그렇게 생각하고 실에 구속된 근위기사단의 얼굴을 보자.

『————.』

믿기지 않는 것이 보였다.

그는 지금까지 수많은 죽음을 선사해 왔다.

구속시키고, 독에 절여서, 수백, 수천 명을 죽여왔다.

단 한번의 예외도 없이, 벗어날 수 없는 죽음을 앞둔 희생자들은 절망했다.

그 모습을 볼 때마다 자신은 죽음을 선사하는 쪽이라며 기뻐하고, 안심해왔다.

이런 몸이 되어 그는 더욱 일방적인 죽음을 선사하게 되었다.

검으로 베이더라도 가려울 정도에 그치는 튼튼한 몸. 힘이 넘쳐나고, 노화조차 비껴가서 자신으로부터 죽음이 멀어진 것을 실감한 그는 자신의 인생의 절호조가 지금이라고 딱 잘라 말할 수 있었다.

자신이 바로 죽음을 선사하는 자이며, 자신에게 죽음을 선사할 수는 없다고.

그렇게 죽음을 선사하는 자를 자칭하던 그에게는.

자신이 반드시 이기는 형태로 몰아넣은 사냥감……, 이제 손쓸 방법이 없는 근위기사단 모두가.

──전혀 절망하지 않는다는 것이 미지의 공포일 수밖에 없었다.

『윽…….』

너무나도 뜻밖인 그들의 눈빛에 [아라네아]가 약간 뒤로 물러났고.

"목표 바로 아래──, 《그랜드 크로스》!!"

테오도르 일행은 차신들의 발치를 향해 《그랜드 크로스》를 날렸다.

그 순간, 《그랜드 크로스》를 날린 [성기사]들이 불타올랐다.

자신들이 발생시킨 고열에 휩싸인 채 《성기사의 가호》로 인한 대미지 경감을 가지고서도 HP가 대폭 감소되었지만, 그들은 그 아픔을 견디고 있었다.

그들은 알고 있다. 업화 속에서도 사람들을 지키기 위해 불꽃을 계속 사용한 [성기사]의 모습을.

그렇기 때문에 그들도 마찬가지로 그러려 했다.

그리고, 그런 자살 행위의 대가로…….

『시, 실을……, 그런 방법으로……!』

그들을 구속하고 있던 [아라네아]의 실은 불타서 끊어졌다.

내열 액세서리를 가지고 있던 건 [아라네아] 자신이고, 몸에서 방출한 실까지 그 효과가 미치진 않았다.

점착성을 지닌 생물적인 실이기에 《그랜드 크로스》의 열로 인해 타오르기 시작한 것이다.

"돌격!!"

테오도르의 말에 대답한 목소리는 얼마나 되었을까.

하지만, 그럼에도 불구하고 근위기사단의 몸은 움직였고, [아라네아]를 향해 검을 찔러대고 있었다.

『쓰, 쓸데없는 발버둥을!!』

[아라네아]는 다시 팔과 실을 휘둘러 자신에게 다가오는 근위기사단을 튕겨내기 시작했다.

하지만 그 움직임을 가로막는 것이 있었다.

10대 이상의 금속제 말이었다.

『뭐야, 이 말은……!』

그것은 근위기사단이 각자 받은 양산형 황옥마, [세컨드 모델].

이런 실내에서는 올라타서 전투를 벌일 수는 없지만, 배리어를 전개해 벽으로 삼을 수는 있다.

『크윽……, 걸리적거린다고!』

[아라네아]는 자신을 억누르려 하는 [세컨드 모델]을 실과 완력으로 파괴하기 시작했다.

[세컨드 모델]이 부서져 갔지만, 기사들은 아랑곳하지 않았다.

시간을 버는 것이기 목적이기 때문이었다.

""《그랜드 크로스》……!""

『……?!』

[세컨드 모델]과 싸우고 있던 [아라네아]의 발치에서 '겹치기'로 날린 《그랜드 크로스》가 발생했다.

'겹치기'는 처음에 날렸던 네 발 분량에서 두 발 분량으로 위력이 떨어지긴 했지만, 좀 전과 마찬가지로 [아라네아]의 시야를 막으며 방출된 실을 모조리 태워 나갔다.

『이런 수법으로 나를 쓰러뜨릴 수 있다고……!』

[아라네아]는 빛의 거센 물결 같은 압력을 받아내며 그 안에서 발버둥 치며 탈출하려 했다.

대매지는 액세서리로 인해 얼마 되지 않는다. 이래선 치명타가 될 수 없다.

[세컨드 모델]과 마찬가지로 그 공격 또한 억지스러운 시간 벌기에 불과하다.

[아라네아]가 그렇게 생각했을 때, 빛의 압력이 반감되었다.

(사용자의 MP가 떨어졌나……!)

애초에 소모가 심한 오의다. 고갈되더라도 이상할 게 없다.

느껴지는 감각을 통해 [아라네아]는 그렇게 판단하고, 줄어든 압력으로부터 단숨에 빠져나왔다.

『빠져……?!』

하지만 빛을 빠져나온 순간에 기다리고 있던 것은.

"────오오!!"

지근거리에서 검을 찌르는 테오도르의 모습이었다.

모든 것은 [아라네아]의 허를 찔러 테오도르가 지근거리까지 접근하기 위한 포석.

자신이 날린 《그랜드 크로스》를 해제한 테오도르는 [아라네아]의 가슴팍을 향해 자신의 검을 찔렀다.

그것은 지금까지 그가 몇 번이나 공격했던 곳. 여러 번 공격을 받아 조금씩이나마 상처가 났던 견고한 장갑의 한 점은 테오도르의 일격에 의해 뚫렸고.

──칼날이 몸속으로 깊숙이 박혔다.

『………….』

그곳에 있던 모든 사람들은 시간이 멈춘 것처럼 느꼈다.

테오도르는 자신의 MP와 SP를 모두 사용한 혼신의 일격을 날린 뒤에 움직이지 못했고.

[아라네아] 또한 자신의 가슴을 꿰뚫은 검을 조용히 내려다보았다. 그리고…….

『푸슉푸슉……………………, 아쉽게 됐네요!!』

웃음소리와 함께 인간의 팔을 휘둘러 테오도르를 튕겨냈다.

"커헉……."

그 일격으로 인해 늑골이 부러져서 내장에 꽂힌 건지, 테오도르는 피를 토하며 기침했다.

"리, 린도스 경!"

"그렇다면 우리가……!"

근위기사단은 실에서 탈출하는 과정과 [아라네아]의 공격으로 인해 모두가 만신창이가 되었고, 의식을 잃은 사람도 많았다.

그럼에도 불구하고 [아라네아]에게 맞서려 나섰지만.

"커흑……. 이, 이건……!"

그보다 먼저 제한 시간이 다가왔다.

두 번째 복용한 [쾌유 만능 영약]의 효과가 사라지기 시작한 것이다.

《페이탈 미스트》의 성분도 대부분 여러 번 사용한 《그랜드 크로스》의 초고열로 무해하게 변했지만, 여전히 남아 있는 독성이 공기에 잔류해 있다가 그들을 덮쳤다.

세 번째 [쾌유 만능 영약]을 복용하려 해도 손이 떨려서 마음대로 움직이지 않았다.

『푸슉, 푸슉, 푸슉. 진짜……, 허약한 주제에 정말로 번거롭게 하시네요. 하지만 당신들의 저항은 소용이 없었습니다.』

[아라네아]는 자신의 가슴에 꽂혀있던 테오도르의 검을 뽑아내며 웃었다.

『제 심장을 노린 거겠지만, 심장은 여기에는 없습니다. 애초에 심장을 찌르더라도 죽진 않지만요.』

[아라네아]는 뇌수 이외의 주요 장기를 예비로 내장해두고 있다. 장기를 공격당하더라도 쉽사리 죽지 않는 구조라는 뜻이다.

『하지만 기억에 남을 만한 쓸데없는 발버둥을 친 당신들을 잊진 않겠습니다! 제2왕녀를 죽일 때 이야기해드리죠! 죽을 만큼 고생하면서 찌른 상처 하나 내는 게 한계였던 허약한 기사단이라고 말이에요! 푸슉! 푸슉! 푸슉!』

[아라네아]는 크게 웃으면서 상태이상과 상처로 인해 땅바닥에 쓰러진 근위기사단을 내려다보았고……

──**빠직** 하는 기묘한 소리를 들었다.

『……? 무슨 소리죠?』

[아라네아]는 주위를 둘러보았지만, 어디서 들린 소리인지 알 수가 없었다.

하지만 아마도 기사들의 장비가 부서진 소리이거나, 치열한 전투로 인해 넓은 방 자체가 비명을 지르고 있을 거라 납득하려다가……

"그래, 찌른 상처……, 하나다."

만신창이가 된 채 벽에 등을 기대고 있던 테오도르가 그렇게 말하는 것을 들었다.

『어라, 아직도 말을 할 수 있나요? 당신이 제일 크게 다쳤을 텐데.』

"……아주 약간, 상처를 입힌 것뿐이고 말고."

테오도르는 잠꼬대를 하고 있는 것만 같았다.

상태이상과 중상으로 의식이 몽롱해진 건지도 모르겠다.

하지만 [아라네아]는……, 왠지 모를 소름을 느꼈다.

『상처가 어쨌다는 거지요……?』

그렇게 말하려다가 다시 어딘가에서 **빠직**, 소리가 들렸다. 두 번째로 들린 그 소리는 마치 댐이 무너지기 전처럼……, 작지만 불길했다.

『이 소리는 대체…….』

"나는 보고 있었다……. 그래서……, 계속 노렸다……."

『에잇! 그러니까, 대체 뭘 계속 노렸다는 건가요!』

[아라네아]가 알 수 없는 소리와 테오도르의 잠꼬대 같은 말에 짜증이 나서 그렇게 외치자.

"──**상자**다."

테오도르는 단 한 마디로 대답했다.

『뭐……?』

다시 빠직……, 무언가에 **금이 가는** 소리가 들렸다.

그것은 고막에 닿은 소리가 아니라……, [아라네아]의 뼈에 직접 전달된 소리.

근위기사단이 죽음을 각오하고 덤벼들어서 희생자를 내면서까지 입힌 찌른 상처 단 하나.

노린 것은 그 상처 안쪽에 있었다.

테오도르는 처음부터……, [아라네아]가 나타나기 직전부터
보고 있었던 것이다.

[감정사]의 범용 스킬은 세 가지. 《간파》와 《감정안》, ──그
리고 《투시》.

《투시》는 X레이나 공항의 화물 체크 기계처럼 안을 들여다보
는 스킬이다. 이중 바닥 같은 특수한 구조로 되어 있는 물건을
감정하거나, 위험물 등을 확인하기 위해 사용한다.

테오도르가 경계를 위해 사용한 그 스킬은 셔터 너머에 있던
[아라네아]의……, 내부에 있던 것까지 들여다보고 있었다.

『대체 무슨 소릴……, 설마?!』

테오도르는 보고 있었고, 처음부터 그것을 노리고 있었다.

테오도르가 노리고 있던 것은 단 하나.

[아라네아]의 몸속──, 독과 실을 합성하는 원료를 담아둔 **아
이템 박스.**

그것이 빠직, 빠직, 금이 가는 소리를 더욱 빠르게 울리기 시
작했다.

『잠깐. 잠깐……!』

애초에 당연한 이야기였다. 독을 토해내기 위해서도, 실을 방
출하기 위해서도 원료가 필요하다.

그럼에도 불구하고 [아라네아]는 복도에서 넘쳐날 정도의 독
액을 흘려보냈고, 좀 전에 방 전체를 거미집으로 바꿀 정도로

많은 실을 뿜어냈다.

물리적으로 몸속에 담아둘 수 있는 양이 아니니 어딘가에서 원료를 꺼내는 것은 명백했다.

하지만 《감정안》으로는 아이템 박스가 보이지 않았다.

그렇기 때문에 테오도르는 막대한 원료가 담겨 있는 것이 《투시》로 보이는 몸속의 상자라는 것을 눈치챘다. [아라네아]의 목숨줄이기 때문에 결코 잃어버리지 않게끔 몸속에 내장시킨 아이템 박스.

하지만 그것은……, 한 가지 단점을 지니고 있다.

『잠깐잠깐잠깐잠깐잠깐잠깐잠깐잠깐잠깐잠깐잠깐잠깐?!』

멈추지 않는 균열의 소리에 [아라네아]가 좀 전까지 보여주던 태연한 모습을 잊어버린 듯이 비명을 질렀다.

그것은 죽음을 선사하는 쪽이 아니라 당하는 쪽이 되었기에 느낀 공포.

그가 두려워하는 것은 그 소리가 아니라……, 소리를 전조로 찾아오게 될 세계의 상식.

아이템 박스는 외부에서 파괴할 수 있다.

그리고 파괴되면……, **내용물을 쏟아내게 된다.**

『잠까안……, 아뷰욱?!』

짧은 단말마를 내뱉은 직후, [아라네아]는 파열되었다.

견고한 외각 안쪽에서 쏟아져나온 소재 아이템으로 인해 장기가 단숨에 짓눌렸고, 잠시 후에는 외각조차 자신의 부피를 훨씬 뛰어넘는 물량으로 인해 안쪽으로부터 터져나갔다.

아무리 개조인이라 해도 견딜 수 있을 리가 없었다. 개조로 인해 죽음으로부터 멀어졌다고 자만에 빠져있던 자는 그 개조로 인해 숨이 끊어진 것이다.

결판이 난 모습을 테오도르는 만신창이가 된 몸으로 지켜보면서…….

"휴우…….."

그 전쟁 이후로 처음 미소를 짓고 난 다음, 독을 포함한 소재의 홍수에 휩쓸렸다.

■ 불꽃

라즈번 가문은 대대로 화속성 마법 실력이 뛰어난 가문이었다.

티안의 한계 레벨과 적성은 각자 다르긴 하지만, 라즈번 가문 사람들은 한계 레벨이 높으면서 화속성 마법 관련 직업에 대한 적성도 뛰어났다. 재능이 유전된다는 사례 중에 가장 뚜렷한 예는 천지의 주민이지만, 라즈번 가문도 비슷한 곳이었다.

그렇기 때문에 라즈번 가문은 대대로 화속성 마법을 연구해 왔다.

직업과 레벨이 존재하는 〈Infinite Dendrogram〉에서 강해지는 방법이 명확하다는 것은 티안에게 있어서 행복이었을 것이다. 그……, 퓨엘 라즈번도 선대 [염왕]이었던 아버지를 스승으로 모시고 화속성 마법을 다루는 방법을 배웠다.

"3대 속성의 초급 직업인 [천신(디 아트모스)], [지신], [해신(디 오션)]은 그 대분류 속성의 모든 마법에 적성을 가진 자만이 가질 수 있다. 하지만 그것은 넓고도 얕은 것이지. 화속성의 대가인 본 가문은 천속성 사용자들에게 뒤처지지 않는다. 불이라는 하나만 놓고 보면 우리 라즈번 가문이 계승해온 [염왕]은 [천신]보다 뛰어나지. 그리고 화속성 마법은 모든 속성 중에서 가장 큰 위력을 발휘한다."

즉, '라즈번 가문이 바로 마법에 있어서 최강의 일족이다'라고 아버지는 몇 번이고 말해왔다.

그도 마찬가지로 그 말이 옳다고 느꼈다.

모든 것을 써야 할 필요는 없다. 자신의 모든 것을 쏟아부은 단 하나만으로 최강이면 된다.

열량. 최대 최강의 열량이야말로 라즈번 가문을 최강으로 만들어주고 있다.

그는 그렇게 생각하며 어렸을 때부터 화속성 마법을 단련하는 데 심혈을 기울였고, 아버지가 죽어 [염왕]을 이어받은 뒤에도 연구를 계속했다. [염왕]의 오의를 습득하고 그것을 개량까지 하면서 계속 최강이고자 했다.

그리고 [염왕] 퓨엘 라즈번이라는 이름이 왕국에 널리 알려졌을 때, 그는 한 통의 도전장을 어떤 인물에게 보냈다.

그 인물의 이름은……, 없다.

이름은 아무도 모른다. 왕족조차 모르고, 《간파》로도 알아볼 수 없을 정도로 수수께끼가 많은 인물.

하지만 그 인물은 왕국의 주요 요인으로 친숙하며, 이름이 아니라 직업 이름으로 불리고 있다.

[대현자], 라고.

◆

4년 전 그날, 결투도시 기데온 중앙 대투기장은 떠들썩했다.

거대한 중앙 대투기장의 관객석은 거의 가득 찼고, 귀빈석에는 알터 왕국의 국왕인 엘도르까지 와 있었다.

알터 왕국 최초의 왕비가 기데온 출신의 [초투사(오버 글래디에이터)]였기에 이곳에서 중요한 결투가 벌어질 때는 왕족이 관람하는 경우도 많았다.

그렇다, 오늘 진행되는 것은 일반적인 결투가 아니다.

당시 결투에서 정점에 서 있던 것은 [묘신(더 링크스)] 톰 캣. 그말고도 늘어나기 시작한 〈마스터〉들로 인해 랭킹이 조금씩 바뀌어가고 있던 시점이었지만, 그날 메인 이벤트로 싸우는 사람은 결투 랭커가 아니었다.

결투치고는 신기하게도 마법직끼리 벌이는 격돌.

그것도 국내의 티안 중에서 1, 2위를 다툰다고 하는 마법직들의 싸움이다.

한쪽은 '잿더미'라는 이름으로 유명한 화속성 마법의 대가, [염왕] 퓨엘 라즈번.

다른 한쪽은 왕국의 상담역이자 당시 '마법 최강'이라 불리던 살아있는 전설, [대현자].

〈마스터〉들이 성장 단계였던 당시, 국내 최강의 마법직끼리 벌이는 싸움이었다.

"이렇게 큰 무대에 서는 건 오랜만이군요. 부디 잘 부탁드립니다, 라즈번 공."

"……………그래."

온화한 말투로 그렇게 말한 [대현자]와는 달리 퓨엘은 굳은 표정을 짓고 있었다.

애초에 이 결투를 벌이게 된 이유는 퓨엘의 도전장 때문이었다.

이유는 [대현자]의 별명……, '마법 최강'.

앞서 말했듯이 라즈번 가문은 마법 최강을 자부하며 그것을 진실로 만들기 위해 연구를 거듭해온 일족이다.

하지만 사람들이 말하는 마법의 최강은 별명이 말해주듯이 [대현자]였다.

그 별명 때문에 퓨엘은 [대현자]에게 결투를 신청했다.

자신을 한계까지 단련하고, 늙어서 약해지기 직전인 지금이야말로 전성기라고 확신하며 [대현자]에게 도전장을 내민 것이다.

도전장을 공표하기까지 했기에 받아들이지 않으면 [대현자]가 승부를 포기하고 도망쳤다며 자신보다 약하다는 것을 널리 알릴 생각이었다.

전설에 도전하는 마음가짐을 높게 평가하는 사람도 있었지만 부정적인 의견이 더 컸던 모양이다.

그 정도로 [대현자]의 존재는 왕국에서 거대한 비중을 차지하고 있었고, 그의 행동이 무례하다는 이유도 있었다.

그럼에도 불구하고 그는 물러서지 않았다. '마법 최강'은 라즈번 가문이 추구하던 이름이다.

그의 아버지도 그것을 추구했지만, [대현자]에게 도전하기 전에 병으로 쓰러져 원통하게 죽었다.

그 모습을 보았던 그는 반드시 [대현자]를 쓰러뜨리고 최강이라는 이름을 되찾겠다고 맹세했다. 그의 생애를 바친 수련이 이번 도전으로 이어진 것이다.

"무서운 표정을 짓고 계시는군요. 제가 무슨 원한이라도 산 겁니까?"

"······귀공 개인에게 원한은 없다."

군이 원한이라고 하자면 '마법 최강'이라 불리는 [대현자]라는 것.

상급 직업인 [현자(와이즈맨)]이란 라즈번 가문의 사상과는 정반대인 직업이다.

[현자]는 3대 속성 모두에 적성이 있는 자만이 가질 수 있기에, 천, 지, 해, 3대 속성 모든 마법을 행사할 수 있는 데다 회복 마법까지 쓸 수 있는 자도 있다.

하지만 대부분 그러한 마법은 전문직보다 격이 대폭 떨어진다.

[현자]란 퓨엘의 아버지가 말했던 '넓고도 얕은 것'을 체현하는 자다.

그리고 말할 필요도 없이 [대현자]는 [현자]의 초급 직업이다.

즉, '마법 최강'인 [대현자]란 존재 자체가 라즈번 가문의 **전면적인 부정**.

그것이 바로 도전장을 보내게 된 가장 큰 이유이다.

퓨엘은 상대하게 될 [대현자]를 바라보며 과거를 떠올렸다.

그것은 병으로 쓰러지기 전에 아버지가 했던 말이었다.

『들리는 이야기로는 그 [대현자]는 《크림슨 스피어》를 쓸 수 있는 모양이더군. 다시 말해 3대 속성 상급 직업의 오의를 전부 날릴 수 있다는 뜻이다. 대단하긴 하지만 반대로 말하자면 [염왕]이 자랑하는 화속성 마법의 경지에는 닿지 못한다는 뜻이지. 라즈번 가문이라면 이길 수 있다.』

아버지는 그렇게 말했다. 만약 해속성 마법 상급 직업의 오의, 에너지 감퇴 계열의 방어 마법을 사용한다 하더라도 [염왕]의 오의라면 이길 수 있을 거라 판단한 것이다.

『또한, 암속성을 복합한 마법으로 생물만을 공격하는 대규모 섬멸 마법도 쓸 수 있는 모양이더군. 대단하지. 허나 그것은 대규모 섬멸 마법이기에 지근거리에서 벌이는 결투에서 쓸 수 있는 마법이 아니다. 1대1 전투라면 [염왕]의 오의인 《항성(픽스드 스타)》의 위력을 넘어설 수는 없다.』

《항성》은 그 이름이 나타내는 대로 세계를 비추는 항성과도 같은 플라즈마 불덩이.

섬멸 규모로는 [대현자]의 대규모 섬멸 마법인 《이매지너리 미티어》가 더 뛰어나지만, 단독 개체에게 사용하는 공격 화력으로는 당시의 최대 화력을 자랑하던 마법이다.

그렇기 때문에 아버지는 승리를 확신하고 있었을 것이다. 병으로 쓰러졌을 때도 '병만 아니었다면 [대현자]를 타도할 수 있었을 텐데……'라고 원망스러운 목소리로 말했다.

하지만 퓨엘의 판단은 아버지와 달랐다.

(……아마도 [대현자]는 모든 속성의 마법 계열 초급 직업의 오의를 쓸 수 있을 것이다.)

상대는 100년 이상 살면서 연구를 거듭한 마법의 선배이자 천재.

모든 마법의 재능을 지닌 [대현자]라면 그 영역에 도달하더라도 이상할 게 없다.

그는 자신의 일족이 계속 연구해온 힘이 최강임을 믿었지만, 상대를 과소평가하지는 않았다.

[대현자]가 모든 속성의 오의를 쓴다면, 퓨엘은 자신이 도달한 오의의 **너머**에 있는 힘으로 [대현자]를 쓰러뜨린다. 그런 결심이었다.

(내가 한결같이 연마해온 《항성》의 궁극을 통해 최강의 이름을 라즈번 가문에 되찾아 온다.)

가진 패의 숫자가 압도적으로 불리하기 때문에 단기 결전에 나선다. 자신이 연마한 최강의 마법을 첫 번째 공격으로 날리고, 그것을 통해 상대방의 기교를 전부 박살 낼 수밖에 없다.

퓨엘은 최초의 공방에 자신의 인생 전부를……, 일족의 연구 전부를 걸었다.

한편, 도전을 받은 쪽인 [대현자]의 표정은 시원스러워 보였다.

애초에 [대현자]에게는 받아들일 이유가 없었다. 왕국의 중진이라는 자리와 100년이 넘는 실적을 의심하는 사람은 없다. 도전을 받아들이지 않는다 해도 겁쟁이라고 비난당할 리 없고, 오히려 '역시 저런 자는 상대할 가치도 없었을 것이다'라고 다들 납득했으리라.

그럼에도 불구하고 [대현자]는 도전을 받아들였다. 그뿐만이 아니라, 기데온 백작과 상의해서 오늘의 결투를 이 중앙 대투기장의 메인 이벤트로 세팅하기까지 했다.

그의 이야기에 따르면 '양쪽 다 뛰어난 마법 사용자입니다. 만에 하나를 대비해서 기데온의 결계 설비를 사용해야 할 겁니다. 기데온에서 할 거라면 손님을 받는 게 수익도 날 테고요'라고 한다.

하지만 어떤 깊은 생각을 하고 있는지 아무도 알 수 없는 것이 이 [대현자]라는 남자였고, 설령 그 말이 거짓말이 아니더라도 목적이 여러 개 있을 가능성은 부정할 수 없었다.

어찌 됐든, 두 사람의 납득 아래 결투의 장이 마련되어 시작의 때를 맞이했다.

『──시자악!!』

사회자가 결투 개시 신호를 보내자마자, 퓨엘이 움직였다.

"불타라! 불타라! 불타라! 하늘의 빛을 본떠 지표를 소각하는 자! 빛나는 별의 축척!"

자신의 마력을 마법으로 바꾸며 퓨엘은 자신의 온 힘을 다해 《영창》했다.

《영창》은 마력을 담아서 말을 함으로써 마법의 효과를 강하게 만드는 보조 스킬이다. 문구는 사람마다 다르지만, 그는 자신의 혼 그 자체를 불태우는 듯한 《영창》을 거듭했다.

"그대들은 파멸의 쌍둥이별! 이중련 항성의 구현!"

퓨엘이 들고 있던 두 손에 《항성》이 하나씩 떠올랐다.

쌍발식 항성. 두 손으로 두 발의 《항성》을 동시에 날리는 기법.

《항성》의 궁극이자 퓨엘이 자신 대에 완성시킨 비의. 과거에는 이 기술에 도전했다가 제어를 실패하고 자신의 몸을 불살라

149

버린 [염왕]이 있을 정도로 위험한……, 고도의 기술.

하지만 그는 피를 토하는 노력 끝에 그것을 다룰 수 있게 되었다.

만약 에너지를 감퇴시키는 해속성 초급 직업의 오의를 행사한다 하더라도 첫 번째 공격으로 상쇄하고 두 번째 공격으로 확실하게 해치울 수 있다. 그러기 위한 쌍발식이다.

이 마법이라면 반드시 승리할 수 있다.

(이 쌍격으로 라즈번 가문의 승리를————.)

하지만 퓨엘은 마법을 완성시킨 다음——, 충격을 받았다.

그 직전까지 자신의 맞은편에 서 있던 [대현자]는 어느새 공중에 떠 있었다.

그리고 공중에 떠 있던 [대현자] 주위에 있는 것은——, **네 개**의 《항성》이었다.

"……아아, ……아아아아!"

자신이 도달한 경지를, 궁극이라고 믿었던 쌍발식을……, [대현자]는 쉽사리 초월했다.

애초에 《항성》은 한 발에 30만 이상의 MP를 소비한다. 네 번이나 쓰면 퓨엘이라고 해도 마력이 고갈될 텐데, 실제로 네 개를 띄워두고 있는 [대현자]의 얼굴에는 힘들어하는 기색이 없었다.

무엇보다 중요한 것은 처음부터 《항성》을 쓰기로 결심했던 퓨

엘과는 달리……, [대현자]는 퓨엘의 움직임을 **보고 나서**《항성》
을 사용하기로 했다는 것이다.

그건 즉, 준비를 늦게 시작했는데도 퓨엘이 두 개의《항성》을
날릴 준비를 마쳤을 때는 이미 네 개의《항성》을 띄워두고 있었
다는 뜻.

마력뿐만이 아니라 숙련도와 속도에서도 퓨엘의 화속성 마법
이 [대현자]에 훨씬 못 미친다는 증거였다.

만약에 퓨엘에게 재능이 없었다면, 또는 어리석은 자였다면,
'위력이라면 내가 더 강할 것이다', '저런 건 허세나 마찬가지다'
라고 맹신하며 자신감을 유지할 수 있었을 것이다.

하지만 그는 천재였다. 그것도 화속성 마법에 모든 것을 쏟아
부은 천재였다.

그렇기에 [대현자]의《항성》을 본 것만으로도 허세 같은 게 아
니라 자신의《항성》과 동등……, 아니, 더 뛰어난 마법이라는
사실을 알아버렸다.

하지만, 그 사실을 알면서도…….

"《항성》!!"

"──《항성》."

양쪽의 마법이 부딪히면 어떻게 되는지는 말 그대로 '불을 보
듯 뻔했을 것'이다.

그럼에도, 결과를 알면서도, 자신이 연구해온 것으로부터 도
망칠 수는 없었다.

그렇게 퓨엘과 [대현자]는 동시에《항성》을 날렸다.

퓨엘의 《항성》 두 발은 [대현자]의 《항성》 중 두 개 속으로 삼켜졌고, 퓨엘 자신은……, 나머지 《항성》 두 개로 인해 소각되었다.

지극히 쉽사리, 결투 개시로부터 1분도 지나지 않아서 티안 최강의 마법직들의 싸움에 결판이 났다.

◆

어떤 산속에서 한 노인이 나무 그루터기 위에 앉아있었다. 명상을 하고 있는 것 같기도 했고, 잠을 자는 것 같기도……, 또는 죽은 것 같기도 했다.

[대현자]와의 결투로부터 3년 반이 지나, 노인——, [염왕] 퓨엘 라즈번은 왕국의 남서쪽에 있는 깊은 산속 암자에 있었다.

예전에 머무르던 도시의 저택은 이곳으로 옮겨오기 전에 그가 직접 자신의 손으로 태워버렸다.

그 결투 이후, 그에 대한 평가는 현저하게 낮아졌다. 아는 사람이 보기에는 퓨엘 또한 희대의 걸물이며 그 결투가 초고도의 마법 대결이었다는 사실을 이해했을 것이다.

하지만 겉보기로는 2 대 4……, 매우 알아보기 쉽게 져버렸다. 오의를 여러 개 날리는 것 자체가 역대 [염왕]들이 해내지 못한 일이라는 것은 아무도 신경 쓰지 않았다. '[염왕]은 [대현자]를 전혀 당해내지 못했다'라는 결과만이 세상에 퍼져나갔다.

그가 자취를 감춘 것은 그런 소문을 피하기 위해서라고 사람들은 생각했고, 그는 그런 세상의 소문을 전혀 신경 쓰지 않았다.

지금 그의 마음에 그런 잡음을 들을 여지 같은 건 없었다.

그의 마음을 가득 채우고 있는 것은 '완패했다'라는 사실뿐.

만능의 마법사인 [대현자]에게 자신이 생애를 바친 한 가지의 힘으로 도전했는데도, 그 힘에 압도적인 격차를 보이며 패배했다.

최강을 증명하기 위한, [대현자]를 뛰어넘기 위한 연구가……, 전혀 통하지 않았다.

자신의 인생이 완전히 부정당한 것이나 마찬가지인 결과였다.

그리고 그로부터 3년 이상, 이 산속에서 홀로 지내고 있다.

애초에 화속성 마법에만 바쳐왔던 인생. 깊은 산속에 살더라도 신경 쓰는 사람은 없었다.

"…………."

혼자 계속 명상하는 그는 말이 없었지만, 그런 그의 주위에는 소리가 아닌 소리가 울리고 있었다.

그것은 불꽃의 소리. 앉아 있는 그의 주위에는——, 모두 합쳐 64개의 불덩이가 떠 있었다.

《항성》은 아니고 하급 마법인 《파이어볼》이지만, 그래도 보통은 이렇게 많은 숫자를 동시에 움직일 수 없다.

[대현자]에게 숫자와 위력, 속도로 패배한 뒤, 다시 연구를 거듭한 결과……, 그는 예전에 결투를 벌였을 때를 넘어서는 제어 능력과 속도를 갖추었다.

더 높은 경지를 추구하며 자신의 한계 너머를 억지로 열어젖

히려 한 결과다.

하지만 그는 알고 있다. 이곳 너머가 존재하더라도……, 자신은 도달하지 못한다는 것을.

"역시……, 부족하군."

그는 그렇게 중얼거리고 주위의 불덩이를 없앴다.

그가 시험하려 했던 것은 예전과 마찬가지로……, 《항성》의 복수 동시 제어. 지금의 그라면 [대현자]가 사용했던 네 발 동시……, 또는 그 이상의 영역에도 도달할 수 있을지 모른다.

하지만 그것은……, 근본적인 이유로 불가능했다.

"마력이, 부족하다."

그에게는 《항성》 네 발을 동시에 날릴 만한 MP가 없다.

자신의 MP를 한계까지 쥐어 짜낸다 하더라도 동시에 세 발까지가 수치적인 한계였다.

레벨을 올리기만 하면 MP도 늘어날 것이다.

하지만 레벨의 한계가 없는 초급 직업이라 해도 한없이 올릴 수 있다는 건 아니다.

[대현자]는 100년 이상을 살면서 레벨을 올려온 자. 그 영역에 도달하려면 퓨엘도 수십 년의 시간이 더 필요할 것이다.

살아있는 동안에 따라잡을 수 있을지 알 수가 없고, 따라잡는다 하더라도 그걸로는 이길 수 없다.

예전 결투 때는 일부러 화속성 마법을 사용했지만, [대현자]는 모든 속성을 사용할 수 있다. 상성이 안 좋은 마법을 사용한다면 동등한 MP나 제어능력이 있다 해도 패배가 확실하다.

단 하나의 힘만으로 쓰러뜨리려 한다면 상대방을 능가해야만
한다.

그러기 위해 예전에 쌍발식 항성을 고안해냈던 것처럼.

"……윽."

퓨엘은 예전의 결투, 자신의 모든 것이 박살 난 순간에 보았던
[대현자]를 떠올렸다.

잡동사니를 자랑하는 어린애를 보는 듯한 부드러운 눈초리를
잊을 수가 없다.

[대현자]에게 퓨엘이 인생을 바쳐 터득한 힘은 겨우 그 정도에
불과했던 것이다.

"……어린애 장난, 인가."

퓨엘도 알고 있다. [대현자]가 《이매지너리 미티어》만으로 알
려진 것은 [대현자]가 그 《항성》을 예전에 버렸기 때문이다.

이건 못 써먹겠다고 생각했기에 쓰지 않게 된 것이다.

그런 그에게 그가 못 써먹겠다고 판단한 것보다 훨씬 떨어지
는 수준으로 도전했다. 그랬으니 실망하고, 어린애를 보는 듯한
눈초리로 볼 만도 하다며 퓨엘은 자조했다.

그렇기 때문에 **다음**에는……, [대현자]의 화속성 마법을 능가
해야만 한다.

그렇다, 퓨엘은 포기하지 않았다.

사람들이 사는 곳에서 멀리 떨어져 홀로 명상하고, 연구를 거
듭해 온 것은……, 다시 도전하기 위해.

'완패'라는 결과를 들이댄다 하더라도 이제 그에게는 '마법 최

강'을……, 아니, [대현자]를 쓰러뜨리는 것 말고는 살아갈 길이 없었다.

그렇기에 그 결투로 모든 것이 박살 난 뒤에도 연구를 그만둘 수는 없다.

그는 '마법 최강'의 이름이 파툼이라는 〈마스터〉에게 옮겨간 것을 알지 못한다.

그는 전쟁이 일어나 [대현자]가 죽었다는 사실도 알지 못한다.

세상에서 격리된 산속에서 목적을 위해 그저 홀로 연구할 뿐.

그것은 다른 사람이 보기에는 광기라고도 할 수 있었지만……, 그는 정상이다.

그저 가치관과 살아가는 세계 그 자체가 그것밖에 없었을 뿐이다.

하지만……, 그런 나날도 변할 때가 왔다.

"…………웬 놈이냐?"

갑자기 퓨엘은 눈을 감은 채 그렇게 말했다.

자신의 연구를 평가하는 말도, 과거를 회상하다 한 말도 아니었다.

지금 이곳에 나타난 누군가에게 한 말.

""처음 뵙겠습니다. 퓨엘 라즈번 씨시죠?"죠?"

어느새 그자들은 산의 나무 사이에 있었다.

돌림노래처럼 약간 어긋난 두 목소리.

나뭇잎으로 가득한 수풀 속에서 휠체어를 탄 하얀색 여자와 휠체어를 미는 우락부락한 검은색 남자.

──[혼 장사꾼] 라 크리마가 퓨엘 앞에 모습을 드러냈다.

""제 이름은 라 크리마. 〈마스터〉이자 [혼 장사꾼]입니다"다."

"〈마스터〉라. 그런 녀석들도 있었지. 그래서, 내게 무슨 용건이냐?"

""스카우트입니다. 저희 클랜의……, 서포트 멤버가 되지 않으시겠습니까?"까?"

"클랜?"

""〈IF〉라는 지명수배자들이 모인 클랜입니다"다."

그 말을 듣고 퓨엘은 쓴웃음을 지었다.

"범죄자라. 나는 지명수배를 당한 기억이 없다만?"

""──그래도 잔뜩 죽이셨죠?"죠?"

쓴웃음을 지은 퓨엘에게 라 크리마가 단정 지었다.

""이 산, 매우 조용하군요. 몬스터의 기척이 없습니다. 그리고 사람의 기척도 없고요. 왕국에서도 레벨이 높은 몬스터가 서식하며 수행장으로도 유명했을 텐데요"요."

"……무슨 말을 하고 싶은 거지?"

""레벨은 얼마나 오르셨습니까?"까?"

라 크리마가 하고 싶었던 말은 '당신은 레벨을 올리기 위해 얼마나 많은 몬스터와……, 이 산에 온 티안을 죽여대셨습니까?' 였다.

리소스가 드롭 아이템으로 바뀌어버리는 몬스터보다 티안 쪽이 경험치 효율이 더 좋다는 사실을……, 아는 사람들은 알고 있기 때문이다.

""도시나 마을을 습격하지 않고, 이곳을 사냥터로 삼으려 하는 티안을 노린 건 현명하군요. 돌아가지 않더라도 신기할 게 없고, 레벨이 높은 티안은 경험치를 많이 주니까요"요."

"……훗."

퓨엘은 웃었다. 유쾌해서 그런 게 아니라 그저 약간 우스웠기 때문에 웃었다.

현명하군요라는 말에 약간 공감이 되었다.

"그래. 딱히 세어본 건 아니지만, 마력을 키우기 위해 죽였지."

그는 매우 당연하다는 듯이 그렇게 말했다.

미친 사람이나 할 법한 말이었지만, 그는 미치지 않았다.

그저 가치관과 살아가는 세계 그 자체가 그것밖에 없었을 뿐이다.

그의 가치관이란 화속성 마법으로 최강을 추구하고 증명하는 것.

그가 살아가는 세계란 그것이 전부였던 라즈번 가문. 강해지는 것이 목적이며……, 누군가를 지키기 위해서라거나 충성을 다한다는 잡다한 **군더더기**는 존재하지 않았다.

그렇기에 레벨을 올리기 위해 다른 사람을 죽이는 것 정도는 큰 문제가 아닌 것이다.

""마치 소문으로 들은 천지의 주민 같군요"요."

"공감하는 바는 있다. 그래서, 범죄자 클랜이라고 했던가? 공교롭게도 나는 더욱 높은 경지에 도달해야만 하니 그런 짓을 할 시간은 없다."

퓨엘은 거절하며 두 손으로 불덩어리를 만들어냈다.

좀 전에 사용했던 《파이어볼》이 아니었다. 그가 도달한 경지이자 [대현자] 말고는 아무도 사용하지 못하는 마법……, 쌍발식 항성이었다.

두 손으로 만들어낸 불덩이를 보면서――정확히는 한쪽 눈만 드러낸 검은색 라 크리마의 눈으로만 보면서――라 크리마는 말했다.

""스카우트의 대가로 제가 드릴 수 있는 건 지금의 당신보다 강한 당신입니다"다."

그 말을 듣고 퓨엘이 눈살을 찌푸렸다.

"지금보다 강한 나, 라고……?"

""저와 거래를 하신다면 확실하게 그리될 것입니다"다."

마치 계약을 하자고 유혹하는 악마처럼, 하얀색 라 크리마가 손을 내밀었다.

그에 대한 퓨엘의 대답은.

"지금 이상의 힘을 내게 준다면, 우선 그 증거를 보여보거라!"

――두 손으로 날린 《항성》이었다.

이 산속에서 만난 인간과 몬스터를 전부 쌍격으로 증발시켜온 필살의 마법.

그에 맞서 라 크리마는……, 피하지도 못하고 직격당했다.

여파만으로도 주위의 풀과 나무가 불타올랐고, 퓨엘의 암자조차 전부 타버렸다.

그 정도의 초고열 중심에 라 크리마가 있었고…….

두 발의 《항성》은──, 검은색 남자의 두 손에 **쥐어져 있었다.**

"…………그렇군, 이만큼 경악한 건……, [대현자]와의 결투 이후로 처음이로구나."

휠체어에서 손을 뗀 검은색 남자가 두 손을 앞으로 내민 채 마치 공처럼 《항성》을 잡고 있었다. 강철뿐만이 아니라 신화급 금속조차 녹일 수 있는 《항성》을 쥐고 있는데도 남자의 손은 녹기는커녕, 형태가 무너지지도 않았다.

보아하니 어느새 남자의 모습은 인간이 아닌 상태였다.

금이라고도 할 수 없고 은이라고도 할 수 없는 광택으로 온몸을 두른, 사람 같지만 사람보다 거대하고 일그러진 형체.

금속의 몸 가슴팍에 조각된 것은 'Ferrum Idea'라는 이름이었다.

"제가 당신에게 드릴 수 있는, 지금의 당신보다 강한 당신. 그 샘플입니다."

정체를 드러낸 검은색 라 크리마가 입을 다물었기에 하얀색 라 크리마만의 말이 퓨엘의 귀에 닿았다.

하얀색 라 크리마는 아무런 변화 없이, 입고 있는 옷이나 피부조차 열기의 여파로 타오를 기색이 없었다.

하얀색 라 크리마도 정체를 드러낸 것이 아닐지도 모르겠다.

"······납득은 됐다."

자신의 최대 오의를 맞고도 전혀 통하지 않는다는 듯이 서 있는 검은색 남자.

저것이 만들어진 힘이라고 한다면, '지금보다 강한 당신'이라는 말도 믿을 수 있다.

"다시 자기소개를 하도록 하죠. 저는 라 크리마. 〈초급〉이자 사람을 바꾸는 자입니다."

노래하듯이 하얀색 라 크리마가 그렇게 말했다.

"저는 당신의 눈물(라 크리마)을 환희의 눈물로 바꿀 것입니다. 당신이 힘을 원한다면 지금을 아득하게 뛰어넘는 힘을 줄 것입니다. 원하시는 게 있다면 답해드리겠습니다."

시연을 보이며 제안하자 퓨엘은.

"··········마력이다. 내게는 그 [대현자]를 뛰어넘을 수 있는 마력이 필요하다."

정신을 차리고 보니 이야기를 받아들이는 쪽으로 결심을 굳히고 있었다.

인간임을 포기하게 될지도 모르겠지만, 퓨엘에게는 사소한 문제였다. 그에게 중요한 것은 화속성 마법으로 [대현자]를 쓰러뜨리고 자신이 최강이라는 사실을 증명하는 것밖에 없었다.

"알겠습니다. 그렇게 시술하도록 하죠."

그리고 라 크리마는 [대현자]를 뛰어넘는 마력이라는 요구를 간단히 받아들였다.

"··········."

자신이 부딪혔던 벽을 간단히 무너뜨린다.

그것은 하늘에서 내려온 거미줄일까, 아니면…….

"……너는, 악마 같은 존재인가?"

부추기며 지옥으로 꼬드기는 악마일까.

"아뇨. 분명히……, '삶의 상인'이라 해야 할 존재입니다."

퓨엘이 진심으로 한 질문에 라 크리마는 지극히 진지한 목소리로 그렇게 대답했다.

□ 왕성 2층 복도

"전하! 테레지아 전하! 어디 계십니까!"

사람이 없는 복도를 근위기사단 부단장인 릴리아나는 [세컨드 모델]을 탄 채 달려갔다. 이번 습격 때 행방불명된 테레지아를 찾아다니는 것이었다.

하지만 어린 왕녀는커녕, 그녀를 태우고 돌아다니는 도마우스 조차 보이지 않았다.

성안에서 폭발음이 울릴 때마다 테레지아가 목숨을 잃지는 않을지 불안해졌다.

(또……, 그렇게 되는 거야……?)

변함없는 상황에 릴리아나는 무력함을 느꼈다.

(또 나는……, 아무것도 못 하는 거야……?)

그녀가 이런 마음을 품은 건 처음이 아니었다.

소꿉친구이자 친한 친구 두 명, 제1왕녀 알티미어와 [대현자]의 애제자 인테그라.

알티미어는 [알터]에게 선택받은 [성검희(세이크리드 프린세스)]였고, 검술 대련을 할 때는 연상인데도 한 번도 이기지 못했다.

인테그라도 스승을 뛰어넘는다는 이야기까지 들을 정도로 뛰어난 마법 재능을 지니고 있었고 박식했다. 릴리아나가 고민하는 문제도 그녀는 곧바로 답을 이끌어 내 해결해 주었다.

그녀들은 천재였다. ——하지만, 릴리아나는 그렇지 않았다.

[천기사]를 아버지로 두었고, 재능도 있었지만……, 그녀들처럼 특별하진 않았다.

자신에게 그녀들 같은 힘이 있었으면, 그런 생각을 한 적도 셀 수 없이 많았다.

기사, [성기사]가 된 이후로도 그건 마찬가지였다. 근위기사단에 들어오긴 했고 평균 이상의 실력이었지만, 아버지를 비롯한 숙련된 강자들에는 미치지 못했다.

그래도 언젠가는. 그렇게 생각하며 굴하지 않고 노력했다.

하지만 황국과의 전쟁에서 진짜 무력감을 맛보았다. 근위기사단장이었던 아버지도, 선배들도, 자신보다 어린 후배도, 악마군단과의 싸움에서 전사했다.

그리고……, 그녀가 근위기사단의 부단장이 되었다.

단장이 되지 못한 건 단장의 자리가 [천기사]의 위치이기 때문.

부단장이 된 건 그녀보다 강한 [성기사]가 한 명도 남지 않게 되어버렸기 때문.

그녀는 스스로 실력 부족을 자각하고 있는데도, 부단장으로서 근위기사단을 이끌어야만 하게 되었다.

아버지와 동료들의 죽음과 막중한 임무. 릴리아나의 마음은 부서질 것만 같았다.

그럼에도 불구하고 그녀는 무릎을 꿇을 수가 없었다.

아버지를 잃은 어린 여동생이 있기에.

패배로 인해 많은 것을 잃고, 슬픔에 잠긴 근위기사단 동료가 있기에.

친한 친구이자 함께 전쟁으로 아버지를 잃은 알티미어가 있기에.

그리고 망국의 위기에 겁을 먹은 백성들이 있기에.

그녀는 기사로서 무릎을 꿇을 수 없었다.

지키고 싶은 것을 지키기 위해, 그녀는 걸맞지 않은 부단장의 책무를 다하려 했다.

하지만 그녀의 마음과는 달리 현실에는 그녀의 힘이 미치지 못하는 사건이 너무 많았다.

왕국 각지에서 일어난 사건. 그녀의 여동생을 덮친 수많은 마충. 기데온에서 일어난 테러.

그녀의 손이 닿는 곳에서 일어난 비극조차 그녀 혼자서는 맞설 수 없었다.

지키고 싶은데도 힘이 부족해서 지킬 수 없다.

그것은 지금도 마찬가지다.

이 성을 습격한 적을 물리칠 방법도 없고, 지켜야 할 왕녀를 찾아내지도 못하고 있다.

지키고 싶은 것을 지킬 수 있는 힘을……, 원했다.

"만약에……, 인테그라가 있었다면……."

소꿉친구 중 한 명이자 지금은 왕국에서 제일 현명한 사람이었을 그 재녀가 있었다면……, 그 방법도 가르쳐주었을까.

"……아니! 지금은 내가 해야 할 일에 온 힘을 다해야 해……!"

없는 것을 달라고 떼를 쓰는 것도, 남에게 기대는 것도 지금은 현실도피에 불과하다. 릴리아나는 고개를 저어 답답한 마음을 애써 떨쳐내고 테레지아를 계속 찾아다녔다.

그런 그녀를———, 복도에 걸린 그림 한 장이 바라보고 있었다.

■왕성 4층 복도

왕성의 4층은 왕족의 생활 공간이기 때문에 복도에도 다양한 물건들이 놓여 있고, 그림이나 관엽식물, 그리고 멋지게 생긴 갑주 등이 늘어서 있다.

그런 복도에 한 개조인이 서 있었다.

(이걸로 열세 군데. 배선은 대충 다 부쉈나.)

검푸른 피부와 익막(翼膜)을 지닌, 박쥐와 사람을 섞어놓은 듯한 남자. [웨스펠티리오 이데아], [기습왕] 모터는 마음속으로 그렇게 중얼거린 다음 벽에서 자신의 날개손을 빼냈다.

그의 역할은 마력의 배선을 끊어 성의 방어 설비를 망가뜨리는 것이었다. 라 크리마의 개조로 인해 마력 탐지 능력을 손에 넣은 그는 마법식의 배선 정도는 눈을 감고도 느낄 수 있었다.

(영감들이 경비를 끌어들이고 있으니 편하군. ……그런데 이 성의 방어 설비는 제대로 작동하진 않지만 지나칠 정도인데. 내

일터였던 〈유적〉과 좋은 승부가 되겠어.)

그렇게 생각하며 모터는 예전에 있었던 일을 떠올렸다.

모터는 몇 달 전까지 카르디나의 〈유적〉에서 '성공자 사냥'을 하고 있었다.

〈유적〉을 탐색해서 성과를 얻은 사람을 습격하여 손에 넣은 것을 빼앗는 일이었다.

누구에게도 들키지 않고 순식간에 상대방을 말살해서 빼앗는다. 지극히 똑똑한 약탈이었지만, 그런 나날도 〈IF〉의 서브 오너를 노린 탓에 끝을 고하게 되었다.

그 남자는 어린아이의 손을 비트는 것처럼 쉽사리 그를 전투 불능 상태에 몰아넣은 다음, 벌벌 떨던 그에게 제안했다.

'여기서 죽을지, 인간을 그만둘지 선택해라. 나는 전자를 추천한다'라고.

하지만 모터는 후자를 선택했다.

죽을지 살지 선택하라면 사는 것을 선택한다. 노예가 되더라도 살다 보면 기회는 생긴다.

그렇게 대답한 모터를 그 남자가 치료해 주었고, 그런 다음 라 크리마에게 넘겼다.

라 크리마 밑에서 모터는 개조인으로 다시 태어났고, 지금 이렇게 [웨스펠티리오 이데아]로서 알터 왕국의 왕성을 습격한 것이다.

(그래도 이 힘은 나쁘지 않아. [기습왕]이 되었을 때보다 충실하니까.)

이 왕성이라는 무대에서 힘을 휘두르는 모터는 그 사실을 실감할 수 있었다.

인간이라는 답답한 껍질에서 벗어나자 전능감이 모터의 정신을 가득 채웠다.

보이지 않았던 것이 보이고, 할 수 없었던 일을 할 수 있다는 해방감이 그의 정신을 점령했다.

(그런데, 대체 뭘까. 이건…….)

하지만 보이게 되었기에 드는 의문도 있었다.

모터가 탐지하기로 이 성에 있는 거대한 마력 반응은 세 개.

하나는 동행자인 [이그니스 이데아]인데, 나머지 두 개를 알 수가 없었다.

한쪽은 [이그니스]보다 작지만 어지간한 초급 직업을 능가하는 반응. 성 한곳에서 움직이지 않고 있었다.

다른 한쪽은 마력이 확대와 축소를 반복하는 반응. 이쪽은 느린 속도로 성의 4층……, 모터가 지금 있는 층에서 움직이고 있었다.

이 관측 결과는 돌입하기 전에 제타에게 보고했고, 제타는 설비를 망가뜨린 다음 확대와 축소를 반복하고 있는 기이한 반응쪽으로 가라고 지시했다.

"……?"

자신의 임무를 수행하던 도중, 모터는 갑자기 시선을 아래쪽……, 1층으로 돌렸다.

(거미 영감이 죽었나? 미세한 마력을 두른 반응이 흩어졌군.

……몸속의 아이템 박스가 부서진 거야. 뭐, 나도 죽이려고 했다면 그 방법을 썼겠지.)

동료의 사망 경위를 깨달으며 모터는 소리 없이 한숨을 쉬었다.

그는 [아라네아]의 죽음뿐만이 아니라 [이그니스]가 결계에 붙잡혔다는 사실도 알고 있었지만, 구하러 갈 생각은 없었다.

아직 들키지 않은 자신에게는 강 건너 불구경 같은 일이며 명령을 받지도 않았기 때문이다.

모터가 무엇보다 가장 우선시하는 것은 자신의 생존이고, 추구하는 것은 자유다.

만약 자유로워질 방법이 있었다면 명령조차 내팽개치고 탈주했을 것이다.

이렇게 개조된 몸에는 목줄이 채워져 있기에 불가능하지만.

(우리는 실험 동물이니까. 바보 같은 벌은 논외지만, 우리 중에서 최강이 되어버린 불꽃 영감도 [MP 부스터(그런 짓)]을 잔뜩 채워 넣었으니 금방 죽겠지.)

〈유적〉에서 사냥을 하면서 살아왔던 모터는 [이그니스]가 몸속에 달고 있는 장비에 대해서도 잘 알고 있었다.

[MP 부스터]는 마력을 증폭시켜주는 대신 수명을 크게 깎는 선선대 문명의 물건인데, 막대한 마력을 원한 [이그니스]…, 퓨엘 라즈번은 몸속에 그것을 여러 개 탑재하고 있다.

아마 앞으로 1년……, 아니, 한 달조차 살지 못할 거라고 모터는 예상했다.

아이템 문제만이 다가 아니기 때문이다.

(라 크리마, 그 싸이코 같은 녀석은 자기 마음대로 인간을 개조하는 힘이 있긴 하지만 생물학이나 의학 지식은 별로 없어. 인간과 몬스터, 아이템을 〈엠브리오〉의 힘으로 섞을 뿐이지. 그래서 어딘가에 무리가 생기는 거야.)

소재만 마련하면 라 크리마가 원하는 대로 인체를 자동으로 개조하는 것이 이데아라는 〈초급 엠브리오〉이다. 라 크리마에게 지식과 기술이 없다고 하더라도 이데아에게는 그것이 있고, 그렇기 때문에 개조인이라는 개조 인간을 양산할 수 있다.

단, 라 크리마가 원한 개조에 문제가 있을 경우에도 그것이 가동되게끔 끝까지 만들어버린다는 점은 장점이자 단점이라 할 수 있다.

(강대한 개조인(이데아)일수록, 지나친 전투력을 줄수록……, 스스로 무너질 위험이 커지니까.)

그런 점에서 모터는 자신의 개조에 안심하고 있었다.

특필할 점은 마력 탐지 능력과 무시야 공간 생성능력 두 가지. 덤으로 저급 비행 능력.

비교적 약한 개조였기 때문에 지금은 아직 문제가 발견되지 않았다.

(성공이라고 할 만한 건 나와……, 라 크리마의 팔다리인 [펠름(철)], [칸투스(노래)]뿐인가? 아니, 그 녀석들도 성공이라고 하기에는. ……?)

모터는 다시 복도를 내려다보았다.

(불꽃 영감, 무슨 짓을 할 셈이지?)

결계에 붙잡혀 있던 [염왕]의 마력 반응에 큰 움직임이 생겨 그것을 탐지했다.

그 움직임의 의미를 추측하려고 한 직후, 성 전체가 크게 흔들렸다.

『……쳇.』

그전까지 기척을 숨기고 활동했기에 말이 없던 모터도 무심코 혀를 찼다.

(저 영감, 진짜로 뭐 하는 거야?)

마음속으로 그렇게 생각하며 혀를 찬 소리는 정말로 작았지만…….

다음 순간──, 그를 향해 검이 날아들었다.

『……!』

모터는 반사적으로 뛰어서 물러났다. 검을 회피하면서도 혼란이 머릿속을 덮쳤다.

(뭐지? 아무것도 없었을 텐데. 마력의 반응도 없고, 기사도 보이지 않았어. 제타의 광학미채 같은 건가? 그렇다 하더라도……, 저건 뭐지?)

의문과 사고가 고속으로 지나가다가 시야에 들어온 것으로 인해 가로막혔다.

그는 공격당하기 직전까지 그것을 보고 있었다. 눈으로 보고 있었다. 그렇기 때문에 이해할 수가 없었다.

그것은 복도에 장식되어 있던 **갑주**였다.

성의 복도에 장식되어 있던 갑옷이 저절로 움직이며 검을 휘두른 것이다.

(……골렘 비슷한 거였나? 아니, 마력의 반응 같은 건 전혀 없었는데.)

갑주가 형태를 바꾸며 부풀어 올랐다.

잠시 후 머리 위에 [매서커 아머]라는——, 몬스터의 이름이 떴다.

모터에게는, 그리고 인류의 대다수에게는 미지의 현상이었다.

『……뭐야? 이게? 윽?!』

그렇게 중얼거린 직후, 모터는 다시 반사적으로 날았다.

그의 **뒤쪽에 있던 벽**이 그가 있던 곳을 물어뜯고 있었다.

벽에는 이빨을 지닌 거대한 입——, [빅마우스 월]이라는 이름이 표기되어 있었다.

변화는 거기서 끝이 아니었다.

관엽식물이 마치 고문도구 같은 형태로 변형하여 [토처 플랜트]가 되었고, 액자의 그림이 웃으며 [스크림 픽처]라는 새로운 이름을 내세웠다.

그저 거기에 있기만 했던 것들이, 인간도 아니고 몬스터도 아니었던 것들이, 사악한 모습의 몬스터로 변해 모터에게 덤벼들었다.

『……터무니없는 괴물의 저택이로군, 이 성은.』

방어 설비라고 하기는 너무 악취미스럽다. 혹시 〈엠브리오〉의 소행인가? 모터는 그렇게 마음속으로 생각하며 갑작스럽게 나타난 몬스터와의 전투에 돌입했다.

그런 이상한 형태들이 격돌하는 모습을———, 천장 틈새에 숨은 렌즈가 바라보고 있었다.

◇ ◇ ◇

ㅁ왕성 지하 피난 구획

근위기사단이 최종 방위선으로 삼은 광장 너머, 지하로 이어지는 계단 안쪽에는 왕성의 피난 구획이 있다.

엘리자베트 일행은 그 피난 구획의 통로 안쪽으로 향하고 있었다.

호위와 시녀까지 포함하면 열 명이 넘는 인원이었지만 이동하는 데 지장은 없었다. 지하 통로는 폭이 넓은 데다 천장도 높아서 〈마징기어〉도 간단히 지나갈 수 있을 정도였기 때문이다.

일행을 안내하는 사람은 제1왕녀 알티미어의 심복이자 왕국의 첩보를 맡고 있는 핀들 후작. 거기에 호위를 맡은 근위기사 여섯 명이 엘리자베트와 쯔안 롱, 밀리안느, 그리고 시녀들을 지키기 위해 움직이고 있었다.

"도착했습니다. 우선 이 피난소에서 농성하며 적이 물러가기를 기다리시죠."

선두에 있던 핀들 후작이 그렇게 말하며 진로 너머에 있던 두꺼운 문으로 다가가 벽의 터치 패널을 조작했다. 묵직한 기계음과 함께 최심부……, 왕족의 피난소로 통하는 문이 열렸다.

"이건……, 견고한 구조로군요."

쯔안 롱의 말은 옳았다. 피난소는 천연 지하 동굴에 공사를 해서 만든 것이었고, 공동을 두꺼운 금속제 셸터로 뒤덮어서 지상과 완전히 격리시킨 견고한 구조였다.

게다가 왕성 지하의 수원에서 물을 끌어다 두었기에 물이 부족해서 곤란할 일이 없고, 시간의 경과로 인한 열화를 극도로 억제하는 아이템 박스를 이용해 식량도 풍부하게 비축해두었다. 구조가 올 때까지 농성하는 것도 가능하기에 습격을 당한 왕성에서 가장 안전한 곳이라 할 수 있었다.

"나도 이곳에 들어온 건 처음이로구나."

"이런 때가 아니면 쓰지 않았겠죠. 상대는 소수이니 성 밖에 있던 〈마스터〉들이 달려오면 물리치는 것도 가능할 겁니다. 강화 회의를 하러 가신 분들께서 귀환할 때까지 농성하는 일이 생길지도 모르겠습니다만……."

엘리자베트의 표정이 어두워졌다.

"피난……. 테레지아는 어디에 있을꼬……."

"그란드리아 경이 수색 중입니다. 이 피난소에는 감시 설비도 있으니 그란드리아 경이 테레지아 전하를 모시고 오면 알 수 있습니다. 그렇게 되면 문을 열도록 하겠습니다."

"언니는 괜찮으려나……."

"그란드리아 경은 현재 우리나라에서 가장 강한 기사. 걱정할 필요는 없지요."

불안해하는 소녀들의 말에 대답하면서도 핀들 후작은 마음속으로 위험한 상황 때문에 전전긍긍하고 있었다.

침입자 중 한 명이 [염왕]이라는 보고는 들어서 알고 있다. 초급 직업……, 그것도 터무니없는 힘을 손에 넣은 초급 직업을 상대해야 한다면 낙관적으로 볼 수는 없다.

(〈초급〉이나 랭커들은 대부분 부재중. 적어도 강화 회의에 참가하지 않은 피가로 공이 있어주었다면 좋았겠지만, 아직 돌아왔다는 보고는 들어오지 않았지. 레이레이 공이나 새로 가세한 한냐 공의 위치도 알 수 없고. ……불행 중 다행인 건 신우 공이 있어주었다는 건가.)

핀들 후작의 호위 아래 이곳으로 피난 온 소년소녀. 그들과 함께 있던 신우는 침입자와 맞서 싸우기 위해 지상에 남았다.

이 시점에서는 왕성의 복도에서 제타와 사투를 벌이고 있다.

(이러한 사태가 될 거라는 걸 알고 있었다면……. 성의 습격을 미리 알아차리지 못한 것은 첩보를 맡고 있는 내 불찰. 추태를 보인 책임은 사건이 마무리된 뒤에 져야겠지…….)

그렇게 생각한 핀들 후작의 표정은 어두웠다. 사전에 이런 움직임을 파악하지 못하고, 주인이 자리를 비운 사이에 왕족과 다른 나라의 내빈을 위험에 처하게 했기 때문이다. 원통하기 짝이 없는 일이다.

(역시 첩보 부문에도 〈마스터〉를 등용하는 걸 생각해봐야겠군. 그게 내 마지막 일이 될지도 모르겠지만……. 그래도 지금은 전하와 쯔안 롱 황자를 지켜야겠지.)

그렇게 생각하며 핀들 후작은 피난소 안에 있던 조작판을 움직였다. 공기 조절 등을 포함한 내부의 설비가 가동되기 시작했다.

그걸 보고 있던 쯔안 룽이 무언가를 깨달은 듯이 중얼거렸다.

"이 지하의 구획, 혹시 왕성이 건설되기 전부터 있었던 건가요?"

"알아보시겠습니까."

"네. 지상의 성은 생활과 미관을 중시한 설계였는데, 지하는 구조가 너무 투박하네요. 게다가 왕국의 시설……, 그것도 수백 년 전에 만든 것치고는 기계 설비가 많아 보이고요."

"그렇습니다. 이 지하 구획은 초대 국왕님께서 이곳에 왕도를 건설하기 전에 만들어진 것을 그대로 쓰고 있습니다."

조금이라도 어린아이들의 불안함을 달랠 수 있을까 하는 생각에 핀들 후작은 이 지하 시설의 내력에 대해 이야기하기 시작했다.

"예전에 이 왕도의 땅에는 다른 나라의 수도가 있었습니다. 그 수도의 이름은 업도. 그 유명한 록펠 아드라스타가 이끌던 침략 국가 아드라스타의 수도입니다."

그것은 역사에 이름을 남긴 대정복자. 역사상 최강의 티안이자 그 무력으로 대륙의 서쪽 절반을 제패한 것으로 유명한 [패왕(킹 오브 킹스)]의 이름이다.

"이 지하 구획은 수도 전투를 대비한 요새 설비로 건설된 모양인지 지극히 견고해서 해체도 할 수 없었기에 그대로 사용하며 그 위에 새롭게 성을 지었다고 합니다."

"그래서 기계 기술이 많이 보이는 거군요."

[패왕]은 대륙의 서쪽 절반(동맹 관계였던 레전더리아는 제외)을 지배했다. 그렇기 때문에 〈유적〉에서 지금 드라이프에 전해져 내려오는 것과 비슷한 기계 기술도 획득했다고 한다.

"[패왕]은 이곳에 수도를 만들고 나서 몇 년 뒤 역사에서 자취를 감추었습니다. 하지만 수도는 이 땅에 남았고, 침략 국가의 분열에 따른 군웅할거와 전란으로 인해 몇 번이나 약탈당했습니다."

후에 삼강 시대라 불리게 되는 [패왕]과 [용제], [묘신]의 싸움.

[패왕]의 소실과 [용제]의 수명으로 인해 그 시대는 끝나고, 모두가 세상이 평화로워지리라 예상했다.

하지만 그것은 잘못된 생각이었다. 대륙을 둘로 나눈 전쟁이 더욱 자잘하게 쪼개졌을 뿐이었다.

동쪽의 황하 제국은 [용제]가 서거한 직후에 요절한 황제의 후계자 다툼으로 나라가 둘로 나뉘었다. 서쪽의 침략 국가에선 [패왕]의 슬하에 있던 자들이 지배자가 되기 위해 패권을 다투었다.

지구의 역사를 자세히 알고 있는 사람이 있었다면 각각 오닌의 난과 알렉산더 대왕의 사후를 떠올렸을지도 모르겠다.

동쪽의 내란으로 인해 황하는 국력이 크게 떨어졌고, 서쪽의 전란으로 인해 서방은 여러 나라로 나뉘게 되었다.

지금도 남아 있는 해상 국가 그란바로아를 비롯한 여러 나라가 그 무렵에 생겨났고, 대부분이 사라져갔다.

업도를 다스리는 자가 [패왕]의 후계자라는 듯 여러 세력이 업도를 두고 쟁탈전을 벌였고, 그 과정에서 도시는 지하 시설을 제외하고 매우 황폐해진 것이다.

"하지만 전란을 거쳐……, 이 땅은 최종적으로 어떤 인물의 지배 아래 놓이게 됩니다."

"그건…….."

"그자가 바로 [사신(邪神, 디 이빌)]. 이 땅은 예전에 초대 국왕님과 동료들에게 토벌당한 [사신]의……, 마지막 거처였습니다."

군웅할거의 말기에 시대는 새롭게 두 인물을 세상에 내놓게 되었다.

한 사람은 목동 출신이면서 땅에 잠들어 있던 [원시성검]에 우연히 적성이 있었기에 [성검왕(킹 오브 세이크리드)]이 된 소년, 아즈라이트.

다른 한 사람은 태어날 때부터 [사신]이었으며 이름까지 포함해서 많은 정보가 역사에서 사라진 존재.

[성검왕]이 대륙 서방에서 모험을 거듭하는 와중에 [사신] 또한 힘을 키워나갔다.

[사신]은 살아있는 재앙이었고, [사신]이 만들어낸 이상한 형태의 몬스터는 서방을 공포에 물들여 나갔다.

최종적으로는 업도를 지배한 [사신]에게 [성검왕]과 동료들이 도전하여……, 큰 희생 끝에 승리했다. 왕국에서 가장 유명한 이야기. [성검왕]의 [사신] 토벌이다.

"[사신]을 해치운 다음, 초대 국왕님께서는 자신이 만들 나라의 수도를 이곳으로 정하셨습니다. 이런 사정이 있는 땅에 건국

한 이유는 지리적 이유와 정치적인 이유까지 포함해서 여러 가지가 전해져 내려오고 있습니다. 초대 국왕님께서는 [사신]을 토벌한 시점에서 왕비님의 친가인 기데온과 외람되나마 저희 선조인 핀들을 비롯하여 이미 여러 도시 국가를 거느리고 계셨으니까요. 그런 이유까지 포함해서 그렇게 정하셨는지도 모르겠습니다. 하지만 초대 국왕님께서 남기셨다고 전해지는 말도 있습니다."

"그게 뭐죠?"

핀들 후작은 그렇게 말한 다음.

"──보유자는 땅에 잠든 **신의 유해**로부터 멀리 떨어지지 말지어다, 라고요."

그 말을 듣고 쯔안 롱은 고개를 갸웃거렸다.

"신의 유해……, 그 [사신]과 관계가 있는 걸까요?"

"신의 유해가 어떤 건지까지는 전해져 내려오지 않았습니다. 하지만 이 땅에 그 〈묘표 미궁〉이 생긴 것은 [사신]이 토벌되고 얼마 지나지 않은 무렵이라는 기록도 있습니다. 어쩌면……."

"보유자가 [사신]을 쓰러뜨린 [원시성검]의 보유자……, 다시 말해 알터 왕족이라고 한다면 [사신]의 무덤을 감시하기 위해 이곳에 왕도를 만들었다는 건가요?"

"그런 가설도 있긴 합니다."

"무덤이야……? 무서운데……."

이야기를 약간 이해한 밀리안느가 겁을 먹은 듯이 그렇게 말했다.

"안심하시길. [사신]의 유해가 있다고 하더라도 이 피난 구획에는 없을 겁니다. 지금까지 여러 번 조사가 이루어졌고, 저주나 원념 같은 게 없다는 건 확인되었습니다. 이곳은 안전합니다."

"다행이야……."

밀리안느는 진심으로 안심한 모양이었다.

"이야기가 어려워서 이해가 잘 안 되는구나. ……쯔안은 그렇지도 않은 것 같다만?"

"음, 이야기를 듣고 보니 여러모로 짐작 가는 게 있어서요. 그리고 황하 사람으로서는 [패왕]과 인연이 있는 시설이라는 이야기를 들으니 흥미가 생기네요."

황하 제국은 바로 옛 침략 국가의 행보를 막은 대륙 최대의 국가.

그 뒤 일어난 내란으로 인해 국토가 크게 줄어들긴 했지만, 당시보다 훨씬 전부터 계속 존재해왔던 국가다. 대륙의 국가 중에서는 레전더리아 다음으로 역사가 오래되었다.

"[용제]와 [패왕]의 대립 구도는 역사를 이야기할 때 빼놓을 수 없으니까요."

서방의 [패왕]과 동방의 [용제]는 함께 이야기해야 하는 존재라고 쯔안 롱은 말했다.

"……그런 말을 들으니 신기한 느낌이로구나."

"신기하다고요?"

"황하의 쯔안과 패왕이 살던 도시의 내가 부부가 된다는 것 말이다."

"…………."

예전에 기데온의 애투제 때 물어보려다가 보류하게 된 것.

습격으로 인해 중단된 오늘 다과회 때 그에게 다시 말할 생각이었던 이야기.

"쯔안. 나는 이미 답을 정했다. 나는……, 쯔안에게 시집갈 것이다."

엘리자베트는 지금 이곳에서 쯔안 롱에게 시집을 가겠다는 생각을 전했다.

지금 이곳에서 전하지 않으면 앞으로 전할 기회가 없을지도 모르니까.

"전하……."

"하지만 나는 아직 쯔안에 대해 잘 알지 못한다."

"……그렇죠."

"그뿐만이 아니라 아직 사랑을 해본 적도 없다."

엘리자베트는 아직 열 살도 안 된 소녀. 그런 것을 알기에는 아직 어리다.

엘리자베트에게 쯔안은 친구지만, 달콤한 사랑의 감정을 품은 적은 없다.

"그래도 나는 친구로서 쯔안이 좋다. 함께 지내면서 싫지 않았으니 괜찮을 것이다. 모르는 것도 이제부터 알아가면 된다."

싫지 않은 관계이기에, 함께 지내는 게 괴롭지 않기에, 이제부터 알아가자고 엘리자베트가 말했다.

"…………."

그 성실한 말은 따스했고……, 그럼에도 쯔안에게는 아픔을
주었다.

그런 그녀에게 자신이 너무나도 큰 **거짓말**을 하고 있다는 사
실을, 쯔안 롱은 알고 있기 때문이다.

어차피 황하의 궁정으로 돌아가면 그녀도 알게 될 사실.

그렇다면 이곳에서 자신이 직접 전해야 할지도 모르겠다, 그
는 그렇게 생각했다.

"……전하. 저는……."

"쯔안?"

"사실, 사람……, **황자가.**"

쯔안이 뭔가 말하려 했을 때.

"저기, 방 한가운데에서는 떨어져. 위험하잖아?"

마치 가로막으려는 듯이 밀리안느가 그렇게 말했다.

"음? 왜 그러는고? 밀리아. 무엇이 위험한가?"

"있지, 잘 모르겠지만, 위험할 것 같아. 한가운데가 위험해."

잘 알아들을 수 없는 말이었다.

갑자기 위험하다고 해도 피난 구획의 최심부에 이상한 점이
있을 리가 없다.

그래도 왠지 무시할 수가 없었기에, 그곳에 있던 엘리자베트
와 쯔안 롱은 밀리안느 곁으로 이동했다.

쯔안 롱이 무언가를 생각하는 듯한 표정을 지었다.

말을 가로막혔기 때문은 아니다. 밀리안느가 한 말 때문이었다.

"전하, 그녀는……."

"다과회 전에도 소개했다만, 릴리아나의 여동생이다. 내 친구 중 한 명이지."

"그란드리아 경의……. 그렇다면 그녀는…………, 설마."

그리고 쯔안 롱은 정신이 번쩍 든 듯이 다시 피난소 중앙을, 그 천장을 보았다.

천장은 왠지, 붉게 변색되어 있는 것 같았다.

"적이 와요!"

쯔안 롱이 그렇게 말한 직후, ──피난소의 천장이 융해되었다.

제철소처럼, 천장에 뚫린 구멍에서 끈적끈적하게 녹아내린 광물이 피난소로 흘러들었다.

시녀들이 비명을 질렀고, 근위기사 여섯 명이 모두를 지키기 위해 앞으로 나섰다.

광물이 끓어오르는 소리와 열기가 피난소를 흔드는 와중에 천장에 뚫린 큰 구멍에서 팔이 네 개 달린 이상한 형태가 내려왔다.

『──이곳, 인가?』

팔이 네 개 달린 이상한 형체──. [이그니스 이데아], [염왕] 퓨엘 라즈번은 피난소 안을 둘러보며 그렇게 중얼거렸다.

"저, 저건 보고를 받았던 [염왕]인가?! 분명 격리 결계에 가두었다고……!"

핀들 후작이 당황하며 소리쳤다. 초급 직업이라 하더라도 파괴하기 힘든 마술식의 벽으로 사방이 가로막혀서 한동안 묶여 있어야 했다.

그런데 어째서 여기에 있는 걸까.

그 대답은 매우 단순했다. 결계가 **사방**만 가로막고 있었기 때문이다.

"천장의 구멍……, 지상에서 이 피난소까지 모든 격벽을 녹인 건가?!"

이 피난소와 지상 사이는 신화급 금속에는 미치지 못하지만 상당한 강도의 합금으로 30메텔 이상 가로막혀 있었다. [패왕]을 두려워하며 최선을 다한 당시의 설계자와 부하들이 만들 수 있었던 전란 당시 최고의 셸터다.

그럼에도, [이그니스]는 그 화력을 집중시켜 전부 녹이며 이곳에 도달했다.

뜻밖이라고 할 수밖에 없는 강행 돌파로 인해 안전한 줄 알았던 피난소가 죽음의 지역으로 변했다.

(큰일이다……! 적어도 전하와 황자, 그란드리아 경의 여동생만이라도 도망치게 해야 해!)

긴박한 표정을 지은 핀들 후작과 근위기사들에게 포위당했는데도 [이그니스]는 아랑곳하지 않고 다시 주위를 둘러보고는.

『[대현자]는 어디 있지?』

한마디……, 그곳에 있던 누구도 예상하지 못한 질문을 했다.

"뭐, 라고?"

『[대현자]는 어디 있지?』

핀들 후작이 수상쩍어하며 되물었지만, [이그니스]는 처음부터 그것밖에 생각하지 않았다. 왕성을 습격한 뒤 계속 [대현자]의 그림자를 쫓아다니고 있다. 이 피난소에 도달한 것도 지하에 숨겨져 있던 이 시설을 눈치채고 혹시나 하는 생각에 와보았을 뿐이었다.

"그분은 이미 돌아가셨다! 그런 사실 정도는 알고 있을 텐데!"

핀들 후작이 화를 내며 그렇게 말했다. [대현자]가 살아있었다면 이런 상황이 되지 않았을 거라는 생각까지 드러내면서.

하지만 그 말을 듣고도 [이그니스]는 흔들리지 않았다.

『들었고말고. 이런 몸이 되기 전에도 말이다. '마법 최강'이라는 이름이 다른 자에게 넘어갔다는 이야기도 들었다.』

라 크리마와 만났을 때는 몰랐지만, 사람이 사는 곳으로 내려와 보니 자연스럽게 귀에 들어오게 되었다.

지금 [이그니스]는 자신이 떠나있던 동안 생겼던 세계의 움직임에 대해 알고 있다.

『하지만, 그런 정보는 상관없다.』

그럼에도 불구하고 [이그니스(불꽃)]는 흔들리지 않았다.

『[대현자]는 여기 있다. 그 녀석을 쓰러뜨리는 것이 바로 최강이라는 증명이다. 〈마스터〉인 '마법 최강' 따위엔 흥미 없다. 죽음도, 선양도 위장이다. 그 녀석이라면 그 정도는 하겠지. 어딘가에 살아있다. 여기 있다. 그러니 찾아서 쓰러뜨려 증명하겠다.』

듣는 귀가 막힌 상태. 이미 그의 마음속에서는 [대현자]의 생존이 확정된 사실이었고, 존재하지 않는다고 해도 찾아낼 때까지 멈추지 않을 것이다.

미친 것……은 아니다. 지금까지의 인생을 [대현자]를 쓰러뜨리고 뛰어넘기 위해 바쳐온 남자의……, 정상적인 정신 활동이었다.

이미 자신의 존재 이유가 확정되었기에 흔들리지 않고, 바꾸지 않고, 수단을 고르지도 않는다.

[대현자]를 쓰러뜨릴 수 있는 레벨에 도달하기 위해서라면 사람도 해칠 수 있다.

막대한 마력을 얻기 위해서라면 인간이라는 것조차 버릴 수 있다.

그것이 바로 그의 정상이자……, 그의 가치관 전부이기 때문이다.

그는 이미 [대현자]를 쓰러뜨리지 않는 한 멈출 수조차 없게 된 것이다.

『……**그것**은 왕국의 왕녀인가?』

그런데 [이그니스]가 그때 처음으로 [대현자]와는 관계가 없는 말을 했다.

[이그니스]의 팔 네 개 중 하나가 엘리자베트를 가리키며 말했다.

『그것을 해치면 왕국의 고문인 [대현자]가 나타나나? 그런 이야기를 들은 것 같다. 제타인가? 라 크리마인가? 아니면……, 누구였지?』

"네놈……!"

[이그니스]의 말에 핀들 후작이 분노하며 소리쳤다.

"그렇게 두진 않겠다! 폐하께서 계시지 않는 지금, 전하들을 지키는 것은 우리의 책무!"

『그렇다면, [대현자]를 불러라.』

"돌아가신 분은 부를 수 없다! 하지만 네놈을 쓰러뜨릴 것을 불러주지!"

핀들 후작은 그렇게 말한 다음, 다시 벽 쪽에 있던 터치 패널을 조작했다.

"어째서 내가 이 피난소까지 동행한 건지! 어째서 이 피난소가 왕성에서 가장 안전하다고 하는 건지! 그 이유를 확실하게 가르쳐 주마!"

그가 조작판에 '기동'이라는 문구를 입력했다.

그리고, 피난소 바닥 한구석에서——, **관**이 올라왔다.

10메텔 가까이 되는 피난소의 천장에 닿을 정도로 커다란 관. 그 관의 뚜껑이 열리고…… 그곳에서 붉은색과 황금색을 섞어 놓은 듯한 색의 금속 다리가 한쪽 발을 내디뎠다.

그것은 거대한 골렘이었다.

"우리 선조, [거상왕(킹 오브 콜로서스)] 에메트 핀들 1세가 남긴 왕가의 수호신상이여! 눈을 뜰 때가 왔다! 바로 지금 전하를, 왕국을 지켜라!"

그것은 이 피난 구획에 안치되어 있던 방어 설비. 예전에 업도라 불리던 이 땅에서 [성검왕]이 [사신]을 토벌했을 때도 쓰였던 병기.

[성검왕]의 동료였던 [거상왕]이 만들어낸 전설의 골렘이자 수많은 몬스터를 분쇄하고 수많은 공격을 막아낸 [성검왕] 파티 최강의 탱커.

신화급 금속 히히이로카네제 골렘, [골렘 벨크로스].

자손인 핀들 후작 가문이 대대로 관리하며 왕성이 공격당했을 때만 사용을 허가받은 왕국 최강의 마법 병기. 왕성 최후의 파수꾼이다.

『…………』

[이그니스]는 잠시 그 위용을 올려다보았다.

"목표 설정! 공격하라, [벨크로스]!"

말 없는 골렘이 핀들 후작의 지시를 받고 돌격을 감행.

움직이지 않는 [이그니스]를 향해, [벨크로스]가 전투용 망치와도 같은 거대한 팔을 내리쳤다.

곧바로 피난소 안에 액체가 튀는 듯한 소리가 퍼졌다.

그것은 짓뭉개져 핏덩어리가 된 [이그니스]가 최후에 낸 소리.

『걸리적거리는군, 이 잡동사니는.』

…………가 아니었다.

녹아내려 튄 [벨크로스]의 팔이 낸 소리였다.

보아하니 [이그니스]가 팔 하나를 들어 올리고 있었다.

그 팔의 손가락 끝에 하나씩 떠 있는 것은 빛덩어리.

열기를 머금고 있는 그 다섯 개의 빛덩어리가……, 초고열로 신화급 금속을 용해시킨 것이다.

"뭐……라고……?!"

핀들 후작은 자신의 선조가 남긴 최강의 골렘의 팔이 녹아내리자 충격을 받았지만, 거기서 끝이 아니었다.

[이그니스]가 네 개의 팔을 전부 하늘로 향했다.

마치 저글링을 하는 듯한 포즈에 맞춰 다시 빛덩어리가 그의 손안에 생겨나고, 각 손바닥 위에 하나, 두 개, 네 개, 여덟 개, 두 배씩 숫자가 늘어나기 시작했다.

"저, 저건……, 설마?!"

막대한 열량이 담긴 빛덩어리의 정체는 [염왕]의 오의――, 《항성》.

그것은 바로 예전에 [대현자]와 대결하다 무참하게 패배한 쌍발식 항성과 동일한 것.

하지만 숫자의 자릿수가 달랐다.

필살의 빛덩어리는――, [이그니스] 주위에 **64발** 떠 있었다.

숫자는 많지만 예전에 사용했을 때보다 약해진 것도 아니다.

동시에 제어하는 기술은 예전에 패배한 뒤로 단련했다. 부족했던 것은 마력뿐이었고, 그것은 이미 티안 중에 맞먹을 사람이 없을 정도로 강해졌다.

그렇기 때문에 《항성》의 숫자도, 위력도 예전과는 비교도 되지 않았고.

『――《항성우(픽스드 스타 레인)》.』

――유성우와도 같이, 자그마한 태양이 쏟아져 내렸다.

주위의 공간이 하얗게 물들고, 공기가 일그러지고, 빛이 모든 것을 집어삼킨 다음 순간, ――[벨크로스]는 흔적도 남아 있지 않았다.

이 땅에 계속 머무르던 왕국 최강, 최후의 수호신은 매우 쉽사리 이 세상에서 소멸했다.

『다시 묻겠다.』

[이그니스]는 자신의 화력과 녹인 물건에 대해 아무런 감정도 느끼지 않았다.

『——[대현자]는 어디 있지?』

최강의 화속성 마법사로서 다시……, 흔들리지 않는 자신의 소원을 말할 뿐이었다.

"핀들 후작! 전하 일행을!"

"저희가 시간을 벌겠습니다!"

근위기사단 여섯 명의 판단은 재빨랐다.

골렘이 녹아내리자마자 엘리자베트 일행을 지키기 위해 앞으로 나선 다음 [이그니스]와 맞선 것이다.

신화금 금속제 골렘조차 쉽사리 용해시키는 괴물을 상대로 승산이 없다는 걸 이해하면서도, 조금이나마 자신들이 지켜야 하는 자들이 도망칠 시간을 벌기 위해 앞으로 나섰다.

"귀공들……, 미안하네!"

그들의 말에 핀들 후작도 [벨크로스]가 파괴된 충격에서 벗어나 벽의 터치 패널을 조작해서 피난소의 문을 열기 시작했다. 한번 도망쳐 오긴 했지만, 이렇게 된 이상 독 안에 든 쥐다. 다시 이곳을 빠져나가 지상으로 대피하는 것밖에 방법이 없다.

(하지만 만약에 지상이 제압된 상태라면……, 아니, 그런 생각은 하지 마라!)

눈앞에 있는 100퍼센트의 죽음보다는 약간이나마 희망이 있는 지상을 선택한다.

잠시 후 묵직한 소리와 함께 피난소의 두꺼운 문이 열리고, 도주의 낌새를 눈치챈 [이그니스]가 팔 네 개를 핀들 후작에게 뻗으려 했다.

"그렇게 내버려 둘 것 같으냐!"

그 움직임을 막기 위해 근위기사단 여섯 명이 [이그니스]에게 달려들었다.

견고한 표피에는 칼날이 박히진 않았으나 팔 네 개에 얕은 상처를 입히는 데 성공했다.

(대미지가 전혀 없는 건 아니야! 상처를 입는다면……!)

근위기사단의 [성기사]들은 그 자그마한 상처에서 얼마 안 되는 승산을 보았다.

지상에서 [아라네아]와 맞서 싸운 그들의 동료와 마찬가지였는지도 모르겠다.

하지만 [아라네아]와 [이그니스] 사이엔 결정적인 차이가 있었다.

『──《프로미넌스 오라》.』

초고온으로 인해 [이그니스] 주변의 공기가 일그러졌다.

[이그니스]의 주위에서 검을 휘두르고 있던 [성기사]들의 검이 녹아내렸고, 용해된 갑옷이 녹아 그들의 피부에 달라붙었다.

"끄아아아악?!"

계속 무기를 휘두르려 했지만, 어떠한 무기도 [이그니스]에게

다가가면 용해되어 버린다.

몸 주위에 초고열 영역을 만들어내 공방일체의 갑옷으로 삼는 기술. 그러면서도 사용하는 [이그니스] 자신에게는 대미지를 입을 만큼의 열기는 전달되지 않는다.

동시에 64발의 《항성》을 컨트롤할 수 있는 [이그니스]에게 그 정도 열량 조작은 큰 문제가 아니었다.

[쾌유 만능 영약]으로 독을 무효화시키면 싸울 수가 있었던 [아라네아]와는 달리, [이그니스]에게 다가가는 것은 죽음에 다가가는 것이나 마찬가지였다.

거리를 두고 싸우려 해도 원거리 도구나 마법은 대부분 열량에 밀려나 무력화된다.

〈초급〉에도 필적하는 걸어다니는 태양. 가로막는 모든 것을 불태우고 자신의 목표까지 계속 나아가는 자.

그것이 [이그니스 이데아]다.

"전하……, 도망치십시오!"

"핀들 후작! 저희는 상관없습니다! 하십시오!"

"……그래!"

피난소의 문이 열리자마자 핀들 후작이 벽의 터치 패널을 다시 조작했다.

그것은 스프링클러 설비의 조작. 원래 이 피난소에서 음식을 만들 것도 예상해서 꺼두었던 기능을 켠 것이다.

스프링클러 설비가 설정된 프로그램을 통해 막대한 열량에 반응하고, 피난소 곳곳에 나타난 노즐이 [이그니스]를 향해 물을 뿜어냈다. 열량으로 인해 굉음과 충격을 동반한 수증기 폭발이 발생했다.

대량의 물이 순식간에 기체로 바뀌었고, 확산된 증기가 주위에 있던 물건들을 날려버렸다.

[이그니스] 주위에 있던 기사들, 그리고 [이그니스] 또한 무사하지 못했다.

폭발적인 압력으로 움직임이 막히며 시야 전부가 하얀 증기에 휩싸였다.

"전하! 쯔안 롱 황자! 어서……!"

증기가 퍼져나가는 와중에 재촉을 받은 엘리자베트 일행이 그 문으로 탈출하려 했을 때.

"엘리자베트!"

쯔안 롱은……, 처음으로 경칭을 붙이지 않고 자신의 약혼자의 이름을 불렀다.

그는 필사적인 표정을 지으며 엘리자베트를 밀쳐냈다.

──그 직후, 증기의 벽을 뚫은 열선이 그의 몸을 꿰뚫었다.

살이 타서 녹아내리며 증발하는 소리가 피난소에 울렸다.

쫘직, 하는 소리와 함께……, 소년의 자그마한 몸이 피난소 바닥에 쓰러졌다.

"쯔안……?"

어린 약혼자의 작은 목소리는 불꽃 속으로 사라져갔다.

그 비극을———, 스프링클러 사이에 설치되어 있던 기계가 바라보고 있었다.

제23화

인간계의 〈이레귤러〉

□ ■한 통의 편지

이것을 읽고 있는 자에게.

나는 네 이름을 모른다. 네 얼굴을 보지도 못한다.

너도 마찬가지로 나를 직접 보진 못할 것이다.

왜냐하면 우리는 그런 존재이기 때문이다.

내가 있는 한 너는 존재할 수 없고, 네가 존재할 때 나는 없다.

그런 우리의 존재 방식 때문에 나는 전해야 하는 말을 편지로 남긴다.

당대의 황제인지, 아니면 다음 대인지.

그들이 내 유언을 받아들인다면 네 손에 넘어가 있을 것이다.

처음으로 전할 말은 두 가지다.

우리는 인간이 아니다. 인간일 수 없다.

그 사실을 우선 전한다.

이 세계가 관장하는 인간과 직업, 그리고 몬스터의 관계성.

그러한 관계성 안에서 생겨난 이단이라 할 만한 것이 우리다.

아득히 먼 과거에 우리 선조로 인해 세계에 새겨진 이상함의 화신.

그렇기 때문에 언젠가는 자정 작용으로 인해 사라질 수도 있다.

하지만 이 편지를 읽고 있다면, 그것은 나나 네 대에 그렇게 되지 않았다는 뜻이다.

너는 자신이 태어날 때부터 지니게 된 힘 때문에 고민하고 있을지도 모른다.

나도 예전에는 그랬다.

애초에 나 같은 경우에는 태어난 시기가 좋지 않았고, 전임자와의 비교 때문에 더욱 그러했다.

내 전임자는 아마 역대 중에서 가장 이 힘을 잘 활용했을 것이다.

나는 이 힘을 전부 활용하지 못했다. 너는 해냈을까?

하지만 전부 활용할 필요는 없다. 우리의 힘은 지나치게 크다.

노력조차 하지 않고 그저 선택받아 얻은 힘. 스스로 키울 필요도 없이 지나치게 파격적이기에 너는 어렸을 때 크나큰 잘못을 저질렀을지도 모른다. 피로 물든 태생일지도 모른다.

그 사실은 이미 뒤엎을 수 없다. 우리의 힘은 지나치게 크지만, 잃은 자들을 되찾는 방법은 없다. 그것은 내 전임자도 해내지 못했다.

그렇기 때문에, 지금 여기 있는 네가 힘과 의지를 지닌 자이기를 기원한다.

의지가 없는 시기(時期)의 죄에 사로잡히지 마라.

힘을 자각하고, 자신의 의지를 지녀라.

그런 다음 자신이 해야 할 일이라고 생각한 일을 하는 것이 우리의 존재 방식을 긍정하게 된다.

그것은 이 나라를 지키는 것이 아니다.

그것 또한 선택의 범주 안에 있겠지만 확정 사항이 아니다.

어쩌면 누군가가 나를 '나라를 지키기 위해 생애를 바친 영웅'이라고 말할지도 모르겠지만, 아니다.

내가 나라를 지키는 생애를 선택한 것은 내가 태어나기 전에 나로 인해 일어난 전란에 대한 속죄 때문이고, 나 자신이 이 나라를 저버릴 수 없었기 때문이다.

그러니 너까지 이 길에 몸을 던질 필요는 없다.

명령받은 것을 계속 따를 의무도 없다.

너는 네가 살아가는 대로 살면 된다.

우리는 인간이 아니다. 인간일 수 없다.

그러니 얽매이지 마라.

자신이 지키고 싶다고 생각한 것을 지켜라.

자신이 하고 싶다고 생각한 것을 해라.

자신의 의지로 무언가를 하는 것을 두려워하지 마라.

누구도 너를 얽맬 수는 없다.

네가 손에 넣은 힘과 재능은, 네가 원하는 미래를 위해 있는 것이니까.

□ ■ 지하 피난소

황하의 황자는 가슴에 커다란 구멍이 뚫려 있었다.

초고열로 그을리고 뭉개진 상처에서는 피가 한 방울도 흐르지 않았다.

그저 뻥 뚫린 몸통에는 심장조차 사라졌기에 생사는 분명했다.

"쯔안⋯⋯, 쯔아안!"

눈에 눈물을 머금은 엘리자베트가 그의 몸을 흔들었지만, 숨을 쉬기는커녕 피조차 흘러내리지 않았다.

생명활동이라고 할 수 있는 건 이제 소년의 몸에 존재하지 않는 것처럼 보였다.

『무엇에 맞은 거지? 보이지 않는군.』

연달아 일어난 수증기 폭발 속에서 그런 목소리가 희미하게 들린 직후.

『조금 더 해볼까.』

사방팔방으로 좀 전에 날아들었던 열선이 날아왔다.

그것들은 피난소 안을 엉망진창으로 만들며, 사람이나 물건을 휩쓸어대고 방수 노즐을 파괴해 나갔다.

수많은 비명이 메아리치는 와중에 [이그니스]의 열선이 미처 탈출하지 못한 자들과 함께 피난소를 유린했다. 용해음과 증발음, 살을 태우는 소리, 시녀들의 비명이 메아리쳤다.

이윽고 거의 모든 방수 노즐이 열선으로 인해 부서지자 [이그니스]는 수증기 폭발의 우리에서 해방되었다. 그 몸에 별다른 대미지를 입은 기색은 없었다.

"무슨 짓을……, 이 괴물 자식!!"

열선으로 인해 오른팔 팔꿈치 아랫부분을 잃은 핀들 후작이 증오를 담아 [이그니스]를 노려보았다.

열선의 피해를 입지 않은 사람은 불과 두 명. 쓰러진 쯔안 롱에게 다가간 엘리자베트와 우연히도 열선이 닿지 않는 위치에 있던 밀리안느뿐이었다.

다른 자들은 모두 조금이라도 열선을 맞았으며 움직이지 못하는 사람도 많았기에, 이대로는 엘리자베트를 데리고 도망치는 것도 불가능했다.

『대현자는 어디 있지?』

스스로 만들어낸 참상 앞에서도 [이그니스]의 말은 변함이 없었다.

망가진 기계처럼, 그저 그것만을 추구하고 있었다.

말이 전혀 통하지 않는 괴물과도 같이, [이그니스]는 엘리자베트에게 다가왔다.

"전하! 혼자서라도 도망치십시오……!"

쓰러진 누군가가 그렇게 소리쳤지만, 엘리자베트는 쯔안 롱의 곁에서 떠나지 않았다.

그리고 [이그니스]가 엘리자베트가 있는 곳에 도착했다.

『대현자는 어디 있지? 나오지 않는다면 왕국의 왕녀를 죽이겠다.』

한없이 일그러진, 그러면서도 일그러지지 않은 소원을 말하면서 [이그니스]는 인두기 같은 팔을 엘리자베트에게 뻗었다.

주위에서 비명과 성난 목소리가 날아들었지만, 이제 움직일 수 있는 사람은 없다.

그렇게 [이그니스]의 초고온 팔이 엘리자베트에게 닿고━━.

━━그 직전에 누군가가 그 팔을 붙잡았다.

『............?』

이상한 형태가 된 [이그니스]의 얼굴에 처음으로 순수한 의문 같은 것이 떠올랐다.

자신의 팔을 붙잡은 누군가의 손은 불타고 있었다. 열기의 갑옷에 불타고 있는 것이다.

하지만 놓지 않았다. 그 **자그마한** 손에 얼마나 강한 힘이 담겨 있는 것일까. 손가락은 강화된 외피에 파고들어 피를 흘리게 했고, 두르고 있던 열기로 인해 [이그니스]의 피가 증발했다.

기이한 그 광경에 [이그니스]는 의문을 소리 내어 말했다.

『……뭐냐? 넌?』

"……쯔안?"

그것은 엘리자베트의 의문이기도 했다.

작은 손의 주인은……, 가슴에 커다란 구멍이 뚫려 죽은 줄 알았던 쯔안 롱이었기 때문이다.

쓰러졌던 쯔안 롱은 오른팔을 뻗어 엘리자베트에게 닿을 거라 생각한 [이그니스]의 팔을 붙잡고 있었다.

그리고 [이그니스]는 또 하나의 의문을 품었다.

(뭐지? 이 녀석의 마력은? 이래선 마치 [대현자]……, 아니,
지금의 나와 맞먹…….)

모든 능력과 재능을 화속성 마법에 바친 [이그니스]는 《간파》
를 쓸 수 없지만, 탁월한 마법직이기 때문에 감각적으로 마력을
느낄 수는 있었다.

만약 그가 《간파》를 지니고 있었다면 정말 기묘한 광경을 보
았을 것이다.

──무시무시한 속도로 변화하는 레벨과 스테이터스라는 광
경을.

변화는 수치에 그치지 않았다.

"────엘리자베트에게 손대지 마라."

죽은 줄 알았던 쯔안 롱이 그렇게 말하며 일어섰다.

엘리자베트를 지키려는 듯이, [이그니스]와 그녀 사이에 끼어
들었다.

그의 가슴에 뚫린 구멍은 여전히 남아 있었지만……, 대부분
막혀 있었다.

심장과 함께 증발했던 폐가 초고속으로 재생되었다. [이그니
스]의 팔을 계속 붙잡고 있는 손도 연소와 동시에 재생을 거듭
하며 형태를 유지했다.

그 대신, 그가 피부에 감고 있던 까만 붕대가……, 재로 변해

불타기 시작했다.

"……[자계봉권]은 불타버렸나. 이제 재생될 때까지 봉인해둘 수가 없겠군."

타오르는 까만 붕대를——, 직접 황하의 보물 창고에서 고른 '자신의 스테이터스와 스킬을 제한하는' 특전 무구를 내려다보며 그는 중얼거렸다.

그가 왕국에 오기 위해, 그의 정체를 카르디나나 이 왕국에 숨기기 위해 장착했던 특전 무구는 이제 부서지고 없다.

"아니……, 지금은 봉인하지 않을 거다."

하지만 그래도 상관없다. 지금 필요한 것은 숨기는 것이 아니라 사용하는 것이다.

힘을……, 그리고 자기 자신을.

"쯔안…… 괜찮은 게냐?"

엘리자베트는 눈앞에서 벌어지는 이상한 상황에 대한 의문보다도 죽은 줄 알았던 자신의 친구가 무사했다는 사실에 기뻐했다.

쯔안 룽은 그녀를 한 번 돌아보고 미소를 지은 다음……, 다시 앞을 향했다.

"엘리자베트……. 좀 전에 하려던 말을 하겠습니다."

그는 엘리자베트에게 등을 돌린 채……, 그 표정을 보이지 않은 채 말을 꺼냈다.

"저는 황자가 아닙니다. 황하의 황위 계승권을 가지고 있지 않아요. 제게는 그럴 자격이 없습니다."

그것은 좀 전에 했던 말과 이어지는 내용이었고.

"그리고……, **인간도 아닙니다.**"

한번 입속에 담아두었던……, 자신의 비밀에 대한 고백이었다.

그 직후 그의 뼈가 울리며 팔다리가 늘어났다.

키도, 몸의 폭도, 체형 모두가 크게 바뀌었다.

피부 안쪽에서는 근육이 부풀어 올랐고, 몸의 표면에는 비늘이 드러났다.

이윽고 그는 용과 인간의 중간 같은 생물로 변해 있었다.

"쯔안……?"

『…………』

어떻게 보면 그것은 지금 맞서고 있는 개조인과 비슷했다. 괴물이라 부를 만한 모습이었고, 다른 사람들에게는……, 그리고 그녀에게는 보여주고 싶지 않았던 정체였다.

나라를 떠날 때 아버지인 황제도 드러내지 말라고 엄명을 내렸던 진정한 모습.

그럼에도 불구하고 그는 그 모습을 드러내는 것을 선택했다.

자신의 의지로 자신이 지키고 싶은 것을 지키기 위해, 그는 스스로 선택한 것이다.

『너는…….』

[이그니스]가 뭔가 말하려 하자 그는 팔을 휘둘러……, 자신이 잡고 있던 [이그니스]의 몸을 엘리자베트와 정반대 방향으로 내던졌다.

『끄, 어……!』

좀 전에 발생했던 수증기 폭발을 훨씬 뛰어넘는 충격을 받은

[이그니스]가 피거품을 뿜어냈다.

벽에 격돌한 [이그니스]를 보며 쯔안 롱이었던 것은 어떤 장소로 걸어갔다.

그것은 좀 전에 [골렘 벨크로스]가 쓰러진 곳.

그는 바닥으로 손을 뻗어 예전에 골렘이었던 것……, 녹아내린 신화급 금속을 만졌다.

그것이 그의 손안에서 순식간에 형태를 바꾸어 하나의 가면의 형태를 이루었다.

『──[즈후롱미엔(字伏龍面)].』

성대까지 바뀐 목소리로 그는 가면의 이름을 불렀다.

그것은 황하의 제사를 거행할 때, 어떤 특수 초급 직업이 쓰는 가면의 이름.

그 의미를 누구보다 잘 아는 그는 이상한 형태로 변한 자신의 얼굴을 가리려는 듯이 그 가면을 썼다.

『너는……, 정체가 뭐냐?』

몇 번이나 되풀이된 [이그니스]의 물음은 그곳에 있던 많은 사람들의 마음을 대변하고 있었을 것이다.

그곳에 서 있는 것은 소년이 아니었다.

왠지 연약한 느낌이 드는 어린 황하의 황자가 아니었다.

다부진 팔다리와 용과 같은 피부, 그리고 가면을 쓴 괴물.

하지만 이곳에 황하 사람이 있었다면 한눈에 그가 누군지를 이해했을 것이다.

황하에서는 신과도 같은 존재.

그렇다, 그가 바로……, 최강의 고룡인.

『──[용제] 쯔안 롱 렌 유에(蒼龍人越).』
──인간계의 〈**이레귤러**〉, [용제]였다.

『……!』
그 이름의 의미를 [이그니스]는 과연 어느 정도 알고 있었을까.

하지만 위압과 함께 날아든 말에 대한 [이그니스]의 대처는 재빨랐다.

이 피난소에 나타나서……, 아니, 왕성을 습격하고 나서 그가 처음으로 전투 태세를 취했다.

그것은 적이 [벨크로스]를 포함해 지금까지 상대했던 것들과는 전혀 다르다는 판단.

단순한 장애물이 아니라 [대현자]와 마찬가지로……, 자신과 비슷하거나 그 이상의 적대자라고 인식했다는 뜻이었다.

『《크림슨 스피어》!』

첫 번째 공격은 **견제**. 열 발 이상의 상급 직업 오의가 쯔안 롱을 향했다.

쯔안 롱이 심장조차 재생시킨 광경을 이미 보긴 했지만, 아무리 재생 능력이 뛰어나다 해도 온몸을 흔적도 남기지 않고 소각하면 부활하지 못할 것이다. 그런 생각으로 날린 견제였다.

그리고 쯔안 롱은 그 공격을 피할 수 없었다. 사선상에는 그가 지키고 있는 엘리자베트와 움직이지 못하는 자들이 많이 있다.

쯔안 롱이 그녀들을 지키려면 자신의 몸을 방패로 써야만 했다.

그 공격에 대처하며 재생과 방어에 시간을 쓴다면, 그 사이에 다시 《항성우》를 형성하여 먼지 하나 남김없이 없애버린다. 그럴 계획이었다.

하지만 날아드는 불덩이를 보고 쯔안 롱은 다리를 벌리고 자세를 취한 다음.

──내지른 주먹의 충격파로 모든 《크림슨 스피어》를 없애버렸다.

왕성의 성문을 녹였을 때보다 두 배 이상 많았던 불덩이가 마치 성냥불이 꺼지듯이 사라진 것이다.

그 이상한 광경에 움직이지 못하는 핀들 후작과 근위기사들은 말문이 막혔다.

하지만 적인 [이그니스]는 그 행동의 의미를 이해할 수 있었다.

(주먹을 내지르면서 마력을 방출시켰나…….)

쯔안 롱이 불덩이를 없앨 때 사용한 것은 마력(MP).

순수한 양으로 따지면 [이그니스]가 《크림슨 스피어》에 사용한 마력량의 몇 배나 되는 마력을 주먹의 움직임과 연동시켜 방출해서, 억지로 《크림슨 스피어》라는 마법의 형태 그 자체를 분쇄한 것이다.

(마법 말고도 마력을 날리는 기술……, 황하의 무술 중에 있다고 들었다만.)

《발경》이라고도 불리는 스킬 체계. 원래는 상대방의 몸에 마력을 때려 넣어 방어력과는 상관없이 내부를 분쇄하는 충격파다.

하지만 쯔안의 기술은 그것과는 달랐다. 막대한 마력으로 공중의 마법을 분쇄했기 때문이다. 동작이 비슷하긴 했지만 확실히 다른 것이었다.

일반인이라면……, 아니, 마법 계열 초급 직업이라 해도 그렇게 많은 마력을 한 번에 뿜어내기는 힘들다.

(지금의 나와 맞먹을 정도로 이상한 마력. [용제]라는 게 이정도였나? 아니, 애초에 쏘아낸 마력도 일반적인 마력과는 무언가가…….)

애초에 [용제]의 직업 특성을 [이그니스]는 알지 못했다.

어떤 스테이터스에 중점을 두고 있는지, 어떠한 스킬을 지니고 있는지.

[용제]는 황하에서 현인신과도 같은 신비로운 존재이기에 숙련된 마법직인 [이그니스]도 그 정보를 거의 알지 못했다.

결투 1위이긴 하지만, 그 솜씨가 서방까지 전해지지는 않은 것이다.

『………….』

쯔안 롱은 말없이 한 발짝씩 [이그니스]에게 걸어갔다.

전혀 흔들림이 없어 중심이 안정된 무도의 달인과도 같은 걸음걸이였다.

(어째서 뛰지 않지? AGI는 그렇게 높지 않은 건가? 아니면, 좀 전처럼 뒤에 있는 왕녀들을 지키기 위해서 내 마법에 대처할

수 있게끔 움직이고 있는 건가?)

　[이그니스]는 쯔안 롱의 움직임을 통해 의도를 읽어내려 했다.

　그와 동시에 요격하기 위한 마법도 손바닥 안에 만들어냈지만, ──그것을 형태로 만들기도 전에 쯔안의 거대한 몸집이 눈앞으로 다가왔다.

　(초음속 기동?!)

　그 직전까지 천천히 움직이던 동작에서 엄청난 변화가 일어났기에, 일반인이라면 대처하지 못했을 것이다.

　하지만 머릿속으로 의문을 품으면서도 [이그니스]는 적의 접근을 보고 반사적으로 움직였다.

　애초에 단독으로 전투를 벌이는 전투 계열 마법직에게 필요한 것은 자신보다 빠른 전위에 대처하는 능력.

　그 길을 수십 년 동안 걸어오며 단련한 [이그니스]⋯⋯, 퓨엘 라즈번은 숨을 쉬듯 요격용 마법을 만들어냈다. 몸에 두른 《프로미넌스 오라》에 더불어, [벨크로스]의 팔을 용해시킨 '무기로 사용하기 위해 손가락 끝에 유지시키는' 스타일의 《항성》까지 발동시켰다.

　쯔안 롱은 [이그니스]를 향해 왼쪽 주먹을 날렸지만, 《프로미넌스 오라》의 범위 안에 사로잡혀 온몸이 불타올랐다.

　심지어 내지른 주먹 끄트머리에는 있던 것은 《항성》을 전개한 [이그니스]의 팔. 그 주먹은 불을 향해 날아든 벌레처럼 《항성》에 삼켜졌다.

　좀 전처럼 마력으로 없애지도 못한 채, 쯔안의 왼손은 단숨에 증발했다.

──그리고 곧바로, 0.1초만에 **재구성**된 왼쪽 주먹이 [이그니스]의 팔 하나를 박살 냈다.

『끄, 억, 허억?!』

팔 네 개 중 하나가 망가진 [이그니스]가 괴로움과 경악이 뒤섞인 목소리를 냈다.

눈앞의 광경이 **있을 수 없는 것**이었기에 알아들을 수 있는 말을 하는 것도 힘들었다.

팔이 증발되었지만 단숨에 나은 뒤 기세를 그대로 살려 주먹을 꽂아 넣는다.

쯔안 롱이 한 일은 그것뿐이었지만, 그것은 있을 수 없는 일이다.

(초고속 재생……, 아니, 그것도 한도가 있지! [교황(하이로팬트)]의 《성자의 자비》와 동등한 초회복을 스킬 선언도 없이 그런 짧은 시간 만에 해내다니……!)

곧바로 뒤쪽으로 물러나며 [이그니스]는 수많은 불덩이를 사방팔방으로 날렸다.

그것은 공격도, 자포자기한 행동도 아니었다.

지극히 정확하게……, 쓰러져 있던 왕국 사람들을 노린 것이었다.

『………….』

쯔안 롱의 표정은 가면으로 가려져 있었지만, 그럼에도 불구하고 표정이 약간 일그러졌다는 것은 기적으로 눈치챌 수 있었다.

쯔안 롱은 [이그니스]에게 추가타를 날리지 않고 좀 전과 마찬가지로 쓰러진 자들을 지키기 위해 움직였다.

[이그니스]의 행동은 쯔안 롱의 움직임에 제한을 가하고 자신의 태세를 바로잡기 위한 것이었다.

(나 역시 라 크리마가 탑재한 자기 수복 기능으로 팔의 기능을 어느 정도 되돌릴 수 있다. ……하지만 저 녀석보다는 훨씬 느리고 정도도 떨어져. 오히려 저 녀석이 이상한 거다.)

[이그니스]는 더더욱 [용제]라는 직업의 방향성을 이해할 수 없었다.

매직 캔슬, 초음속 기동, 초고속 재생. 그리고 강화된 [이그니스]의 몸을 쉽사리 분쇄하는 근력. 만능이기 때문에 직업의 정체를 파악할 수가 없다.

(……아니, 잠깐만. 정말로……, 그런 건가?)

[이그니스]의 오랜 세월에 걸친 연구와 전투 경험이, 단련된 직감이 이의를 제기했다.

(……짐작이 가는 게 있지 않나? 이러한……, **존재**가.)

그렇게 사고를 거듭하다가.

(마법을……, 공격을 무효화시키는 힘. [용제]……, 용……, 드래곤?)

이윽고 사고가 이어져서…….

(……**《용왕기》**?)

일부 몬스터가 지니고 있는 특수 능력을 떠올렸다.

(설마, [용제]란…….)

마치 그것이 답이라고 말하는 듯 [이그니스]의 뇌 속에서 사실이 연결되었다.

약한 공격을 무력화시키는 힘, 인간과 비교도 안 될 정도로 높은 스테이터스, 그리고 초고속 재생.

극히 일부의 강자는 예전에 대결했던 존재를, 그리고 왕국의 강자라면 머리가 세 개 달린 대마룡을 떠올릴 것이다.

그렇다, [용제]란…….

『[용왕]의……, 드래곤의 힘이 깃든 인간인가?』

최강의 괴물들의 힘이 깃든 인간이라고 [이그니스]는 추측했다.

『………….』

쯔안 롱은 대답하지 않았다. 공격으로부터 왕국 사람들을 지키며 그 추측에 침묵으로 대답했다.

하지만 마음속으로는 말하고 있었다.

──비슷하긴 하지만 정답에 도달하지는 못했다고.

[용제]란, 고룡의 후예이자 고룡 그 자체다.

고룡은 대륙 동방의 드래곤 중에서도 최고위 순룡이나 용왕을 가리키는 별명이다.

서방의 《경계 산맥》에 사는 서양식 드래곤인 천룡과는 달리,

고룡은 현실의 중국에 전해져 내려오는 듯한 뱀에 가까운 용이라고 한다.

비슷한 모습인 용은 지금도 천지에 서식하고 있지만, 고룡은 그것들과는 격이 다른 존재였다.

고룡은 지능이 높고, 다양한 술법에도 정통했다.

오래전부터 사람들과 교류하고, 지켜주는 자로서, 또는 지배자로서 행동해 왔다.

지금도 남아 있는 고룡인은 그러한 고룡과 사람의 혼혈 후예이자 당시의 고룡이 지배 대행자로 내세운 존재이기도 하다.

고룡이 고룡이라 불리고 또 그렇게 스스로를 자처한 이유는, 이 세계의 초기 단계에서 생겨난 몬스터이기 때문이다.

그들은 이 세계의 시스템이 맡은 역할을 대행하는 인류의 억제자이자 연마장치로서 선대 관리자가 마련해둔 존재라고도 할 수 있다.

이 세계의 진리를 이해하고, 세계(게임)를 관리하는 방법 중 몇 가지에 관여하는 존재.

그러한 사정으로 인해 대륙의 동방에서 고룡은 현명하면서도 무시무시하게 군림하는 자였다.

하지만 2000년 전, '화신'의 습격 때는 달랐다.

그때, 고룡은——, **눈치가 지나치게 빨랐다.**

'화신'이 지닌 규격에서 벗어난 능력과 그 막대한 리소스. 절대로 이기지 못한다는 사실을 그들은 일찌감치 깨달았고, 그렇기 때문에 그들은……, '화신'과 싸우지 않고 퇴장했다.

싸움으로 인한 확실한 소멸을 두려워하며 도망치려 했다.

자신의 존재를 남기며 미래에도 살아남을 방법을 모색했다.

도달한 것은 이 세계를 관리하는 방법 중 하나……, 직업을 관리하는 〈아키타입 시스템〉에 간섭하는 술법.

그들은 그 술법을 행사하여 사라졌다.

자신들과 인간의 자손인 고룡인.

그리고 [용제]라는 존재를 남기고.

[용제]는 고룡이 사라진 뒤에야 나타난 직업이다.

왜냐하면 [용제]란 고룡 그 자체.

고룡은 자신들의 존재를 '직업'이라는 그릇으로 바꾸어 미래의 자손들에게 남긴 것이다.

직업이라면 **사라지지 않는다**. 이 세계가 있는 한, 영원히 존재할 수 있다.

그들에게는 자아나 생명조차 필요가 없었고, 자신들이 존속하는 것만이 문제였다.

실체가 없는 직업 비스무리한 존재가 된 고룡들의 집합체……, 말로.

[용제]란……, 직업으로 위장한 몬스터(고룡)가 깃든 존재다.

그리고 [용제]에게는 태어날 때부터 지니고 있는 특성 스킬이 두 가지 있다.

첫 번째 특성은 《고룡 세포》. 용왕 이상이라고도 할 수 있는 고룡의 몸. 직업이 깃든 인간의 몸을 고룡의 몸으로 바꾸는 것이다.

모든 고룡이 결집된 [용제]라는 직업을 통해 고룡의 생명력은 부족함 없이……, 또는 예전 이상으로 발휘된다.

그렇기 때문에 [용제]는 거의 불사신이라 해도 될 존재다. 치명상조차 찰과상이나 마찬가지. 심장을 뭉개고 몸을 태운 정도로 죽었다면 황하의 결투 1위는 신우의 자리가 되었을 것이며, 이번 [이그니스]와의 전투에서도 그 몸의 불사성은 증명되고 있다.

그리고 《고룡 세포》의 부차적인 효과로서 육체의 드래곤화……, [용왕]화가 있다.

체질이나 내성까지 최상위 드래곤과 동일해지기 때문에 자신의 마력을 [용왕]이 지닌 방어 오라……, 《용왕기》로 변환시켜 방출할 수도 있다.

무적의 재생 능력을 지닌 [용제] 자신에게는 필요가 없을지도 모르는 방어 능력이지만, 엘리자베트를 지켰던 것처럼 주위를 원호해주는 능력으로도 사용할 수 있다.

《고룡 세포》 하나만 놓고 보더라도 과거의 고룡들이 남긴 것은 지나치게 큰 힘이다.

하지만 정말로 오버 스펙이라고 해야 할 것은 두 번째 특성.

그 성질을 아는 사람들이 [용제]를 정상이 아니라고 평가하는 이유.

두 번째 특성의 이름은 《용기(龍氣) 계승》이다.

[용제]는 직업이자 직업이 아닌 존재.

세계의 이치와는 다르며, 고룡이 만들어낸 거짓된 그릇(직업).

그렇기 때문에 다른 초급 직업처럼 세대가 바뀔 때마다 모아두었던 리소스를 비울 필요도 없다.

즉──, [용제]는 전임자의 레벨과 스테이터스를 이어받아 태어난다.

애초에 치우침 없이 모든 스테이터스가 상승하는 [용제]는 이 스킬 때문에 한계가 없다.

개조에 개조를 거듭한 [이그니스 이데아]와 맞먹는 마력, 초음속 기동과 초근력, 그리고 막대한 HP조차 전부 이어받은 레벨의 산물.

선선대가 최강의 [용제]라 불렸던 것은 그 술법의 기술 때문이다.

순수한 스테이터스만 놓고 봤을 땐──, 당대의 [용제]인 쯔안롱이 역대 최강이다.

그 레벨은 **여유롭게 3000 이상..**

그것이 바로 [용제]. 과거에 '화신'과의 싸움에서 멸망을 피할 수 없다는 사실을 깨달은 고룡이 자신들의 전부를 변환시킨 형태가 없으면서도 이상한 형태의 그릇.

고룡이 세계에 새겨둔 인간계의 〈이레귤러〉.

선천적인 초월자.

인간이자 인간이 아닌 것.

인간일 수 없는 것.

그렇기 때문에 그들은 이렇게 불린다.

인외(人外), 인초(人超)——, 또는 인월(人越)이라고.

□ ■ 왕성 4층 복도

(대체 무슨 일이 일어난 거야?)

마력을 감지할 수 있는 모터는 지하에 막대한 마력이 갑자기 생겨났다는 것을 눈치챘다.

자신이 쫓아가고 있던 마력도, 움직이지 않는 마력도 아니다. 제4의 마력이다.

(불꽃 영감하고 맞먹는데. 대체 이 성은 뭐냐고…….)

그것은 [용제]의 힘을 해방시킨 쯔안 롱의 반응이었지만, 마력을 감지할 수 있는……, 반대로 말하자면 마력으로밖에 정보를 얻을 수가 없는 모터는 매우 혼란스러웠다.

(괴물 소굴인가?)

좀 전에 자신이 농담처럼 했던 말을 스스로 '진실'이라고 인정해버렸다.

그것은 그를 둘러싸고 벌어지는 현상에 대한 말이기도 했다.

지금도 그에게 계속 덤벼들고 있는 몬스터 무리. 척 보기에도 기괴한 그것들을 전부 격파했지만……, 격파한 뒤가 문제였다.

쓰러뜨린 몬스터가 전부 빛의 먼지가 **되지 않았기 때문이다.**

숨이 끊어지자마자 그것들은 망가진 갑옷, 부서진 벽, 꺾인 꽃, 찢어진 그림으로 변했다.

마치 몬스터 같은 건 없고, 거기 있던 것은 그저 물건에 불과했고, 그가 날뛰면서 망가뜨렸을 뿐이라는 것처럼. 드롭 아이템이 남는 것과는 확실하게 기척이 달랐다.

그리고 모터는 경험치 같은 것을 얻은 감촉도 느끼지 못했다.

일반적인 몬스터라면 있을 수 없는 일이다.

(환술이라는 건……, 말도 안 되지.)

다른 사람이라면 모를까, 무시야 상태에서도 자유자재로 행동할 수 있는 개조인……, [웨스펠티리오 이데아]가 된 그가 환술 같은 것에 쉽사리 걸릴 리는 없다.

몬스터는 분명히 있었을 것이다. 몬스터의 법칙에 따르지 않는 몬스터라고 하더라도.

(……그리고 지금 가장 큰 문제는.)

모터는 자신의 정면에 있는 문을……, 그 너머에 있는 마력 반응을 노려보았다.

그곳에 있는 것은 세 번째 이상함. 꽤 강력한……, 마력의 반응.

(이번 이상 사태의 원인이 이 문 너머에 있을지도 모른다는 건가?)

이 4층을 이동하던 마력 반응은 지금 문 하나를 사이에 두고 모터와 맞서고 있다.

마치 기다리고 있는 것처럼.

(기분 나쁜 예감밖에 안 드는데……. 도망치고 싶지만……, 그럴 수도 없고.)

모터는 자신의 도주를 가로막는 존재를, 몸속에 여전히 존재하고 있는 이데아의 분체를 원망했다.

이 이데아 분체는 이데아로 개조된 인간……, 개조인의 몸을 유지해주는 연결고리이며, 명령에 어긋나는 행동을 하려 할 때 몸의 주도권을 빼앗는 목줄이기도 하다. 주도권을 빼앗기면 모터 스스로 움직이는 것보다 훨씬 뒤처지는 움직임으로 명령에 따르게 된다.

그렇게 되면 기다리고 있는 것은 보다 높은 확률의 죽음이기에 그에게는 이것밖에 방법이 없었다.

(떼어내면 죽음, 거역하면 끝장. 빌어먹을 구조로 만들기는……!)

개조로 얻은 힘은 마음에 들지만, 디메리트가 메리트보다 훨씬 컸다.

(지금은 제타가 지시한 대로 이 마력의 소유자에게 덤빌 수밖에 없지.)

그는 그렇게 단념하다가 갑자기 지시를 받았을 때 나눈 이야기를 떠올렸다.

『중요. 이번 의뢰에서 중요한 점은 **기묘한 인물**에게 공격을 가하는 것입니다.』

『기묘하다고 해도 말이지. 〈마스터〉까지 합치면 도시 전체에 기묘한 녀석들투성이라고.』

『숙지. 그런 사실은 알고 있습니다. 그러니 도시를 통째로 공격하면 됩니다.』

『……뭐?』

『지령. [레지나 아피스 이데아]에게는 도시에서의 파괴 활동을 명령합니다. 나머지 세 명은 왕성을 습격. 성에서 파괴 활동을 진행하며 수상한 자를 공격합니다. 공격 대상의 생사는 불문에 부칩니다.』

『⋯⋯⋯⋯⋯제정신이냐.』

『제정신. 매우 제정신입니다. 그것이 저희가 맡은 의뢰 내용이니까요. 덧붙여 말하자면 저 자신의 목적을 위해서도 소동은 크게 벌어지는 것이 좋습니다.』

『당신도 그렇고, 그 녀석도⋯⋯, 머릿속 배선이 끊어진 거야?』

『불확정. 정상적인 정신이 있는지 따위는 알지 못합니다. 저 자신도, 그리고 의뢰주도. 하지만 의뢰주만 놓고 보면 이번 희생을 무릅쓸 정도로 중요한 일인지도 모르겠습니다. 의뢰주는 '이 세계에 필요한 것'이라고 말했습니다만.』

『⋯⋯이런 게 필요 경비로 처리되는 목적은 너무 겁나서 물어보지 못하겠군.』

『동의. 그렇기 때문에 일의 완수를 원합니다.』

그렇게 그들은 습격을 가했고, 모터는 특히 수상쩍은 마력을 추적하며 이곳으로 왔다.

(이 문 너머에 있는 건 틀림없이 기묘한 녀석일 거야. ⋯⋯내가 당첨을 뽑아버린 건가?)

문을 연 순간 승패가 결정된다.

그 정도로 중요한 상황이라는 사실을 모터는 이해했고, 자신

221

이 해야 할 일을 마음속으로 확인했다.

(문을 걷어차서 여는 것과 동시에 내장 기능인 《암흑 결계》를 기동. 상대방이 나를 놓치면 [기습왕]의 오의, 《서든 데스(돌연사)》를 날려서 일격에 끝낸다.)

《암흑 결계》는 라 크리마가 그에게 내장시킨 것이다. 일정 시간 동안 주위 일대의 빛과 전자파를 흡수하여 강제로 시각을 망가뜨리는 결계다.

《서든 데스》는 상대방이 자신을 눈으로 보고 있지 않은 상태에서만 사용할 수 있는 [기습왕]의 오의.

방어력, 내구도, 내성을 무시하고 날리는 3배 공격이며 목숨줄인 [브로치]조차 발동되지 않는다.

거기에 다시 습격자 계통의 기본 스킬인 《스니크 레이드(속임수 공격)》의 '미발견 상태 3배 대미지 보정'이 걸리기에, 개조된 지금 몸으로 날리면 인간 따위는 흔적도 남지 않는다.

아무리 막대한 HP를 지닌 상대라 하더라도 치명적인 부위를 날려버리는 정도는 할 수 있다.

『…………』

하지만 머리로는 그렇게 생각하면서도 혼이, 경험이 발목을 붙잡았다.

눈앞에 뻥 뚫린 커다란 함정이 입을 벌리고 있는 것 같은 착각.

물론 겁을 먹고 물러서면 기다리고 있는 것은 이데아 분체의 강제 조작이다. 죽으러 가는 자신의 몸을 지켜만 봐야 하는 시간이 온다.

그렇지 않더라도 문 너머에 있는 적이 먼저 덤벼들지도 모른다.

그렇기 때문에 모터에게는 선택의 여지가 없었다.

(……뭐, 믿을 수밖에 없지. 나는 초급 직업, 극히 일부의 초월자. 덤으로 빌어먹을 구조이긴 하지만 터무니없는 몸을 맡게 되어버렸으니까.)

그리고 그는…….

『……!!』

말없이, 하지만 각오를 다지고 문을 걷어찼다.

곧바로 《암흑 결계》가 기동되어 주위 일대를 어둠으로 감쌌다.

그 환경에서도 박쥐형 순룡 클래스와 뒤섞인 그의 청각은 적의 모습을 포착하고 있었다.

(적이 둘……?! 그렇구나, 위에 타고 있는 건가!)

둘의 거리가 너무 가까워서 마력 감지로는 하나만 포착했던 것이다.

──애초에 한쪽에서 마력 반응이 없었을지도 모르겠지만──.

(아래쪽은 사족 보행 몬스터, 위쪽은……, 몸집이 꽤 작긴 하지만 인간!)

그 사실을 청각으로 파악한 순간, 모터는 표적을 정했다.

(표적은……, 위에 있는 녀석이다!)

모터는 '기묘한 인물을 공격하라'라는 제타의 지령에 따라 바닥과 천장을 통해 여러 번 도약을 거듭하여, 표적으로 정한 몸집이 작은 인물에게 달려들었다.

(──《서든 데스》!!)

그리고 마음속으로 스킬을 선언하며 그 목덜미에 칼날과도 같은 손톱을 내리쳤다.

하지만 손톱은———, 목에 조금도 파고들지 못했다.

"……무, 슨?"
모터는 자신의 손톱을 경악하며 바라보았다.
확실하게 숨통을 끊을 거라 생각했던 손톱은 피부에 박히지도 못하고 막혔다.
대미지는커녕……, 표적은 아무런 영향도 받지 않은 듯이 계속 그곳에 있었던 것이다.
잠시 후 모터가 기동시킨 《암흑 결계》의 효과가 사라지자 세계에 빛이 돌아왔다.
음향으로 인한 인식이 시각으로 인한 인식으로 전환되었을 때.
"……말도 안 돼?!"
모터는 더욱 큰 충격을 받았다.
자신의 손톱을 목이라는 급소로 막아낸 것이———, **어린 소녀**였기 때문이다.
"………."
무표정한 소녀는 네발 달린 짐승을 탄 채, 감정이 느껴지지 않는 눈으로 모터를 바라보았다.
(몸집이 작긴 했지만, 어린아이라고?! 내 오의로 생채기 하나 내지 못한 게……, 어린아이?!)

모터는 그 소녀의 정보를 《간파》로 읽어내려 했다.

테레지아 셀레스타이트 알터
직업 : 없음
레벨 : 0 (합계 레벨 : 0)

하지만 《간파》의 정보가 전해준 것은 소녀가 직업도 가지지 않았다는 사실뿐.

이름으로 알 수 있는 것은 그녀가 알터 왕국의 제3왕녀라는 사실이었지만…….

『그럴 리가……, 있나!』

지금, 자신의 손으로 확인한 현실이 그 정보의 모든 것을 부정했다.

(이 아이가 무력할 리가 없어. 단순한 왕녀일 리가 없어. 기묘한 인물……? 이 녀석보다 기묘하고 이상한 자가 있을 리가 없어!)

제타의 지시, 기묘한 인물에 대한 공격 명령이 머릿속을 맴돌았다.

모터가 마주친 〈IF〉의 멤버나 그와 같은 개조인조차 눈앞에 있는 상대만큼 이상하거나 위화감이 들지는 않았다. 그 정도로 이상했다.

"아무것도 이상하지 않아."

하지만 그의 마음속을 읽은 듯이 소녀——, 테레지아가 조용히 말했다.

모터는 순식간에 뒤쪽으로 뛰어서 물러나 거리를 벌렸다.

"당신의 공격을 버텨낼 수 있었던 건, [브로치] 덕분. 부서진 브로치가 굴러다니지 않는 건 우연히 부서지지 않았기 때문. 나는 당신의 공격이 무서워."

《진위 판정》을 지니고 있지 않은 모터는 그 말이 사실인지 판별할 수 없었지만, 애초에 거짓되었다는 건 알았다.

[기습왕]의 《서든 데스》는 [브로치]에 무효화되지 않는 공격이기 때문이다.

하지만 어떤 문제 때문에 [브로치]가 효과를 발휘했다는 게 차라리 나을 거라는 생각도 들었다.

어떤 직감이 스쳤다. 지금 자신은 《진위 판정》 없이도 그녀의 거짓말을 알아차렸지만, 《간파》로 본 정보가 사실일 리가 없다는 생각이 드는 것처럼 《진위 판정》으로도 이 소녀가 하는 말을 판별할 수는 없지 않을까 하는 생각.

"당신은 마력을 따라왔구나. 하지만 당신이 감지한 건 아마 도일 거야. 왜냐하면 이 아이는 나를 지켜주는 역할을 맡고 있으니까. 도는 정말 강해, ⋯⋯세계를 멸망시킬 수 있을 정도로는."

테레지아는 그렇게 말하면서 자신이 타고 있던 네발 달린 짐승──, 도마우스를 쓰다듬었다.

모터가 감지했던 마력은 정말 도마우스의 마력이었을지도 모른다.

하지만 그렇다고 하면⋯⋯, 아니, 그렇기 때문에 모터는 생각했다.

자신이 감지했던 막대한 마력 따위는 문제가 안 될 정도로……, 소녀는 **이상하다.**

"나는 평범한 여자아이고, 도는 정말 강한 지킴이. 당신의 공격은 우연히 [브로치]에 막혔을 뿐. 이곳에 당신이, 당신에게 명령한 사람이 원하는 건 없어. **그런 걸로 하면** 앞뒤는 맞을 거야. ……하지만."

테레지아는 생각을 전혀 읽을 수 없는 눈으로 바라보면서.

"——그런 걸로 치고 돌아가 주진 않겠지?"

평범한 사람이었다면 미쳐서 죽어버릴 정도의 강한 위압을 모터에게 뿜어냈다.

『뭐, 끄윽…….』

"……어쩔 수 없지. 정보를 원한다면 줄 테니까 그걸 가지고 돌아가."

대답조차 하지 못하는 모터에게, 테레지아는 그 전까지보다 훨씬 어른스러운 말투와 발음으로 말을 자아냈다.

"내가——, [■ ■]이야."

하지만 그 말은 모터의 귀에 들리지 않았다.

정확히는 의미가 없는 잡음으로 들렸다.

"들리지 않을지도 모르겠네. 내 존재는 [■ ■]이라는 직업 그자체로 인해 위장되었고, 스스로 전할 수도 없으니까. 하지만 알고 있는 걸 말할게. 들리지 않는 부분이 있더라도 그대로 전해줬으면 해. 아마 뜻은 전해질 거야. 이번 습격은 나를 제거하고 싶어 하는 사람의 꿍꿍이니까, 왕도 전체를 습격한 건 **누가 나인지** 확인하기 위한 것이겠지. 그 대답이니까 정보만이라도 충분한 성과가 될 거야."

『잠······.』

모터는 '잠깐만'이라고 하면서 끼어들려 했지만 그럴 틈은 없었다.

"그리고 근처에서 죽어도 곤란하거든. 도가 **처리**해주고 있으니까 진행이 늦춰지고 있긴 하지만, 그래도 근처에서 대량으로 죽으면 조금이나마 들어오게 되어버려. 게다가 나나 ■■가 직접 죽이면 흡수 효율이 제일 좋아져 버리고, 도는 〈엠브리오〉가 섞여 있는 당신을 제거할 권한이 없어. 왕성처럼 사람이 별로 죽지 않는 곳에 있는데도, 결계로 외부의 ■■■■■■도 막고 있는데도, 이래선 곤란하거든. 〈■■〉의 강림이 앞당겨져 버리니까."

그 말이 무슨 의미인지 모터는 알지 못했다. 제대로 들리지 않았다.

"도는 세계를 멸망시킬 수 있지만, 〈■■〉은 세계를 ■■■■ 있어."

하지만 자기가 들어선 안 되는 정보라는 사실은 온몸의 세포로 이해할 수 있었다.

원래는 좀 더 특별한 인간만이 들어야 하는 말.

들으면 끝장, 이제 멀쩡하게 죽을 수 없을 것 같다는 착각이

드는 미지의 정보.

'어째서 내가 듣고 있는 걸까', 모터는 제정신을 잃어가는 마음 한구석에 그런 생각을 품었다.

"그러니까 나를 공격하지 마. 안 그러면 또 **젝스 때처럼** 풀려버릴 거야. 내가 위험에 처하면 안전장치가 조금씩 풀려버리니까. 젝스가 그랬을 때 《■ ■ ■ ■》가 해금된 것처럼."

자신을 쓰러뜨린 자, 개조한 자, 부리는 자보다 더 위에 있는……. 〈IF〉의 오너 이름이 나왔는데도 모터는 그 사실을 의식할 여유가 없었다.

하지만 어째서인지 들리지 않는 말 속에, 좀 전에 복도에서 맞섰던 이상한 형태와 관련된 것들이 섞여 있는 것 같았다. 존재가 이상했던 몬스터와 관련된 것들이 섞여 있는 것 같았다.

"[글로리아] 때는 혹시나 전부 끝낼 수도 있을지 모르겠다고 생각했는데. 당신은 나를 죽일 수 있는 경지에 도달하지 못해. ……어쩌면 손을 대버렸으니까 [글로리아]도 도달하지 못했으려나?"

무표정하던 테레지아의 표정이 약간 바뀌었다.

"내 안전장치는 자동이야. 내 위험을 제거하고 나를 살리기 위해 발동되어버려. 아까 당신을 습격했던 ■ ■처럼. 이물질이 섞여 있어서 통하지 않는 당신의 공격이라 해도 스킬에 반응해버려. 대미지가 없어서 반응이 둔하긴 하지만, 이대로 계속하다간……, 분명히 풀릴 거야. 최종적으로 〈■ ■〉도 절반 정도는 고개를 내밀 거야. ……그건 무서워."

'무섭다'라고 말했을 때, 그녀는 정말로 불안한 듯한 표정을 지었다.

모터에게 공격당하는 것 때문이 아니었다.

그녀가 두려워하는 것은……, 그녀 자신 안에 있다.

공격을 당함으로써, 위험에 처함으로써, 좀 전에 이상한 몬스터를 만들어낸 것처럼……, **자동으로 주위의 위험 요소를 뿌리째 뽑아내려 하는** 방어 반응. 그녀 자신에게 잠든 힘.

그녀는 그것이 무서운 것이다.

"더 이상은 힘을 개방시키고 싶지 않아. 언니까지 죽여버릴지도 몰라. 그러니까……."

테레지아는 그렇게 선물로 주는 정보를 다 말했다는 듯이.

그녀를 **건드려버린** 모터에게.

"——Don't touch the GAME OVER(나를 건드리지 마)."

조용히 **최후통첩**을 내밀었다.

■ 5XX years ago

예전에 업도라 불리던 폐허 지하 깊은 곳. 피난 구획보다 더욱 깊은 곳에 거대한 공동이 있다. 천장의 높이는 100메텔이 훨씬 넘을 것이다.

그 거대한 공동을 가득 메우며 거대한 존재가 무릎을 감싸 안고 있었다.

인간 같기도 하고, 짐승 같기도 한……, 어떤 시체.

화석 같은 표면을 지닌 그것에게도 희미하게나마 맥박은 뛰고 있었다.

당장에라도 일어서는 게 아닐까, 세계를 멸망시키는 게 아닐까, 그런 생각이 들 정도로 막대한 에너지가 내장되어 있다는 느낌이 들었지만, 갑자기 그 맥박이 멎었고……, 이내 그것은 정말 죽은 듯이 정지했다.

"……확인했……어. 지상에서……, 이번 대 [사신(邪神)]이 죽었……어. 이것도……, 〈종언(게임 오버)〉도 휴면 상태로 이행했어……."

"이런, 이런……. 이 문제도 겨우 해결된 거네……."

음침한 분위기의 여자가 그렇게 말하자 고양이를 머리에 얹어 둔 청년이 대답했다.

그들 말고도 몇 명이 그것을 올려다보고 있었다.

아니, 몇 명이라고는 할 수 없을지도 모르겠다. 인간 모습이 많긴 해도, 이상한 형체 또한 존재했으니까.

『본체를 찾아낸 건 이번이 처음이긴 하지만, 아마도 재버워크……, [에볼루션]하고 비슷한 구조 같은데.』

공중에 떠 있는 구슬 네 개를 이어붙인 것 같은 존재……, 옆에서 보면 **애벌레** 같기도 한 무언가가 그렇게 말했다.

"지상에서 [성검왕(ㄱ)] 일행에게 쓰러진 [사신(그것)]이 이 녀석의 두뇌체에 해당되는 거겠지. 이번에는 이 전투체가 움직이기 전에 두뇌체가 죽었기 때문에 전투체가 잠에서 깨어나지 않았어. 아니면 우리의 활동으로 인해 기동에 필요한 리소스가 부족했던 건지도 모르지."

"측정치로 보면 꽤 아슬아슬했던 것 같은데~?"

쌍둥이라는 걸 한눈에 알아볼 수 있는 안경 쓴 소년과 헤드폰을 낀 소녀가 그렇게 분석했다.

"회수한 문헌이 맞다면 저번에 기동되었던 건 우리가 오기 전이야. 당시엔 전력도 갖춰져 있어서, [사신]만으로도 고생했던 이번보다 문제가 적었다는 것 같은데."

"음~. 그럼 저번에는 이번보다 약했다는 뜻이네~. 그 전력은 우리가 간단히 없앨 수 있었으니까~. 지금은~, 우리 하나보다는 강할 것 같아~. 아~, 밴더스내치 같은 부류는 예외지만~."

쌍둥이의 분석을 듣고 왠지 신경질적인 느낌에 연약해 보이는 청년이 물었다.

"1000년 넘게 걸려서 재구성, 강화를 거듭했다는 걸까요?"

"가능성은 크지. 자, 레드킹. ……이걸 네 《공간파단》으로 공격해다오."

"알겠습니다."

연약해 보이는 청년은 곧바로 대답한 다음, 자신의 힘을 화석 같은 그것에게 때려 넣었다.

그 순간 세계가 선을 그은 듯이 둘로 갈라졌다. 색이 없는 허공이 고개를 내밀었다.

몇 초 뒤에 허공이 닫혔을 때, 그 선 위에 있던 물체는 전부 두 동강 난 상태였다.

단, 화석 같은 그것을 제외하고.

터무니없는 파괴를 선사하는 공격을 맞고도 그것은 생채기 하나 없이, 꿈쩍도 하지 않았다.

"……[사신]과 마찬가지인가. 《공간파단》에도 멀쩡하다니……, 큰일이네~."

고양이를 머리에 얹은 청년이 무언가를 떠올리며 씁쓸한 표정으로 그렇게 말했다.

"그렇다. 공간 위에 있는 물체나 현상을 강도와는 상관없이 파괴하는 《공간파단》도 소용이 없지."

"아하하~. 큰일이네~. 시험 삼아 밴더스내치도 부를까?"

"그러진 말자……. 최악의 경우에는 지금까지 해온 게 전부 허사가 되어버릴지도 모르니까~."

쌍둥이 소녀가 제안하자 고양이를 머리에 얹은 청년이 그렇게 말했다.

『예전에 이것을 쓰러뜨린 자들은 레드킹의 《공간파단》 이상의 공격 수단을 가지고 있었다는 건가? [성검왕]의 그 검이라면 가능할지도 모르겠다만······.』

"아니, 애초에 구조가 다른 거야. **바깥**에서 끼어든 우리는 이 녀석에게 영향을 끼칠 수가 없어. [사신]과 마찬가지지. 아마 세계의 시스템 그 자체의 안전장치일 거야."

애벌레가 질문하자 쌍둥이 소년이 자신의 분석 결과를 말했다.

"······티안만 상처를 입힐 수 있는 존재라는 뜻이네~."

"〈UBM〉은 어떨까요?"

"그건 아마 안 되겠지. 아니, 지금 몬스터는 전부 안 될 거다. 퀸이 아이템 변환 기능을 섞어두었으니까."

"아하하~. 엄청 괜한 짓이 됐네~."

쌍둥이 소녀가 웃었지만, 다른 자들은 전혀 웃지 않았다.

"어라? 그런데 지상에서 [사신]의 숨통을 끊은 건 [성검왕]이지? 그 [원시성검]은 〈이레귤러〉······, 〈UBM〉 아니었나?"

"그건 절단이라는 현상만 놓고 보면 온갖 부조리를 내포하고 있으니까요. [사신]의 방어 기구조차 무력화한 거겠죠. 반대로 말하자면 그 정도의 부조리가 아니라면 방어 기구를 돌파할 수 없는 겁니다. ······그렇다면 언젠가 맞이하게 될 〈마스터〉들도."

"물론 불가능할 거다. 이건 우리······, 〈엠브리오〉로서는 전혀 대처할 수 없다."

"어떻게 할까요. 이런 게 남아있으면 우리 준비도······."

『다음 기동까지 우리 비원이 달성되기를 기원할 수밖에 없다.』

지극히 골치 아픈 과제 앞에서 그들은 매우 고민하고 있었다.

"애초에……, 어째서……, 이런 게……, 있는 거야?"

『시련일 거다.』

음침해 보이는 여자의 순수한 의문에 그전까지 말이 없던 네 발 달린 짐승이 대답했다.

"도마우스……."

『우리가 만들려 하는 환경은 〈초급 엠브리오〉를 키우기 위한 것이고, 그러기 위한 시련으로 재버워크가 〈SUBM〉을 갖추고 있다. 이 땅 또한 직업으로 힘을 키운다면 이것도 같은 위치일지도 모르겠군. 강대한 시련으로서의 존재다.』

"그래도……, 이런 건……, 세계가 통째로 없어져 버릴……, 거야."

『강해질 수 있는 시련을 넘어서지 못한다면 멸망해라'라고 재촉하는 기구일지도 모르겠군.』

"……성격이 급한 창조주……구나."

"도마우스, 그건 추측인가?"

『추측이다. 나의 연산 능력을 전부 가동해서 내린 결론이지. ……감도 포함되어 있긴 하다만.』

"우리에겐 생물적인 감이 없어. 생각해볼 여지가 있겠군."

기계적인 연산 능력으로는 최고인 쌍둥이 중 반쪽은 그렇게 납득했다.

『지금까지의 데이터를 통해 추측을 더 해보자면, 두뇌체의 재

탄생은 본체로부터 멀지 않은 곳에서 일어날 거다. 이번 [사신]은 지상의 업도에서 태어난 자였다.』

"그렇다면 다시 태어날 때도 이곳일 가능성이 큰 건가?"

"그렇다면 감시하다가 [사신]이 생겨났을 때 곧바로 제거하면 되겠네~. 지금까지 그랬던 것처럼~."

그들은 선선대 문명의 문헌을 통해 화석 같은 물체……, 〈종언〉과 [사신]에 대해 알게 되었다.

그것들이 자신들의 계획을 뒤흔들지도 모르겠다고 판단하고 [사신]을 쓰러뜨림으로써 〈종언〉의 강림을 저지해 왔다.

그리고 지금, 발견한 〈종언〉을 보고 그 판단이 옳았다고 확신했지만…….

『하지만 이번 같은 방법……, 티안에 의한 토벌을 쓸 수 있는 건 이번이 끝이다.』

"……그렇지~. 대증요법을 너무 많이 썼어."

도마우스와 고양이를 머리에 얹은 청년은 벌레를 씹은 듯한 표정으로 그렇게 말했다.

"지금까지는 티안을 유도해서 조기에 토벌해 왔는데……."

[사신]에게는 그들의 공격이 통하지 않았기 때문에 실력이 있는 티안을 고용하거나 유도하는 방법으로 쓰러뜨려 왔지만……, 그럴 수 있었던 건 이번이 마지막이다.

"쓰러뜨릴 때마다 [사신]의 힘이 강해지고 있어. 이번에는 어렸을 때 초급 직업으로 기습을 감행했는데도 자동 요격으로 물리쳤지. 그리고 성장한 뒤에는……, 상정할 수 있는 티안 전력을 모두 유도했는데도 겨우 이겼고."

『……다음 기회는 없겠군.』

이제 티안을 유도하더라도 [사신]을 쓰러뜨릴 수 없다.

오히려 섣부른 접촉은 [사신]의 활성화를 앞당길 뿐이다.

[사신]이나 [사신]이 만들어낸 몬스터……, 통칭 '권속'이 살상 행위를 할 경우에는 죽은 자들로부터 흡수하는 리소스의 양이 많아서, 레벨이 올라가는 속도와 〈종언〉의 강림을 앞당기게 되어버리기 때문이다.

『접근 방식을 바꾸어야 한다.』

"그게 무슨 뜻이야?"

『앞으로 [사신]을 발견한 뒤에는 내가 그 곁에 머무르며 [사신]이 흡수할 리소스를 대신 흡수할 것이다. 그리고 [사신]을 지키며 위험으로부터 멀어짐으로써 활성화도 늦출 것이다.』

"데이터가 적은 안건이라 시험해 보지 않고서는 뭐라 하기 힘들지만, ……잘만 하면 [사신]이 자연사할 때까지 〈종언〉이 기동되지 않을 가능성도 있겠군."

『허나, 지구의 〈마스터〉를 맞이한 뒤에는 어떻게 할 거지? 확실하게 세계가 어지러워질 것이고, 흘러드는 리소스도 막대할 것이다. 너라도 그것을 완전히 흡수하진 못할 텐데?』

애벌레 구체가 한 말을 듣고 도마우스는 잠시 고민하다가……, 이렇게 말했다.

『……그렇게 되기 전에 우리의 목적이 먼저 달성되기를 기도할 수밖에 없다.』

그 발언을 듣고 그의 동료들은 쓴웃음을 지었다.

"기도라니. 뭐라 말하기 곤란한 이야기네요."

"……이곳의 신앙을 박살 낸듯한 우리가, 그 신앙 속 종언으로부터 세계를 지키기 위해 신에게 의존하다니~. 너무 아이러니해서 웃기지도 않네."

하지만 그들도 그 방법밖에 없을 거라 생각했다.

"알겠다. 그 방법을 진행하지. 이곳에 있는 자들도 이의는 없겠지?"

쌍둥이 소년이 말하자 모두 고개를 끄덕였다.

"그렇다면 나와 디, 레드킹, 캐터필러, 더치스, 도마우스, 체셔, ……그리고 지금 아바타 너머로 앨리스에게도 승낙을 받았다. 이걸로 과반수의 결정이다."

"뭐, 여기 있지 않은 녀석들도 안 된다고 하진 않겠지~. ……그 드럼통 말고는."

"……밴더스내치는 고집스러우니까요. 적대하는 자 상대로는 박살 내는 것 말고 다른 선택지가 없고, 그것밖에 할 수 없죠. 아바타조차 없으니까."

가장 거대하고, 강대하고, 광견 같은 동료를 떠올리며 고양이를 머리에 얹은 청년—— 체셔와 신경질적인 청년—— 레드킹은 쓴웃음을 지었다.

"자, 이제부턴 [사신]뿐만이 아니라 이것도 은폐할 필요가 있겠어. 캐터필러, 이 지역 주변에 세이브 포인트를 설치하고 환경 조정을 부탁한다."

『이곳은 세이브 포인트 환경 정비 마커를 한번 없앴던 곳이다만?』

쌍둥이 소년──, 트위들덤이 한 말을 듣고 애벌레 구체──, 캐터필러가 질문했다.

"알고 있어. 체셔도 준비를 좀 해줘야겠다. 물론 나와 디도 〈DIN〉을 통해 정보를 유포하도록 하지."

"뭘 할 셈인데?"

"[성검왕]이 [사신]을 쓰러뜨려서 이 지역이 '좋은 토지'가 되었다고 할 거다. 그리고 도시로서 발전시켜야겠어. 이 녀석 근처에 사람들이 모여들면 그만큼 다음 [사신]이 이곳에서 생겨날 확률도 높아져서 감시하기 편하게 될 테니까. 그리고 이곳의 세이브 포인트에는 리소스 수집 기능도 부여해두지."

『그렇군. 그러면 도움이 되겠어.』

"그리고, 이 녀석에게 다른 자들이 다가가지 못하게끔 레드킹이 공간을 뒤바꾸어주었으면 한다."

〈종언〉을 손가락으로 가리키며 트위들덤이 계속 말했다.

"어떤 식으로?"

"땅을 파기만 해서는 도달할 수 없게끔 이공간을 겹친다. 아예 우리 손으로 〈신조 던전〉을 하나 만들지. 그냥 공간을 만들어서 바꾸기만 하면 부자연스러울 테니까. 발생 이유는 [사신] 토벌에 관련지어서 〈DIN〉이 유포할 거다. 더치스도 도와줘. 주로 퀸의 설득을 부탁한다."

"알았……어……."

음침해 보이는 여자———, 더치스도 고개를 끄덕였다.

"〈신조 던전〉……. 저번 관리자가 남긴 **마왕 전직용 던전**하고 겹치지 않게 만드는 건 처음이네~."

"난이도는 그것보다 어렵게. 재버워크에게도 이야기를 해두지. 회수한 〈UBM〉을 파수견 대신 배치한다. [멸룡왕] 같은 게 딱 좋겠군."

"그렇구나~. 아, 그렇지. 던전 이름은 어떻게 할 거야~?"

쌍둥이 소녀———, 트위들디가 묻자 트위들덤은 화석 같은 〈종언〉을……, 그 신의 유해를 올려다보며 이렇게 말했다.

"던전의 이름은———, 〈묘표 미궁〉이다."

그 이후로 예전에 업도라 불리던 땅에는 왕도 알테어, 그리고 〈묘표 미궁〉이라 불리는 〈신조 던전〉이 만들어지게 된다.

그에 관한 여러 가지 전설과 전승이 만들어졌다가 사라져갔다.

결과적으로 그것이 만들어지게 된 진실을 숨기며, 왕도와 〈묘표 미궁〉은 현재까지 남아있게 되었다.

□ ■그녀에 대하여

그녀는 태어난 뒤로 계속 거짓말을 해왔다.

테레지아 C 알터는 왕국의 제3왕녀다.

태어난 뒤 얼마 지나지 않아 어머니를 여의고, 자신도 병약한 몸으로 태어났다.

그 때문인지 아버지와 두 언니는 그녀를 매우 아꼈다.

의사가 '아마 성인이 되기 전에……'라고 진단해서 그런 건지도 모르겠다.

그런 애정과 슬픔이 뒤섞인 사람들의 요람 속에서 테레지아는 이렇게 생각했다.

(이번에는 그런 **태생**이구나.)

뇌가 미성숙한 갓난아기일 때부터 그녀는 이미 확립된 자아를 지니고 있었다.

마치 뇌라는 생체기관 이외에도 사고와 기억을 관장하는 기관을 지니고 있는 것처럼.

실제로 그녀는 그것을 위한 **그릇**을 지니고 있다.

직업──, 특수 초급 직업 [사신(邪神)]이라는 그릇을.

[사신]이란 〈종언〉의 마중물. 반신(半身)이자 반신(半神).

이 세계에 시련을 주기 위하여 예전 관리자가 남긴 〈시스템〉의 일부.

그렇기 때문에 특례 중의 특례라 할 수 있는 특징을 지니고 있다.

특수 초급 직업을 포함한 다른 직업과의 차이는 다섯 가지의 기능.

첫 번째로, 역대 [사신]의 기억의 유지 및, 직업 자체를 대체 뇌로 이용하는 사고.

두 번째로 전 세계의 죽은 자로부터 리소스를 흡수함으로써 이루는 자동 레벨 업.

세 번째로 일정 레벨에 도달하기 전까지 [사신]과 관련된 정보의 완전 은폐.

네 번째로 〈시스템〉의 범주에 존재하지 않았던 이물질에 대한 무적화.

다섯 번째로 대를 이어나갈 때마다 강화되는 기초 스테이터스와 스킬.

(이제 막 태어난 참인데, 벌써 살아가는 게 피곤한 기분이야.)

테레지아에게 있어서 가장 큰 문제는 기억의 유지. 어디까지나 기억만이기에 인격은 포함되지 않고, 그녀의 인격은 그녀만의 것이지만……, 기억과 인격 사이엔 상관관계가 있다.

역대 [사신]의 기억을 지니고 있기 때문에 그녀는 이미 많은 것들을 알아버렸고……, 그 정신연령이 억지로 올라가 버린 상태. 기억과 사고의 기능이 어느 정도 정신을 보호하지 않았다면 태어나자마자 마음이 망가져 버렸을 것이다.

한 번의 예외도 없이 살해당해 온 기억 때문에 그녀는 이미 지친 상태였다.

[사신]이란 최종적으로 죽어야만 하는 존재라는 것도 이해하고 있다.

[사신]이 죽지 않는다면 〈종언〉이 강림하고, 세계가 멸망할지도 모르기 때문이다.

하지만 [사신]은 자살도, 자해도 할 수 없고, 위험에 처하면 자동적으로 직업 스킬이 반응하게 된다.

성장한 뒤에는 존재하는 것만으로도 세계에 해를 끼치기 때문에 항상 누군가에게 살해당하게 된다.

역대 [사신]들 중에는 조용히 끝을 기다리는 자도 있었고, 세계에 이빨을 드러낸 자도 있었다.

테레지아의 선조가 쓰러뜨렸던 [사신]은 후자였고, 이제 막 태어난 테레지아는 전자였다.

기억이 유지되는데도 행동이 달라지는 이유는 분명 혼이 다르기 때문일 것이다.

언젠가는 자신의 정체가 들통나서 살해당할 것을 그녀는 깨닫고 있었다.

언젠가 끝날 때를 조용히 기다리자고, 태어난 직후부터 그렇게 생각했다.

그러니 들킬 때까지는……, 거짓말을 하자.

◇◆

태어난 지 1년 정도가 지나자 테레지아는 자신의 주위 환경에 대해 이해했다.

(알티미어 언니는 [성검희]. 그 검이라면 레벨이 모자란 내 목

을 베는 건 간단하겠지.)

선대 [사신]이나 그밖에도 여러 [사신]들이 죽은 원인을 생각하며 테레지아는 그렇게 결론을 내렸다.

[원시성검]에는 지금 〈UBM〉……, 이물질이 뒤섞여 있지만, 모든 것을 베는 그 힘은 [사신]의 무적화조차 찢어발길 수 있다.

애초에 그 검은 [사신]과 마찬가지로 세계를 만든 자들이 특별히 마련해둔 것이다. 그런 데다 '모든 것을 벨 수 있다'라고 만들어졌으니 변성되더라도 [사신]을 벨 수 있다.

요람 속의 테레지아에게 읽어준 그림책……, 알터 왕국에서 가장 유명한 이야기의 내용으로부터도 그런 사실을 짐작할 수 있었다.

(보유자는 땅에 잠든 신의 유해로부터 멀리 떨어지지 말지어다. 이 땅에 다음 [사신(나)]이 태어날 것을 예측하고 곧바로 [원시성검]으로 베어 죽이라고 전한 거구나. 선조님도 자손이 [사신]으로 태어날 거라 생각하지는 못했겠지만.)

신의 유해……, 〈종언〉의 본체는 왕도의 지하에 잠들어 있다.

[사신]은 〈종언〉으로부터 그리 멀지 않은 곳애서 생겨난다는 규칙을 당시의 [성검왕]이 알고 있었는지는 모르겠지만, 올바른 대책이었다.

초기 단계의 [사신] 상대라면 [원시성검]으로 목을 치는 것이 가장 효율적이다.

성장하면 스킬로 인한 방어 능력이 올라가고, 과거에 [성검왕]이 그랬듯이 죽을힘을 다해야만 칼날이 닿게 될 것이다.

(레벨 상승은……, 조금씩.)

지금은 태어났을 때보다 레벨이 더 느리게 올라가고 있다.

왜냐하면 병약한 테레지아를 위해 성에 방역 결계가 쳐졌기 때문이다.

[테레지아]가 세계로부터 흡수하는 죽은 자의 리소스는 원래 대상이 아니지만, 저주 계열 상태이상까지 경계한 결계여서 그런지 흡수되어야 할 죽은 자의 리소스 중 대부분이 차단된 상태였다.

(흡수되지 않은 리소스는 자연으로 돌아갈 테니 문제도 없겠지만. ……아니, 애초에 결계가 쳐지기 전부터 역대 [사신]들보다 페이스가 느려. ……뭐, 지금은 전란이 일어난 시대도 아니니까 당연한 건가?)

테레지아는 알지 못했지만, 왕도의 세이브 포인트에는 부유 리소스를 흡수하는 장치가 설치되어 있다.

관리 AI들이 [사신]을 경계하여 설치한 장치가 그녀의 레벨이 올라가는 속도를 늦추고 있던 것이다.

(……딱히 상관없긴 한데. 어차피 레벨이 올라가면 끝장이니까 느린 게 좋지. 별다른 차이는 없더라도.)

지금까지의 [사신]들은 다섯 살이 되기 전에 위험에 처하고, 안전장치가 풀려서 최초의 각성을 했다. 그렇게 되면 《간파》 등의 스킬로 알아볼 수 없다 하더라도 테레지아가 [사신]이라는 것이 확실해진다. 그 뒤로는 살해당하고 끝이다.

(그렇다면 지금은 이 풍족한 삶을 즐기자.)

테레지아는 진심으로 그렇게 생각했다. 언젠가 자신을 죽일 상대라는 것을 알면서도 테레지아는 알티미어를 좋아했고, 아버지나 나이가 비슷한 언니인 엘리자베트도 좋아했기 때문이다.

이렇게까지 사랑과 물질이 풍족한 환경은 역대 [사신]들에게는 주어지지 않았다.

(그러고 보니……, 선대는 가난한 집 아이였지.)

선대는 황폐해진 업도의 빈민가 출신이었고, 아이들을 팔아 겨울을 겨우 버티는 집이었다.

형제도 있었지만, 어디론가 팔려간 뒤로는 만나지 못했다는 기억이 떠올라서…….

(…………아니, 그랬던가?)

무언가가 생각나려 했지만, 확실하게 기억나지 않았다.

모두는 아니지만 역대 [사신]의 기억은 나이가 들수록 희미해진다.

기본적인 정신 보호의 한계를 넘은 광기를 떠안아, 제정신을 잃게 된 [사신]의 기억이기 때문일까.

어찌 됐든, [사신]으로 태어나서 행복하게 살 수 있었던 사람은 거의 없다.

잘해봐야……, 납득하고 살해당한 자 정도다.

그래서 테레지아 또한 [사신]으로서 죽기 전에 제3왕녀로서 시간을 보내는 것도 나쁘지 않겠다고……, 왠지 메마른 느낌으로 그렇게 방침을 정했다.

병약한 제3왕녀일 뿐이라는 거짓말을 한동안 계속 해나가자고.

(어차피 몇 년 만에 들켜버리겠지만.)

◇ ◆

그로부터 4년 정도가 지나, 올해로 다섯 살에 접어들려 하던 테레지아는 유리창 너머의 경치를 바라보며 중얼거렸다.

"······너무 풍족해."

왕녀로, 그것도 병약하게 태어났기 때문에 이 세계에서 가장 따뜻한 대접을 받고 자랐다.

그야말로 모든 위험으로부터 멀리하려는 듯이······.

"뜻밖이야······."

설마 이 나이가 될 때까지 [사신]이라는 것을 들키지 않을 줄은 몰랐다.

보통은 몬스터나 전쟁 같은 이유로 안전장치가 풀리고, [사신]의 힘 일부가 해방된다. 지금까지 많은 [사신]들은 어린 나이에 안전장치가 풀린 뒤 살해당해왔다.

하지만 테레지아는 왕녀다.

계속 위험하지 않은 실내에만 있었기에 안전장치가 풀리지 않았고, 들키지도 않았다.

이 세상의 누구도······, [사신]을 찾아다니는 자들까지 포함해서 그녀가 [사신]이라는 사실을 알지 못한다.

(자해나 자살도 못 하고, 내가 [사신]이라고 해도 믿어주지 않아. ······말해봤자 못 듣겠지만.)

테레지아가 [사신]이라는 것은 《간파》로 알아볼 수 없을 뿐만이 아니라 그녀가 말하더라도 감춰지게 된다. 이야기하려 해도 다른 말이나 의미가 없는 말로 들리고, 어린 나이 탓에 부자연스럽다는 느낌도 들지 않을 것이다.

그리고 왠지 모르겠지만 [사신]에 대한 전승에도 간략화나 누락이 생겼기에 애초에 이해하지 못할 가능성이 크다.

(이대로 가다간 [사신]이 완성되어버리는 것 아닐까……. 하지만 레벨 업 속도를 보면……, 수십 년은 더 걸리겠어.)

몇 대 전의 [사신] 때부터 세계가 스테이터스를 표시하게 되었다. 그전까지는 특정한 스킬을 사용하거나 감각적으로만 판단할 수 있었지만, 지금은 누구나 객관적으로 볼 수 있다.

그래도 [사신]의 스테이터스는 왠지 자신에게도 눈으로 보이는 형태로는 나타나지 않았기에, 그녀는 자신의 진짜 레벨을 감각으로만 파악했다.

그리고 그 감각으로 따지면……, 아마 아직 레벨은 30도 안될 것 같았다.

그것은 역대와 비교해도 확실하게 느린 속도였다.

어쩌면, 수명이 되어 죽거나 병으로 죽는 날이 더 먼저 올지도 모른다.

그런 미래를 예상하자 약간이나마 테레지아의 가슴이 따뜻해졌다.

그것이 가장 희망에 가득 찬 끝일 것 같았기 때문이다.

"테레지아 전하, 무슨 일 있으신지요?"

볼이 약간 붉어진 테레지아에게 전속 시녀가 말을 걸었다.

"괜찮아. 그냥 조금 따뜻해서."

"요즘은 햇살도 따뜻해졌으니까요."

그녀는 시녀에게 적당하게 거짓말로 대답했지만, 왕녀의 호위로서 《진위 판정》도 지니고 있던 시녀는 그 거짓말을 눈치채지 못했다.

그것 또한 [사신]으로서 테레지아가 지니는 특성이었다.

《간파》를 속일 수 있는 것처럼, 《진위 판정》으로도 그녀의 거짓말을 알아챌 수는 없다.

스킬로 인해 거짓말이 제한된 이 세계에서 테레지아는 자유롭게 거짓말을 할 수 있는 인간이었다.

그녀가 지금까지 들키지 않고 있는 너무나도 큰 거짓말에 비하면 사소한 것이었지만.

"방에 가서 잘래."

"네. 알겠습니다."

테레지아가 그렇게 말하자 시녀는 그녀를 큼직한 유모차에 태워 옮기기 시작했다.

병약한──실제로는 [사신]의 스테이터스 덕분에 여유가 있는──몸이기 때문에 방에서 다른 방으로 오래 이동할 때는 자신의 발이 아니라 유모차를 이용한다.

테레지아는 그게 조금 불만이었다. 적어도 좀 더 멋진 이동수단은 없을까……, 방대한 기억과 다섯 살에 못 미치는 실제 나이를 지닌 소녀는 그렇게 생각했다.

"테레지아 전하, 저는 옆방에서 대기하겠습니다."

"고마워."

방까지 데려다준 시녀와 그렇게 이야기를 나눈 다음, 테레지아는 자기 방에 혼자 남았다.

왕녀답게 호화로우며 청결함이 유지되는 방. 천장이 달린 침대에는 두 언니가 선물해준 귀여운 인형이 누워 있고, 그 옆에는 무슨 일이 생겼을 때를 대비해서 옆방에 시녀를 부를 수 있는 종이 놓여 있다.

하지만 그녀의 시선은……, 침대와 자신의 중간 지점에 고정되어 있었다.

그리고 그녀는 입을 열고…….

"당신은 누구야?"

아무도 없는 공간을 향해 그렇게 말했다.

"──먼저 질문을 받아버렸군요."

공기만이 들은 테레지아의 목소리에, 들어본 적이 없는 남자 목소리가 대답했다.

곧바로 아무도 없었던 공간에 녹색 외투가 드러났다.

외투를 걸친 사람은 소리도 없이 그것을 벗은 다음 테레지아에게 인사했다.

"제 이름은 젝스 뷔펠."

검은 머리카락에 왠지 시원찮아 보이는 외모의 남자는 자기소개를 한 다음.

"당신을 납치하러 왔습니다, 테레지아 왕녀."

마치 가극과도 같은 말을 했다.

"멋진 말이네. 10년 뒤에 듣고 싶었어."

자신을 납치하러 왔다는 남자——, 젝스에게 테레지아는 냉정하게 대답했다.

"…………."

젝스는——이후에 그를 아는 자라면 놀랐겠지만——눈을 크게 뜨고 한동안 테레지아를 관찰하다가 잠시 후 어떤 말을 했다.

"죄송합니다. 정말로 당신이 왕국의 제3왕녀입니까?"

"맞아. 어째서 그렇게 물어보는 거야?"

"방금은 **괴물**로 밖에 안 보였으니까요."

"…………. 레이디에게 그런 말을 하면 안 돼."

"그렇지요. 죄송합니다."

온화하게 대답하면서도 테레지아는 인생에서 가장 빠른 심장 고동을 느꼈다.

([사신]인 걸 들켰나? 어째서? 애초에 이 남자는 누구지……?)

상대방의 정체를 알아내기 위해 시선을 움직이던 테레지아는 젝스의 왼쪽 손등에서 문장을 발견했다.

그냥 동그랗기만 한……, 물방울 하나뿐인 단순한 문장.

하지만, 그렇기 때문에 무엇으로도 형태가 바뀔 수 있을 것 같은 물의 상징.

"당신은 〈마스터〉야?"

"네. 저번 달부터 시작했습니다."

한 달 정도 전부터 〈마스터〉가 늘어나기 시작했다는 이야기는 테레지아도 들었다.

그리고 〈마스터〉란 그녀에게 다른 의미를 지니고 있다.

([묘신]과 동류……지.)

과거에 [사신]이 싸웠던 〈마스터〉, [묘신]. 분신을 만드는 〈엠브리오〉를 쓰는 그와 전투를 벌였지만 [사신]은 조금도 상처를 입지 않았다.

그것이 [사신]이 지닌 특성 중 하나, 이물질에 대한 무적화라는 사실을 테레지아는 알고 있다.

(〈마스터〉는 시스템 밖의 이물질. 절대로 나를 다치게 할 수 없어. 그런 〈마스터〉가 현재 [사신]인 내게 접촉하는 이유는……, 뭐지?)

너무나도 불확실한 상황이었기에 테레지아는 정보를 얻기 위해 이야기를 계속해나갔다.

"좀 전까지 있었던 건 당신의 〈엠브리오〉?"

"아뇨. 특전 무구입니다. 원래는 일화급의 카멜레온이었고, 이름은……, [의음색수 사운드 컬러리스]였을 겁니다. 마주쳤을 때는 눈치채지 못하고 **통째로 삼켜졌**습니다."

"…………."

눈앞에서 '죽었다'와 같은 의미를 지닌 말을 웃으면서 하는 걸 보니 느낌이 이상했다.

"그렇기 때문에 지금은 제 특전 무구지만요."

"······?"

"오히려 제가 묻고 싶습니다만······, 어떻게 눈치채신 겁니까?"

"············."

테레지아가 특전 무구로 모습을 숨기고 있던 젝스를 눈치챈 것은 필연적인 일이었다.

젝스의 특전 무구 효과는 걸친 자의 소리와 색을 위장해서 공간에 섞이는 것. 테레지아의 방까지 들어올 수 있었던 것은 그 힘이 크게 작용했다. 다른 감지 시스템 또한 어떠한 수단을 이용해서 돌파했을 것이다.

하지만 특전 무구······, 이물질의 힘이 섞인 〈UBM〉에서 유래된 아이템이기에 [사신]인 테레지아에게는 그 효과가 발휘되지 않는다.

테레지아에겐 처음부터 보이지 않아야 할 젝스가 보였다.

"······그건 말이지."

테레지아는 잠시 생각하다가······.

"내가 [■ ■]이니까."

"?"

자신의 정체를 밝혔지만——, 그 말은 젝스의 귀에 들리지 않았다.

(역시 〈마스터〉 상대로도 효과가 있네. 그렇다면 어째서 아까 괴물이라고 한 거지? 아니, 내가 [사신]이라는 걸 모른다면 어째서 여기······?)

한 가지가 밝혀졌지만, 수수께끼는 더욱 늘어났다.

그렇기 때문에 테레지아가 물었다.

"당신은 어째서 나를 납치하려는 거야?"

직접적으로 동기를 물은 테레지아에게.

"그것이 이 나라에서 손꼽히는 중죄이기 때문입니다."

젝스는 매우 쉽사리……, 동기라고 할 수 없는 말을 했다.

"…………어?"

"저는 악당이 되기 위해 왕국에서 중죄를 저지를 겁니다. 그러기 위해 중죄란 무엇일까 생각해보니 당신을 유괴하는 것이었습니다. 그래서 저는 여기 있습니다."

죄를 저지르기 위해 중죄인 왕녀 유괴를 실행한다. 그 말이 사실이라면 그는 목적과 수단을 일체화시키고 있고, 얻을 것도 없는 범죄를 목적으로 삼고 있는 것이다.

이런 기괴한 상대를 테레지아는……, 지금까지의 [사신]들은 본 적이 없었다.

(〈마스터〉들은 원래 그런가…….)

하지만 사고 회로가 어쨌건 간에, 성안에서도 특히 엄중하게 경계하고 있는 테레지아의 방에 숨어들 정도의 실력자. 테레지아는 어떻게 대처할지 생각했다.

(〈마스터(이물질)〉는 나를 해칠 수 없어. 죽일 수도 없고, 다치게 할 수도 없어. 하지만, 그렇다고 해서…….)

방치할 수는 없지만, 그렇다고 지금 소리를 지르면 옆방에 있는 시녀가 이변을 눈치채고 들어와서 젝스에게 살해당할 수도 있겠다는 생각이 들었다.

하지만 그런 생각을 다 하기도 전에.

"신경 쓰이는 게 있긴 하지만, 일단 납치하도록 하겠습니다."

젝스의 목소리가 **바로 뒤**에서 들리고, 입가에 젖은 천이 닿았다.

"어……."

순식간에 테레지아의 의식은 급속도로 사라졌다.

의식이 끊기기 직전에 테레지아가 본 것은 그 직전까지 자신과 이야기하고 있던 젝스와……, 자신에게 천을 가져다 대고 있는 젝스.

두 젝스가 동시에 존재하는 광경이었다.

◇ ◆

"…………윽."

테레지아가 의식을 잃은 지 두 시간 정도가 지난 뒤……, 테레지아는 눈을 떴다.

의식을 되찾자마자 테레지아는 자신이 약으로 인해 잠들었다는 것을 눈치챘다.

지금 있는 곳은……, 테레지아가 한 번도 본 적이 없는 공간이었다.

나무로 만든 자그마한 오두막과 창밖으로 보이는 숲. 성에서 살아온 테레지아가 실제로 본 적은 없었지만, 역대 [사신]의 기억으로부터 그것이 나무꾼의 오두막이 아닐까 하는 추측이 들었다.

잠든 사이에 성에서 끌려와서……, 아마도 왕도 근처의 〈노즈 삼림〉에 있는 오두막에 갇혔을 거라 이해했다.

애초에 [사신]인 테레지아가 이물질인 〈마스터〉로 인해 잠든 것 자체가 이상했지만……, 테레지아는 곧바로 그 답을 **떠올렸다**.

(……아. 그러고 보니 그런 **예외**도 있었지.)

이물질은 [사신]을 해칠 수 없다.

단, 세 가지 예외가 있다.

우선, [원시성검]처럼 [사신]의 법칙을 일그러뜨릴 정도로 강한 힘을 쓰는 것.

그다음으로, [사신]의 토대가 되는 시스템 전체를……, 말하자면 세계 전체에 영향을 끼치는 것.

그리고 가장 간단한 것은……, 티안이 만든 소비 아이템을 사용하는 것.

테레지아가 맡은 약품이나 공격 마법의 [젬] 등, 티안이 만든 소비 아이템은 이물질인 〈마스터〉가 사용하더라도 [사신]에게 효과가 나타난다.

몬스터가 변환 시스템으로 인해 직접 드롭한 아이템이나 소재가 섞이면 효과가 없기 때문에 이물질이 관여하지 않은 티안의 수제 아이템만의 현상이다.

우연히도 젝스가 사용한 약은 자연 소재를 사용해서 만든 그런 종류의 아이템이었다.

([사신]의 레벨이 더 높았다면 통하지 않았겠지만, 레벨이 낮

고 안전장치도 풀리지 않은 상태라 그런 모양이네…….)

그 안전장치는 지금도 풀리지 않았다.

몸에는 생채기 하나 없었기에 적어도 해를 끼친 건 아니라는 사실을 깨달았다.

젝스의 모습은 보이지 않았지만, 혹시나 테레지아를 유괴했다는 사실을 성에 알리고 범죄자답게 어떤 요구를 하고 있는지도 모르겠다.

그런 젝스에게 테레지아는 어떤 의문을 품고 있다.

정신을 잃기 직전에……, 젝스가 두 명 있었던 이유다.

(한 사람이 여러 명……. 얼굴을 성형한 다른 사람이나 쌍둥이가 아니라면 그의 스킬로 인한 거겠지. 내게 보인 걸 보면 환각이 아니라 실체. 젝스의 〈엠브리오〉이거나 《그림자 분신술》이려나? 설마 인간이 슬라임처럼 분열한 건 아닐 테고…….)

그 '설마'가 정답이라는 건, 테레지아도 이 시점에서는 눈치채지 못했다.

그게 대체 뭐였을까 생각하다가……, 갑자기 깨달았다.

"……**올랐어**."

그녀가 직접 느끼는 자신의 감각……, 진짜 레벨.

한동안 정체되어 있던 레벨이 잠든 사이에 올랐다는 사실을 깨달았다.

하지만 당연한 일이었다. 이곳은 결계로 보호되는 성내도 아니고, 리소스를 수집하는 장치인 세이브 포인트가 있는 왕도도 아니다.

자연의 한복판이기에 죽은 자의 리소스가 [사신]에게 모여들고 있는 것이다.

여기에 있기만 해도 그녀의 제한 시간이 조금씩 줄어들게 된다.

지금은 스테이터스가 올라갔을 뿐, 스킬 자체를 얻지는 않았지만…….

"…………."

여기서 위험에 처하게 되면 안전장치가 풀리고 [사신]의 힘(스킬)이 해방된다.

제일 먼저 해방되는 것은 주변의 물질을 변성시키는 《권속 변성》. 그녀가 위험해지면 자동적으로 주위의 돌이나 나무를 몬스터……, 권속으로 변성시켜 그녀의 몸을 지키게 된다.

그렇게 되면 테레지아의 정체도 들통날 테고, 그녀는 죽게 될 것이다.

테레지아도 그것 자체는 상관이 없었다. 세계가 멸망하는 것보다는 훨씬 낫다고 냉정하게 생각했다.

사실은 수명이 다할 때까지 사는 것에 희미한 기대를 품고 있긴 했지만, 불가능하다면 어쩔 수가 없다.

(문제는 알티미어 언니가 지금 유학 중이라는 거지. [원시성검] 없이……, 내 자동 방어를 돌파해서 죽일 수 있으려나.)

테레지아는 자신을 죽일 자를 걱정하며 체념과 동시에 한숨을 쉬었다.

십중팔구, 많은 희생자가 발생할 것이다.

그것을 피하려고 해도 이 오두막에서 움직일 수가 없다.

물론 오두막 정도는 지금 테레지아의 스테이터스로도 쉽사리 파괴할 수 있다. 하지만 테레지아 혼자서는 위험한 것들을 피해서 성으로 돌아갈 수 없는 것이다.

젝스를 제쳐두더라도 몬스터가 잔뜩 있는 지역을 걸어가다 보면 습격당하게 된다.

그렇게 되면——테레지아의 스테이터스나 이물질에 대한 무적화 때문에 실제로는 해롭지 않다고 해도——위험에 반응하여 안전장치가 풀리게 된다.

젝스는 테레지아의 사정 같은 걸 전혀 몰랐겠지만, 숲속의 허름한 오두막이 [사신]인 테레지아에게는 우리 같은 기능을 하고 있었다.

(……적어도 나를 지켜주면서 성까지 데려다줄 사람이라도 있으면 좋겠는데.)

그렇게 형편 좋은 사람이 나타날 리가 없다며 자조하던 순간. 그녀는 작은 소리가 들린다는 걸 눈치챘다.

"……빗소리?"

툭, 툭, 목제 오두막 지붕을 빗방울이 때리는 소리가 들렸다.

그것은 조금씩 강해지다가 너무 강하지 않은 기세로 안정되었다.

목제 오두막 벽 너머로 그녀는 그 소리를 들었다.

"……날씨 같은 건 신경 쓴 적도 없었지."

병약한 그녀는 계속 성안에서 지냈다. 성안에 그녀의 모든 것이 있었고, 바깥 세계도 역대 [사신]들의 기억으로 알고 있었기에 지나친 동경을 품지도 않았다.

그래서 그녀가 비를 이렇게 가깝게 느낀 것은 처음이었다.

(시끄러운 것 같은데도, 마음이 좀 편해지는 이유는 뭘까.)

그녀는 잠시 눈을 감은 채 귀를 기울이고 있었다. 그렇게 1분 정도일까, 몇 분 정도일까, 아니면 더 길었을까, 그녀의 주관으로는 애매한 시간이 지났고.

"……왔구나."

귀에 들리는 소리에 비로 젖은 지면을 박차는 발소리가 섞였다.

(젝스가 돌아왔어. ……이제부터 어떻게 되려나.)

몸값과 교환하게 될까, 어딘가로 신병을 넘기게 될까, 아니면 중죄를 노리고 있다니 살해하려 할지도 모른다.

일단 유괴만 한 이유는 유괴와 살인으로 **죄를 이중으로 짓기 위해**서가 아닐까. 테레지아는 그 광인의 사고를 상상했다.

그것이 정답인지는 제쳐두더라도, 테레지아는 젝스를 보고 '그런 짓을 하더라도 이상할 게 없다'라는 인상을 느꼈다.

(젝스는 [사신(나)]을 죽일 수 없지만 안전장치는 풀려버리겠지. 내가 왕녀로 있을 수 있는 것도 이제 몇 분밖에 안 남았나?)

그녀가 태어날 때부터 해온 거짓말도 그걸로 끝.

그 이후로는 세계를 위협하는 [사신]이다.

테레지아를 토벌할 수 있을지는 별개로 치더라도 그녀가 지금까지 해온 생활을 계속할 수 있을 가능성은 없다.

(……그래도, 지금까지의 [사신]들과 비교하면 풍족한 삶이었지.)

테레지아는 자신을 위로하듯이 그런 생각을 했다.

하지만 그녀가 체념하고 각오하며 기다리고 있는데도……, 젝스는 오두막 안으로 들어오질 않았다.

그뿐만이 아니라 오두막 문 앞에서 뭔가 악전고투하고 있는 것 같았다. 철컥철컥, 금속을 움직이는 소리. 이 오두막에 설치된 자물쇠를 열려고 하는 걸까?

(가둔 게 젝스라면 열쇠도 가지고 있을 텐데. 설마 열쇠를 잃어버린 건가……?)

철컥철컥, 소리가 오래 이어지자 테레지아는 눈치챘다.

(……혹시.)

그녀가 그 답을 생각하려 했을 때.

『크아! 이제 참을 수가 없다곰!』

왠지 우습게 들리는 성난 목소리와 함께 금속제 자물쇠가 부서지는 소리가 났다.

삐걱거리는 소리와 함께 문이 열렸고……, 커다란 그림자 하나가 오두막으로 들어왔다.

『비가 내려서 비를 피하고 싶었을 뿐인데 왜 오두막 문이 잠겨 있는 거야곰. 나무꾼 아저씨는 훔쳐 갈 것도 없으니 문도 잠그지 않았다고…………, 응?』

"…………."

그것은 왠지 모르겠지만 '곰'이라는 어미를 붙여서 말하는 까만 개……, 또는 늑대 인형옷이었다.

새까맣고 푹신푹신해 보이는 털은 왠지 모르겠지만 등쪽만 붉은색이었다.

물론 젝스가 아니었다.

『조그만 어린애가 이런 곳에 혼자 있곰?』

"⋯⋯⋯⋯당신은 누구야?"

사람의 말을 하는 그것의 머리 위에는 이름 표시가 없었다.

그것으로 몬스터가 아니라는 사실을 알 수 있었지만 누굴까.

『나는 슈우. 〈마스터〉다곰⋯⋯, 아니, 멍.』

슈우라고 자기소개를 한 〈마스터〉는 그제야 자신의 어미를
정정하며 그렇게 말했다.

"개? 곰?"

『인간. ⋯⋯뭐, 지금은 늑대 인형옷이다멍. 얼마 전까지 곰 인
형옷이어서 아직 버릇을 못 버렸다곰멍.』

"⋯⋯후후."

여전히 버릇이 남아있는 어미가 우스워서 테레지아는 살짝 웃
었다.

그와 동시에 그가 젝스와는 상관이 없고, 그냥 지나가던 길이
었음을 추측했다.

『어린아이가 보기에 재미있다면 잘못 말한 보람이 있다멍. 그
런데 아가씨의 이름은?』

"나는⋯⋯."

이름을 묻자 테레지아는 잠시 고민하다가.

"나는 티. 정신을 차리고 보니 여기 있었어."

곧바로 생각해낸 가짜 이름을 대답했다.

테레지아라는 이름을 말하면 왕녀라는 것을 눈치챌지도 모른다.

젝스와 상관이 없는 슈우도 테레지아가 왕녀라는 사실을 알게 되면 행동이 달라질 수 있다.

그렇기 때문에 테레지아는 가짜 이름을 말했다.

(어차피 [사신]의 거짓말은 아무도 눈치채지 못.)

『흐음~. 그래서, 진짜 이름은 뭐야곰? 가르쳐주지 않으면 부모님을 찾기 힘든데멍.』

"——어?"

그때 받은 충격은 분명히 테레지아가 태어난 뒤로 가장 큰 충격이었을 것이다.

젝스와 만났을 때보다 충격이 훨씬 더 컸다.

"어째, 어째서……, 거짓말이라고, 생각한 거야?《진위 판정》은……?"

『그런 건 없어멍.』

"그럼 어째서……?"

최고 레벨의《진위 판정》조차 [사신]의 거짓말을 알아낼 수는 없다.

그럼에도 불구하고 슈우는 어떻게 그걸 알아낸 건지, 테레지아는 진심으로 당황하며 물었다.

『아가씨가 그 이름에 애착이 없다는 건 바로 알 수 있어멍. 그리고 눈도 떨렸고, 자기소개를 할 때도 잠깐 생각한 다음에 말했어멍.』

"…………!"

스킬이 아니다.

하지만 그것은 센스 스킬이라 분류되는 것……, 본인 자신의 경험과 직감을 통해 때로는 스킬 이상의 정확도를 보이는 슈우 자신의 힘이었다.

모든 스킬을 기만하고, 세계의 모든 것으로부터 숨겨진 테레지아[사신]의 거짓말은……, 슈우 개인의 힘에 의해 드러났다.

『뭐, 갑자기 튀어나온 인형옷 오빠를 못 믿는 것도 어쩔 수 없지멍. 하지만 나는 '정신을 차리고 보니 여기 있었다'라고 하는 아가씨를 집에 데려다주고 싶어멍.』

"…………."

테레지아는 그 말을 어떻게 받아들여야 할지 고민했다.

《진위 판정》을 가지고 있지 않은 건 그녀 역시 마찬가지다.

그래서 슈우가 한 말이 선의로 한 말인지, 아니면 거짓말인지 알 수 없다.

하지만 테레지아는…….

"내 진짜 이름은……, 테레지아."

테레지아는 진실을 말하는 것을 선택했다.

자신의 거짓말을 알아본 슈우에게 이번에는 거짓말이 아니라 진실을 말하자고 생각했다.

"테레지아 셀레스타이트 알터."

『그 이름…….』

테레지아가 풀 네임을 말하자 슈우도 그녀가 누군지 이해했다.

"저기, 인형옷 씨. ……부탁이 있어."

그것은 그녀 자신이 좀 전에 포기했던 것과 이어지는 부탁.

지금까지처럼 제3왕녀 테레지아로서 가족과 함께 계속 살아가기 위한 길.

희망이 있는 끝을 맞이할 수 있는 가능성.

『뭔데?』

"나는 왕녀고……, 매우 위험한 신분이지만……."

『…………。』

"집까지……, 성까지 데려다줄 수 있을까?"

『한 입으로 두말할 순 없지. 나는 아가씨……, 테레지아를 집에 데려다줄 거야. 내게 맡겨 곰.』

테레지아의 부탁을 듣고 슈우는 그렇게 대답했다.

망설임은 전혀 없었다. 테레지아가 왕녀라는 것도, 테레지아가 뭔가 대단한 사정을 떠안고 있다는 것도 슈우는 짐작하고 있었다.

그러면서도 슈우는 그녀를 데려다주겠다고 선언한 것이다.

[퀘스트──『호위── 테레지아 C 알터 난이도 : 7』이 발생하였습니다.]

[자세한 퀘스트 내용은 퀘스트 화면에서 확인하여 주십시오.]

그리고, 퀘스트 시작을 알리는 안내 음성이 흘렀다.

◇ ◆ ◇

□ ■ ???

『……기묘하군.』

"왜 그래? 도마우스."

『〈노즈 삼림〉 주변의 리소스 움직임이 이상하다.』

"〈노즈 삼림〉이라. 그러고 보니 좀 전에 〈노즈 삼림〉에서 묘한 퀘스트 난이도를 산정했다."

『묘한 퀘스트?』

"유괴당한 제3왕녀를 성까지 데려다주는 퀘스트다. 지역 안에 왕녀를 유괴한 범인이 있다는 것과 사나운 〈UBM〉이 돌아다닌다는 정보가 있었기에 7로 설정했다만."

『………….』

"신경 쓰이나?"

『으음. 잠깐 상황을 보고 오겠다. 혹시나……, 찾던 상대를 발견할지도 모르겠군.』

◇ ◆

추후 제3왕녀 유괴사건이라 불리게 되는 사건.

테레지아와 그녀의 비밀을 알게 되는 자들과의 만남.

그녀를 유괴한 자, 미래의 [범죄왕] 젝스 뷔펠.

그녀를 구해준 자, 미래의 [파괴왕] 슈우 스탈링.

그리고 그 사건 이후로 그녀 곁에서 지킴이 역할을 맡게 된 관리 AI 도마우스.

[사신] 이외의 악연까지 시작된 대사건의 막이 올랐다.

■ 그에 대하여

모터 콜타나는 카르디나의 명문 출신이었다.

하지만 어떤 사건으로 인해 부모님이 돌아가시고, 여동생과도 생이별을 하게 되어 순조로울 줄 알았던 그의 인생은 어느샌가 막다른 길에 접어든 상태였다.

살아가기 위해 소매치기와 도둑질을 하는 길거리 아이들 집단으로 들어간 다음에는 범죄만 저질렀다. 직업을 얻은 뒤에도 사람들에게서 계속 빼앗기만 했고, 나중에는 초급 직업이 되어 〈유적〉에서 성공자 사냥을 하면서 살게 되었다.

어째서 성공자 사냥을 하게 된 건지, 그도 확실한 이유는 모른다.

굳이 말하자면 순식간에 모든 것을 잃은 그와 정반대……, 한 번의 탐색으로 막대한 부를 손에 넣은 성공자들에게 어두운 감정을 품었기 때문일까.

어찌 됐든 그 소행 때문에 그는 라스칼에게 패배했고, 개조인의 소체가 되었다.

그리고 지금, 그는 결코 건드려서는 안 되는 것과 맞서고 있다.

그런 자신의 상황에……, 그는 생각했다.

내 인생은 어째서 이렇게……, 계속 엇나가기만 하는 걸까.

◆ ◆ ◆

■왕성 4층

　최후통첩을 받은 모터는 절망의 구렁텅이에 있었다. '돌아가지 않으면 끝장'이라고 하는 테레지아의 말을 모터의 모든 세포가 진실이라고 외치고 있었다.

　모터도 지금 물러서도 된다면 물러섰을 것이다.

　물러설 수 없기 때문에 초조해하고 있었다.

　(……아, 어째서……, 이렇게 되어버린 거냐…….)

　개조인이 되는 것을 선택했을 때, 〈IF〉의 서브 오너를 습격했을 때, 〈유적〉에서 성공자 사냥을 하면서 살아가기로 했을 때, 길거리 아이들로 이루어진 범죄 집단에 들어갔을 때, 외톨이가 되었을 때……, 몇 가지 선택의 순간이 머릿속에 떠올랐다.

　(빌어먹을……! 내 인생은 어째서 이렇게……!)

　어째서 자신은 중요한 순간마다 선택을 잘못하는 건가, 모터는 그렇게 한탄했다.

　하지만 지금은 다르다. 첫 번째 선택과……, 천애고아가 되었을 때와 마찬가지다.

　모터에게는 선택할 **권리**조차 없다.

　『물러날 수 없어, 물러나는 선택을……, 할 수가 없다고…….』

　"?"

『내 몸은 말이지, 내 의지를 존중해주지 않거든.』

그는 이번에는 자신에게 애초에 선택의 여지조차 없다고 말했다.

『내 몸에는 〈엠브리오〉가 들어있다. 내가 명령을 어기면 내 몸을……, 빌어먹을!!』

말하던 도중에 모터의 몸이 그의 의지와는 달리 움직이기 시작했다.

『빌어먹을!! 라 크리마, 이 자식……!』

원인은 그의 몸에 섞여 있는 이데아의 분체. 비밀을 털어놓는 것이 명령 위반에 해당된다고 판단한 이데아 분체가 그의 육체 제어를 빼앗은 것이다.

그리고 그보다 훨씬 정확도가 떨어지는 동작으로, 절망적인 상대에게 돌격을 감행하려 했다.

불에 날아드는 벌레조차 그보다는 생존율이 높을 것이다.

『죽고 싶지 않아……! 이런, 이런 형태로 죽고 싶지 않다고……!』

마음대로 움직일 수 있는 입으로 비명을 지르며 모터의 몸……, [웨스펠티리오 이데아]는 이데아 분체로 인해 돌격했다.

"…………."

테레지아는 여전히 감정이 없는 눈으로 보다가, 갑자기, **두 손으로 박수를 쳤다.**

초음속인 [웨스펠티리오]보다 더 **빠르게**, 그녀가 맞댄 손에 연동된 것처럼──, 바닥에서 거대한 팔이 생겨나 그를 양쪽에서 짓눌렀다.

『커, 억…….』

온몸의 뼈가 부서지고 그 움직임이 완전히 구속되었다. 하지만 아직 살아있다.

"……어머나. 성능이 예전보다 올라갔네. 역시 레벨이 올라갔구나……."

생각보다 큰 대미지를 입혔다는 사실을 그녀는 곤란하다는 듯이 중얼거렸다.

바닥에서 생겨난 바위의 팔은 그녀의 **권속**. 모터가 싸웠던 몬스터와 같은 부류다.

단, 위험에 반응하여 자동적으로 만들어진 그것들과는 달리 이 두 팔은 테레지아가 자신의 의지로 생성한 권속이다. 속도와 정확도가 전혀 달랐다.

그야말로 전설급에 필적할 몬스터를 단 한 번의 행동으로 만들어낸 것이다.

지나친 공격이었지만, 모터의 몸은 멈추었다.

"도."

짤막한 한마디. 그녀의 의도를 짐작한 도마우스는 권속에게 구속당해있는 모터에게 다가갔다.

그리고 테레지아는 도마우스 위에서 모터에게 살며시 손을 뻗었고.

"……이건가?"

──그의 몸속에서 이데아 분체를 적출했다.

『…………?!』

반쯤 죽어가던 상태였던 모터는 경악했다. 육체와 완전히 일체화되어 있던 이데아 분체를 나뭇잎에 붙은 애벌레를 잡듯 꺼내버렸기 때문이다.

그런 그를 아랑곳하지도 않고 테레지아는 애벌레라기보다는 불가사리처럼 생긴 그것을 마치 나무 열매처럼 쉽사리 쥐어서 뭉개버렸다.

『……어? 아…….』

그것은 모터에게 목줄이 풀린 순간.

하지만 곧바로 그의 몸을 강력한 고통이 덮쳤다.

『끄, 으아아아아아아아아아아……?!』

"……떼내 줬으니까 돌아갔으면 하는데."

『테레지아. 이 자의 몸은 그 〈엠브리오〉로 이어져 있었다. 연결고리가 없어졌으니 산산조각 날 수밖에 없지. 애초에 떼어낸 만큼 몸속에 틈새가 생겼다…….』

"아. 그랬구나. 미안해. 몰랐거든."

테레지아는 사과했지만, 온몸이 찢기기 직전인 모터는 그런 걸 신경 쓸 때가 아니었다.

『이미 〈엠브리오〉가 없으니 내가 숨통을 끊을 수도 있다. 그렇게 하면 리소스 흡수는 최소한으로 줄어들겠지. ……? 무슨 생각을 하고 있는가?』

"……연결고리가 없다는 거지?"

『으음.』

"도. 내가 좀 생각한 게 있는데."

『음?』

"예전에 의논했던 그 보험, 나하고 도만으로는 여러모로 힘들 거야."

『뭐, 내 아바타는 인간형이 아니니 말이다.』

"그러니까 어른도 필요할 것 같아. 슈우는 사정을 알고 있지만, 그런 것까지 부탁할 수는 없으니까."

『의논해보면 받아들일 것 같다만.』

"……그래서 그렇지. 마련해두고 싶어."

『마련? ……설마, 그걸 할 생각인가?』

"해도 돼?"

『……할 수 있다면 하도록 하거라.』

"고마워."

죽음의 가장자리에서 오가는 그런 이야기는 모터의 귀에 거의 들리지 않았지만.

"있지, 당신."

자신의 눈을 들여다보는 테레지아의 두 눈과.

"여기서 죽는 거하고, 인간을 그만두는 것, 어느 쪽을 선택할 거야?"

언젠가 들었던 말과 비슷한 선택지가 날아들었다.

『………….』

모터가 고른 선택지는──.

◇ ◆

선택이 끝난 뒤, 그 방에는 테레지아와 도마우스만 남았다.

"그 사람도 정리되었으니까 슬슬 나를 찾고 있는 릴리아나와 합류할까?"

무표정한 채, 그러면서도 뭔가 일을 하나 끝낸 듯한 느낌으로 테레지아가 말했다.

테레지아는 릴리아나가 자신을 찾고 있다는 사실도 알고 있었지만, 이런 긴급한 상황에 누군가가 곁에 있으면 《권속 변성》으로 인해 정체를 들키게 되기 때문에, 무엇보다 릴리아나가 위험해지기 때문에 혼자서(도마우스와 함께) 도망쳐 숨어 있었던 것이다. 언니의 친구이자 친구의 언니다. 죽게 하고 싶진 않다.

도망치는 동안 모터에게 들키긴 했지만, **입막음**은 했다.

『테레지아, 말하고 싶은 것이 한 가지 있다.』

"뭔데?"

『좀 전에 어째서 비밀을 밝힌 것이지?』

그렇다, 입막음을 하긴 했지만, 그녀는 모터에게 자신의 비밀을 밝혔다.

중요한 단어를 듣지 못했다고 하더라도, [사신]을 찾아다니는 자에게 정보를 가지고 갔다면……, 그로 인해 모든 것이 들통났을 것이다.

우여곡절을 거쳐 이미 [사신]으로서 어느 정도 각성한 테레지아도 슈우와 도마우스의 도움으로 제3왕녀로서 살아갈 수 있는 범위에 머무르고 있다.

하지만 좀 전에 그녀는 그녀가 그녀로서 머무를 수 있는 최후의 둑을 무너뜨리려 한 거나 마찬가지였다.

아무것도 하지 말라고 미리 말해두었기에 도마우스는 일절 참견하지 않았지만, 마음속으로는 혼란스럽기도 했다.

도마우스의 당연한 질문에 테레지아는 여전히 무표정하게 자신의 생각을 말했다.

"《진위 판정》이 발동되지 않더라도 거짓말이라는 걸 들킬 수 있어. 그렇다면 사실을 말하는 게 낫지. 그리고 정보를 얻어서 그들이 물러난다면 다행이고."

『무슨 뜻이지?』

"멀리 도망칠 시간을 벌 수 있어. 나는 도네 동료들 능력의 대상이 되지 않으니까 걸어서 이동할 수밖에 없어. 도망칠 시간이 필요하니까."

『도망칠 시간?』

"저기, 도. 도네에게 있어서, 그리고 내게 있어서 가장 피해야 할 상황이 뭘까?"

『……〈종언〉의 기동이다.』

"맞아. 지금 같은 생활을 할 수 없게 되는 것보다, 내가 죽는 것보다 피해야 하는 게 그 상황이야. 내가 완성되고 그것이 깨어나는 최악의 결과. 하지만 그건 내 비밀이 드러나는 것과 반드시 이어지지는 않아."

『……?』

"내가 [■ ■ (사신)]이라는 걸 들키더라도, 왕구에서 도망쳐서 자취를 감춰버리면 되니까. 도가 함께 와주면 결계 밖으로 나가 더라도 ■ ■ ■ ■ ■ ■(리소스 흡수)를 대부분 억누를 수 있어. 그리고 〈마스터〉나 〈엠브리오〉를 상대하지만 않는다면 위험한 건 도가 대처해 줄 거잖아? 도에게 중요한 건 도네 목적이 달성될 때까지 그것이 깨어나지 않는 거니까."

그 말에 도마우스도 납득했다. [사신]의 위장이 있으면 적어도 직업 스킬로는 발견할 수 없다.

〈DIN〉 등의 정보기관도 관리 AI 손안에 있으니 자취를 감출 수단은 얼마든지 있는 것이다.

『내게 그렇게 의존하는 건 신경 쓰인다만……, 그래도 괜찮 겠나?』

태어나서 자란 왕국이나 가족 곁을 떠나겠다고 하는 테레지아에게 도마우스가 물었다.

"괜찮아. 그러는 게 서로를 위해 좋을 테니까."

왠지 시원스러운 표정으로 그렇게 대답했다.

『…………』

그 '서로'라는 게 누구와 누구를 가리키는 건지, 도마우스는 묻지 않았다.

『……뭐, 이번에는 그렇게 되지 않아서 다행이다.』

결과적으로 입막음은 성공했다. 테레지아의 진실이 유출될 염려는 없다.

"그렇지. ……그런데 어느 쪽이든 슬슬 물러날 때가 된 것 아닐까?"

『[사신] 수색을 목적으로 삼은 자가 나타난 걸 보니 한계가 가까운 건지도 모르겠군.』

"왕국에서는 [■ ■]의 위협이 동화 속에만 남아있었지만, 다른 나라는 그렇지 않았나 봐. 혹시 수백 년 만에 하이엔드라도 태어난 걸까? 있을 수 없는 재능을 지닌 하이엔드는 〈아키타입 시스템(직업의 관리자)〉으로부터 〈■ ■(종언)〉까지 포함한 정보를 제공받게 되니까. 나를 찾아서 죽이려 한다고 해도 이상할 게 없어."

『세상에는 쓸데없는 짓을 하는 녀석들이 많다.』

"선대까지의 기간 동안 쓸데없는 짓을 한 건 도네잖아."

『……부정할 수가 없군. 면목이 없다.』

대증요법으로 [사신]을 계속 토벌한 결과, [사신]의 힘을 일반적인 속도보다 빠르게 키워버린 것을 지적당하자 도마우스도 어두운 표정을 지었다.

"나는 화가 난 게 아니야. 역대의 그들에게는 미안하지만, 이렇게 있을 수 있는 건 도네 덕분이니까."

『……대책이 효과를 발휘한 건 다행이다. 하지만 서비스가 개시될 때까지 찾아내지 못한 건 실책이었다.』

"도를 만난 건 슈우와 젝스를 만난 뒤였으니까."

『……우리의 비원도 지구의 〈마스터〉를 맞이함으로써 최종단계의 한 발짝……, 두 발짝 앞까지 와 있다. 여기서 게임 오버(끝)라고 하면 곤란하지.』

도마우스는 심각하게 고민하는──하지만 동물 얼굴이라 알아보기 힘든──표정으로 중얼거리다가, 다시 입을 열었다.

『'온라인 게임에는 서비스 종료가 있어도 게임 오버는 없다', 그 녀석이라면 그렇게 말했겠지.』

"그 녀석?"

『……아무것도 아니다.』

도마우스는 그렇게 말한 다음 입을 다물었다. 테레지아도 그 이상 묻지 않았다.

『이번에는 운이 좋았다. 특수한 상대와 맞섰고, 아무 일도 없이 끝났으니.』

티안이나 몬스터, 기계 병기 같은 것들이었다면 예전에 톰이 〈유적〉에서 황옥병을 섬멸했을 때처럼 격파해서 입막음을 할 수 있다.

반대로 〈마스터〉라면 그에 맞는 대처법도 있다.

하지만 티안과 〈엠브리오〉의 융합체라는 특수한 패턴이었기 때문에 대처가 늦어졌고, 수세에 몰린 것이 실수였다. 이 결과는 불행 중 다행인 것이다.

『……더치스. 좀 전의 공방과 이야기, 보거나 들은 〈마스터〉가 있나?』

도마우스가 갑자기 생각났다는 듯이 그곳에 없던 사람을 부르자…….

[없……어. 내가 감시한 범위 내에서는……, 그쪽에서 일어난 사건, 대화, 현상의 정보를……, 취득한 〈마스터〉는 없어……. 그 분체도……, 멀리 떨어져 있는 본체와……, 항상 연결되어 있

는 건 아니⋯⋯야.]

——갑작스럽게 도마우스 눈앞에 나타난 창에 뜬 메시지가 대답했다.

『그거 다행이로군.』

메시지를 보낸 사람은 〈마스터〉의 시각과 윈도우를 관리하는 관리 AI 7호 더치스. 세 종류의 시각을 관리하는 것과 동시에 〈마스터〉가 보고 들은 정보를 취득하며 상황을 컨트롤하기 위한 존재.

현재는 도마우스의 요청으로 왕도에 존재하는 〈마스터〉들에게 초점을 맞춰 감시 중이며, 〈마스터〉가 테레지아의 진실을 눈치챌 만한 상태가 되면 전해주게 되어 있다.

그런 그녀가 문제없다고 하니 진실이 새어나가지 않았다는 건 확실하다.

"⋯⋯그렇게 편리한 감시망이 있다면 이번 습격도 미리 막을 수 있었던 것 아니야?"

『〈마스터〉의 자유를 속박할 수 없는 건 우리의 제한 때문이다. 그리고 더치스의 감시망도 완전하진 못하다. 시야를 보여주는 방식에 연산 능력을 대부분 쓰고 있기에 동시에 정보를 연결할 수 있는 인원은 그리 많지 않다.』

관리 AI의 '그리 많지 않다'라는 것이 어느 정도인지는 모르겠지만, 이 〈Infinite Dendrogram〉에서 신과도 같은 관리자에게도 한계가 있다는 것을 테레지아는 새삼 느끼게 되었다.

"도도 그 사람을 제거하지 못했고⋯⋯, 여러모로 불편한 제한

이 있네."

『〈엠브리오〉……, 〈마스터〉에게 공격할 권한을 지닌 관리 AI
는 소수다. 게다가 우리 모두의 권한에 제한을 걸어서라도 그러
한 행동을 막아야 하는 동포도 있다.』

가장 성급하고 공격적인 관리 AI를 떠올리며 도마우스는 한숨
을 쉬었다.

"…………."

정보량은 많아도 완전하지 않고, 권한의 행사자로서도 제한이
있고, 대처도 완벽하다 할 수 없다. 도마우스 일행의 그런 움직
임에서 테레지아는 생물적인 흔들림을 느꼈다.

[도마우스……, 잠깐……, 괜찮을까.]

갑자기 더치스에게서 새로운 메시지가 왔다.

『뭐지?』

[한 명이 그쪽으로 가고 있……어. ……아, 공격 태세를 취
했……네.]

『뭐라고?』

그런 이야기가 오간 직후, ──테레지아와 도마우스가 있던
왕성의 방이 날아가 버렸다.

◇ ◆

"……확인. 《천공절대통제권》을 이용한 핵융합 반응의 직격을
확인."

왕성 4층 위에 있는 지붕에서 온몸을 붕대로 감싸고 있는 괴인……, 제타가 그렇게 중얼거렸다.

그녀는 왕도로 보낸 개조인 중 [레지나 아피스], [아라네아], [웨스펠티리오]의 반응이 두절되었다는 사실을 이미 확인했다.

제타가 클라우디아에게 받은 의뢰는 '왕도에서 기묘한 인물을 무차별 공격하고, 특이한 반응을 나타내는 인물을 알아내는 것. 만약 가능하다면 제거. 불가능하다고 판단되면 공격을 멈추고 관찰'이라는 것이었다. 공격 대상의 지정이 너무나도 애매했기 때문에 의뢰 자체는 개조인에게 맡겼다.

그중에서도 가장 기묘한 반응 쪽으로 보냈던 [웨스펠티리오]의 소실이 수상하다고 느낀 제타는, 구슬 수색을 일시 중단하고 급히 그쪽으로 향했다.

그리고 전투가 벌어진 방의 위치를 파악한 다음, 우라노스로 읽어낸 대기의 상태로부터 적이 지금도 내부에 있다는 걸 확인하고……, 필살 스킬로 첫 번째 공격을 선보인 것이다.

(……만약, 이라는 말로 보아 그녀는 대상을 죽일 수 없다는 것을 거의 확신하고 있습니다.)

그것의 정체가 무엇인지 제타도 듣지 못했지만, 엄청나게 강하거나……, 특수한 성질을 지니고 있을 거라 판단했다.

(문제는 공격한 상대가 목표 대상이고……, 의뢰주의 예상과는 달리 내 공격으로 인해 사망했을 경우. 특이한 반응을 보이기도 전에 흔적도 남지 않게 되어버리면, 공격 대상이 정말로 의뢰 대상인지 확인할 수가 없습니다.)

제타는 그렇게 되면 의뢰를 달성하는 게 애초에 불가능해진다고 걱정했지만……

"…………생, 존?"

공교롭게도……, 공격 대상은 제타가 만들어낸 초고열 속에서도 살아남았다.

생물이라면 살아있을 리가 없고, 물질이라 해도 형태조차 남아있지 못할 작열의 지옥에 그것이 존재했다.

하지만 제타는 그것이 무엇인지 이해하지 못했다.

왜냐하면 그것은——, 새까만 '소용돌이(渦)'라고밖에 표현할 말이 없는 것이었기 때문이다.

◇◆

『핵공격이라니 정겹군. 예전에 전쟁 때 맞은 이후로 처음이다.』

'소용돌이'의 중심에서 도마우스가 그렇게 중얼거렸지만, 그 목소리는 '소용돌이'에 삼켜져 누구에게도 들리지 않았다.

중얼거린 짐승의 모습은 그 직전까지와는 전혀 달랐다. 동글동글한 몸에 짧은 다리가 달린 애교 있는 모습이 아니다. 요괴 그림 두루마리에나 나올 법한 무시무시한 모습.

온몸은 칠흑의 역장으로 뒤덮여, 그 까만 몸을 중심으로 다시 검은 '소용돌이'가 휘몰아치고 있었다.

'소용돌이'는 핵융합 반응으로 인한 열기나 전자파를 모조리 집어삼켰다.

그뿐만이 아니다. 주변의 열량을 흡수하여 빠르게 꺼뜨린 다음……, 동결까지 일으키고 있었다. 외부의 빛조차 집어삼키고 있기 때문에 '소용돌이' 안쪽은 보는 것조차 불가능했다.

그것은 마치……, 다가오는 에너지를 전부 집어삼키고 있는 것 같았다.

"…………."

그의 등 위에서 테레지아는 여전히 무표정을 유지했다.

핵융합 한복판에서도 그녀의 안전장치는 발동되지 않았다.

직격했더라도 [사신]이기 때문에 대미지를 입지는 않았겠지만, 이유는 그게 아니었다.

검은 소용돌이를 두른 도마우스의 등이 바로 **가장 안전**했기 때문에, 아직 작동하지 않은 것이다.

[연락……이야. 국경 부근의……, 전투는……, 왕국 우세……, 결판이 날 기색이……, 보여. 그와 함께……, 그쪽 습격범도……, 철수할지도……, 몰라.]

『그렇다면 조금 버티기만 해도 되겠군. 제7의 출력으로도 그 정도는 가능하다. 몸의 크기를 억누르고 있으니 조금 답답하긴 하다만.』

더치스에게 대답한 도마우스는 찢어진 입가를 치켜올렸다. 특수한 적이었던 모터에게는 이 방법을 쓸 수 없었지만, 〈마스터〉라는 걸 알고 있으니 상관없다.

『나는 〈마스터〉를 공격할 수 없다. 허나……, 막거나 숨겨서는 안 된다는 제약은 없다.』

그렇기 때문에 도마우스는 방어전을 시작했다.

제타 또한 정체를 알 수 없는 '검은 소용돌이'에 맞서 만능의 우라노스의 힘으로 제거를 시도했다.

하지만 그것은 그야말로 불가능에 대한 도전.

그는 관리AI 8호이자 위험물 담당으로서 수많은 〈이레귤러〉를 없앤 존재.

모든 열량 에너지를 집어삼키는 역사상으로도 손꼽히는 섬멸 생물이자 무적의 성채.

그가 바로, TYPE : 인피니트 포트리스.

──[무한변환 슈바르처 토트(흑사병)].

◇ ◆

2000년 전에 습격해온 '화신'은 당시의 〈종언〉을 토벌한 선선대 문명에게도 규격에서 벗어난 괴물들이었다.

죽은 영웅들과 똑같은 성능을 지닌 인형을 양산하는 '모독의 화신'.

생물을 먼지로, 먼지를 생물로 교환하는 '천칭의 화신'.

역병, 작열, 기근, 극한, 수많은 지옥을 만들어내는 '자연의 화신'.

결코 닿지 않고, 결코 벗어날 수 없는 '새장의 화신'.

모든 생물로부터 현실을 빼앗아가는 '몽유의 화신'.

전설의 무기를 소모품처럼 수없이 날려대는 '무장의 화신'.

미래를 예지한 것처럼 모든 전술을 무효화시키는 '좌우의 화신'.

강도도, 속도도 상관없이 단숨에 만물을 가르는 '초침의 화신'.

산과 들판을 가득 메우며 한없이 증식을 거듭하는 '짐승의 화신'.

그리고 그런 '화신' 중에서도 특히 두려움을 사던 세 존재가 있었으니.

산맥조차 쉽사리 박살 내버리는 '맷돌의 화신'.

싸우면 싸울수록 한없이 성장하는 '진화의 화신'.

규격에서 벗어난 능력을 셀 수 없이 행사하는 '만사의 화신'.

'이대륙선'을 제외한 열세 '화신'들 중, 열둘은 그런 것들이었다.

그리고 나머지 하나가 '흑와(黑渦)의 화신'……, [무한변환 슈바르처 토트]다.

'흑와의 화신'은 '화신'들 중에서 특별히 강한 것은 아니었다.

가장 견고하지도 않았고, 가장 파괴력이 강한 것도 아니었다.

특별한 섬멸력을 지닌 것도 아니었고, 특별한 전력을 갖추고 있는 것도 아니었다.

아마도 순수한 전투력을 비교했을 때 '화신'들 중에서 최고라고 할 만한 건 하나도 없었을 것이다.

하지만 그와 동시에 선선대 문명은……, 그리고 같은 '화신'들은 생각했다.

——가장 강하진 않지만……, 가장 악질적이라고.

◇ ◆ ◇

그때, 제타는 예상을 훨씬 뛰어넘은 난적을 앞두게 되자 당황하고 있었다.

(……제 능력이 하나도 통하지 않아요.)

우라노스의 필살 스킬로 용해시킨 그 방에 '흑와'는 계속 존재했다.

외부에서 제타가 날린 공기 포탄도, 무기도, 전부 '흑와'에 닿은 순간 무효화되었다. 닿으면 운동 에너지가 사라지고, 지니고 있던 열량조차 빼앗기고, 동결되어 에너지를 잃고 텅 빈 물체가 되어 바닥에 뒹굴게 되었다.

제타가 '흑와'의 내부를 진공이나 유독 기체로 바꾸려 해도 우라노스의 공기 제어 그 자체가 '흑와' 내부에는 효과가 없었다.

(……상성 차이라고도 할 수가 없습니다.)

모든 에너지를 흡수하고 무력화시키는 상대에게는 상성이고 뭐고 없다.

(예외가 있다고 한다면 저 '흑와'에 닿지 않고 내부에 있을 누군가를 공격할 수 있는 스킬을 지닌 자, 정도겠죠.)

기묘하게도 제타가 이곳으로 오기 전에 쓰러뜨린 신우가 거기에 해당된다. 그런 그녀조차 약간이나마 착탄 지점이 빗나가면 의수와 의족이 '흑와'에 닿아 팔다리를 잃게 될 것이다.

(저 '흑와'는 안팎을 완전히 격리하는 벽. 빛이나 소리도 내부에

닿지 않습니다. ……그렇다면 상대방도 이쪽을 보지 못할 터.)

제타는 '흑와'가 폐허로 변한 방 한가운데에 자리 잡고 움직이지 않는 이유가 외부의 상황을 알지 못하기 때문일 거라 추측했다.

(저 '흑와'는 방어 결계의 일종일 것 같습니다만, 이상할 정도로 강력합니다. 해속성 마법의 에너지 감퇴……, 그것의 궁극과 비슷합니다만, 그래도 저렇게까지 모든 에너지를 빼앗는 상대는 본 적이 없는데요.)

우라노스의 필살 스킬을……, 핵폭발에 필적하는 열량을 무력화시킨 것을 감안해도 확실하게 〈초급 엠브리오〉에 해당되는 힘을 지니고 있다.

(그리고 저것이 감퇴가 아니라 흡수라면……, 어떤 공격에 사용할 우려도 있죠.)

자신이 가르친 로건을 쓰러뜨린 레이 스탈링처럼, 대미지 에너지 흡수형인 상대는 카운터를 경계해야 한다. 제타는 그렇게 생각했다.

무엇보다 [웨스펠티리오 이데아]는 분명히 이것에게 쓰러졌을 테니, 첫 번째 공격이 통하지 않은 것까지 생각해 주의를 조금 지나치게 기울여도 부족함이 없다.

제타는 일시적으로 공격을 멈추고 대상이 어떻게 나올지 지켜보기로 했다.

실제로 제타의 추측 중 대부분은 모터에 대한 것을 제외하면 맞았다. 이 '흑와'가 바로 [무한변환]의 에너지 흡수 능력, 《감염

성채(인펙치온 부르크)》였기에.

이 '흑와'에 접촉한 것은 무엇이든 에너지를 전부 흡수당하게
된다.

불꽃이라면 열기와 소리, 빛이 흡수되고, 생물이라면 체온,
운동 에너지, 신경을 가로지르는 전기 신호조차 먹히게 된다.
에너지에 의존하는 모든 공격은 무효화되고, 생물이라면 접촉
이 곧바로 죽음으로 이어지게 된다.

그리고 흡수한 에너지를 통해 이 스킬은 유지, 확대되어가는
것이다.

저항은 무의미하기는커녕 오히려 힘을 주게 된다. 다가오는
'흑와' 앞에서 손쓸 방법은 없다. '흑와'란 그야말로, 검은 죽음(슈
바르처 토트)이라며 많은 존재들이 두려워했던 힘이다.

하지만 그것이 전부는 아니었다. 원래 이 에너지 흡수는《감
염 성채》의 감염이기에 슈바르처 토트의 필살 스킬……, 가장
무시무시한 능력으로 이어진다.

그러나 지금 도마우스는 그쪽 힘을 행사할 생각이 없었다.

이것은 방어에 한정된 전투. 도마우스에게는 〈마스터〉를 공
격할 권한이 없다.

『흡수가 완만해졌다. 공격을 멈추고 이쪽 움직임을 보고 있는
것 같군.』

《감염 성채》를 전방위 전개 중인 도마우스는 주위의 상황을
확인할 수가 없다.

하지만 공격을 당하고 있는지 여부는 남은 에너지의 양을 통

해 짐작할 수 있다.

『더치스. 움직임은……?』

[……[수왕]이 전투 정지. [여교황]과 교섭 중……. 당신을 공격하고 있는 [도적왕]은……, 움직임을 멈췄……어.]

그런 메시지와 함께 창에 『흑와』를 보고 있는 제타의 시야』가 있는 그대로 떴다. 자신이 보지 못하더라도 더치스가 외부의 움직임을 전해주고 있었다.

더치스의 능력은 일반적인 물리 법칙과는 다른 힘이기 때문에 '흑와'로 인해 저해되지 않았다. 단독이라면 단점도 있지만, 연계하면 그러한 약점들 중 대부분을 극복할 수 있다는 사실을 도마우스 일행은 경험을 통해 알고 있었다.

애초에 원래 이 《감염 성채》를 전개할 때는 에너지를 소모한다.

에너지를 계속 흡수하면 문제가 없지만, 흡수할 에너지가 없게 되면 도마우스 자신의 에너지를 쓸 수밖에 없다. 〈무한 엠브리오〉로서의 본체라면 모를까, 제7형태의 출력으로는 외부의 보급 없이 오랫동안 유지시킬 수 없다.

하지만 지금은 그렇지 않다. 성의 결계 기능도 거의 정지된 지금, [사신]인 테레지아를 향해 모여드는 리소스를 도마우스가 흡수함으로써 에너지를 계속 보충하고 있었다.

'흑와'를 계속 쳐두고 있는 한, 도마우스는 테레지아에게 있어서 난공불락의 성채라고 할 수 있다.

[그런데……, 왕국의……, 뭐라고 했지……, 근위기사단의 여기사가……, 그쪽으로 다가가고 있……어. 왕성으로 들어온

〈K&R〉의 〈마스터〉하고 같⋯⋯이.]

『릴리아나인가⋯⋯.』

그건 좀 위험하다, 도마우스는 그렇게 생각했다.

이 상황을 목격했을 때 어떤 반응을 보일지 예측할 수 없다. 안 좋은 방향으로 흘러가서 [사신]의 각성을 촉진시킬 가능성이 있는 이상, 그녀가 이곳에 도착하기 전에 사태를 수습해야만 한다.

(지금도 관찰을 계속하고 있는 것으로 보아 목적은 정보 수집. 이쪽 정체를 파악할 때까지 돌아가지 않을 가능성도 있다⋯⋯.)

그렇게까지 오래 끌게 되면 도마우스에게도 위험부담이 크다.

그렇기 때문에 그는 특례로서 **또 한 명의 관리 AI**의 힘을 빌렸다.

『더치스. 《제2세계로의 초대(데이드림)》의 한정 사용이 가능한가?』

[그래. 언제든──, **누구에게든.**]

◇ ◆

제타에겐 눈앞에 있는 '흑와'의 성채를 돌파할 수단이 없었다.

(⋯⋯부조리한 상대는 껄끄럽습니다.)

우라노스의 컨트롤은 '흑와'의 내부에 닿지 않았고, 외부에서 발생시킨 모든 것들도 닿지 않았다. '흑와'의 외부를 진공화시켜서 숨이 끊어질 때까지 기다리는 것도 고려해 보았지만, '흑와'의 내부에 간섭하지 못하는 이상 공기를 아이템 박스에 충전시키면 문제없이 대처할 수 있게 된다. 공기용 아이템 박스를 가지고 다니는 것은 그란바로아에서도 상식적인 대비였기에 이러한 전방위 장시간 방어능력을 지닌 자가 그 정도 대책을 해두지 않았을 리가 없다.

〈엠브리오〉의 능력이 아니라 [도적왕]의 직업 스킬이라면 통할지도 모르겠지만, 애초에 직업 스킬 자체는 접근해야만 쓸 수 있다. 심장을 빼내기 위해 손을 뻗는다 하더라도 '흑와'에 닿으면 그걸로 끝장일 것이다.

그리고 제타의 세 번째 비장의 수……, 초급 무구 [모비딕 레프트]도 이런 상황에서는 써먹을 수가 없었다.

만능형인 제타도 그 만능이 모두 통하지 않는 상대는 어떻게 해볼 수 없다.

(하지만 이대로 철수하고 싶어도 의뢰를 달성하기에는 부족하니……. 적어도 상대의 얼굴만이라도 확인해야……!)

제타가 그렇게 생각한 바로 그때──, '흑와'의 일부가 사라졌다.

'흑와'를 계속 펼치다 에너지가 부족해진 건지, 아니면 다른 이유가 있는 건지.

'흑와'가 풀리고……, 그 중심에 있던 사람의 모습을 드러냈다.

"……!"

제타는 그곳에 서 있던 어떤 사람의 모습을 확실하게 머릿속에 새겨넣었다.

그와 동시에 공격 태세를 취하고 카메라도 꺼내려 했지만, 그런 것들을 실행하기도 전에 '흑와'의 틈새가 다시 완전하게 덮여버렸다.

(……방금 그 틈새는 실수일까요, 아니면 함정일까요. 어느 쪽인지는 확실하지 않지만, 어찌 됐든 보고할 내용은 생겼습니다…….)

적어도 의뢰인 '기묘한 인물'의 발견과 확인은 해냈다. 이제 물러나서 개인 목적인 구슬의 절도에 전념하더라도 문제가 없을지도 모른다. 제타가 그렇게 생각했을 때…….

『제타. 저예요.』

붕대 안쪽에 장착해두었던 통신기에서 의뢰주인 클라우디아의 목소리가 흘러나왔다.

"…………."

그 상황에 어떤 사실을 예감하면서도 무시할 수 없었기에 제타는 대답했다.

"확인. 이 통신기를 사용하신 걸 보니, 그쪽은 실패하셨나요?"

『네. 졌답니다. 그쪽은요?』

"……미수. 당신에게 의뢰받은 일 중 표적의 발견 및 확인은 달성하였습니다만, 제거는 난항을 겪고 있습니다. 해치웠다고 생각했는데, 제 〈엠브리오〉의 공격이 통하는 것 같지 않습니다."

『아, 역시 그렇게 되는군요. 그것까지 포함해서 확인하고 싶었던 거예요.』

역시 공격이 통하지 않고 쓰러뜨릴 수 없다는 전제로 의뢰했구나, 제타는 그렇게 생각하며 그 사실을 확인했다.

『그런데 제 의뢰 말고, 당신의 개인적인 목적은 어떻게 되었나요? 훔쳐냈나요?』

마음속으로는 '당신이 통신을 보내지 않았다면 훔치러 갈 참이었습니다'라는 말을 하고 싶었지만, 제타는 애써 냉정한 말투로 대답했다.

"거부. 대답을 거부합니다."

『그래요.』

물어보긴 했지만 딱히 흥미가 없는 듯한 기색이었다.

클라우디아에게는 눈앞에 있는 '흑와'의 정보가 가장 중요할 거라고 제타는 짐작했다.

실제로 클라우디아가 원하던 정보는 '흑와'의 정보가 아니었기에 약간 엇나간 추측이었지만.

"지시. 제거가 불가능하고, 그쪽 상황이 바람직하지 못하다면 다음 지시를 요청합니다."

『플랜C로 이행. 당신은 그 준비를 마치고 왕도에서 철수하셨으면 해요.』

'그러고 보니 그런 플랜도 있었지'라는 생각이 들었다.

황국 쪽이 교섭과 전투 양쪽 모두 졌을 경우에만 발생하는 플랜이었기에 기억 한구석에 제쳐두고 있었다.

내용 자체는 기억하고 있었기에 제타는 그 말을 받아들였다.

"이행. 보수는 지정한 방법으로. 제가 확인한 대상의 정보도 그때 건네드리겠습니다."

그렇게 통신을 끊은 다음, 제타는 다시 '흑와'를 돌아보았다.

(어찌 됐든, 이제 이 '흑와'의 상대는 종료. 플랜C로 이행하며 지하로 이동하죠. 혹시나 구슬도 지하로 대피한 자가 가지고 있을지도 모르겠습니다.)

다음 일과 자신의 목적. 양쪽 모두 해낼 가능성이 아직 남았다고 생각한 제타는 '흑와'로부터 거리를 벌리며 멀어졌다.

그리고 단숨에 속도를 높여 성 외벽을 뛰어 내려가다가 지하로 통하는 길로 접어들었다.

(지하라면 [이그니스]가 갔을 텐데요. 1층에서 격벽을 녹이고 갔을 테니 저도 그곳을 통해서 가면······?)

아래쪽을 향하던 제타는 갑자기 오한 같은 것을 느꼈다.

곧바로 이상하게 가슴이 두근거렸기에 라 크리마가 맡긴 개조인 네 마리의 상태를 보여주는 기기를 꺼냈다.

그중 세 마리는 기능이 정지되었지만, 나머지 한 마리······, [이그니스 이데아]는 그렇지 않았다.

지금도 쓰러지지 않은 채 계속 활동하고 있다.

아니, 활동이 지나치게 **활발**하다.

체온 데이터가, 불꽃 사용자라는 것을 감안하더라도 **이상한 수치**를 나타내고 있었다.

"의문. 무슨 일이, 일어난 거죠?"

또 예상하지 못한 사태가 발생했다는 걸 알게 된 제타는 붕대 안쪽에서 식은땀을 흘렸다.

◇ ◆

『……철수한 모양이로군.』

[그래. 그녀는 떠나서……, 지하로……, 향했……어. 돌아올 낌새도 없……고.]

더치스의 말에 도마우스는 '흑와'를 해제했다.

『오랜만에 《감염 성채》를 최대로 써서 조금 피곤하군.』

[…………지쳤어?]

『미안하다. 아마 더치스보다는 훨씬 덜 지쳤을 것이다.』

모든 〈마스터〉의 시각을 제어하는 중노동을 맡고 있는 동료 에게 도마우스는 진심으로 사과했다.

24시간 연속으로 4년 이상 능력을 계속 발동시키고 있는 그 녀와 비교하면 전투 한 번 정도는 비교도 되지 않는다.

"도."

『알고 있다. 이런 전장터 같은 방에 있으면 릴리아나가 발견했 을 때 변명하기 힘들겠지. 덜 망가진 방으로 이동한다. 더치스 도 이동 중에 들키지 않게끔 내비게이트를 부탁한다.』

하지만 더치스는 도마우스가 한 말에 대답하지 않았다.

『더치스. 좀 전에 함부로 한 발언은 정말 미안하니 기분을 풀 고…….』

도마우스는 다시 그녀에게 사과했지만.

[도마우스. ……곧바로 [사신]을 데리고……, 왕도로부터 대피.]

그 사과에 대한 그녀의 대답은……, 지극히 절박한 충고였다.

[……모르겠어? 아, 제어실에 없으니……까. ……그럼, 말

할……게.]

　그리고 더치스는.

　[몇 분 뒤에……, 그 성이 날아가 버릴 거……야.]

　──대참사를 알렸다.

■불꽃

쯔안 롱과의 싸움. 거기서 [이그니스 이데아]……, 퓨엘 라즈번은 자신이 살아서 승리할 수 없다고 확신했다.

라즈번 가문에 태어나 연구를 거듭하고 다른 자들을 쓰러뜨려 온 경험.

그리고 [대현자]에게 완벽하게 패배한 경험.

두 가지의 경험이 그에게 죽음을 확신하게 해주고 있었다.

어쩔 수 없는 일이다. 그의 불꽃으로는 쯔안 롱을 쓰러뜨릴 수 없다. 온몸의 절반 이상을 없애버려도 금방 재생한다. 살점 한 조각만 남더라도 되살아날지 모른다.

그리고 반대로, 쯔안 롱의 힘은 그를 쓰러뜨리기에 충분하고도 남았다.

(……이제 어느 정도 남은 것일까.)

그는 반쯤 포기한 상황에서 주위에 있는 인간들에게 마법을 흩뿌리며 상대를 잡아두고 있었다.

하지만 그런 시간 벌이도 오래가진 못할 것이다. 왕국 사람들 중에서 다쳤지만 아직 움직일 수 있는 사람이 다른 사람들을 질질 끌면서 조금씩 피난소를 탈출하고 있었다.

감쌀 상대가 사라지면 쯔안 롱은 쉽사리 그를 죽일 수 있다.

(어째서 이렇게 되었을까······.)

그는 생각했다. 어째서 이런 곳에서 이런 상대와 싸우게 된 건지.

이 성에 있을, 적어도 단서는 있을 [대현자]는 여전히 보이지 않는다.

그럼에도 불구하고 [대현자]보다 난적일지도 모를 상대와 교전하고 있다.

그리고 그는 그대로 [대현자]와 만나지 못한 채 죽게 되는 것이다.

반드시 패배할 싸움이지만, 물러나서 태세를 바로잡을 수는 없다. 몸속에 있는 이데아 분체는 적에게서 도망치는 것을 용납하지 않을 것이다. 그것이 이 이상한 몸, 그리고 막대한 마력과 맞바꾸어 맺은 계약이다.

하지만, 만약에 도망칠 수 있었다고 하더라도 그는 물러나지 않았을 것이다.

이렇게 강한 마력을 손에 넣은 상황에서 물러나는 것 자체가 패배다.

자신의 한계 이상을 손에 넣었는데도 승리하지 못했다는 것을 증명하게 되니까.

라즈번 가문이 마법의 최강이라는 사실을 증명하고 싶어 하는 그에게는 그 시점에서 패배인 것이다.

(······나는 무엇을 위해서.)

퓨엘 라즈번은 자신의 인생의 의의를 생각했다.

죽음을 앞에 두고 주마등이 스쳐 가는 것일지도 모른다.

과거에 수련하던 나날들, 아버지의 죽음, [대현자]와의 시합과 패배, 그 이후의 나날들, 라 크리마와의 계약. 얼마 되지 않는 시간, 하지만 그 자신에게는 짧지 않은 시간을 거쳐…….

『…………?』

그는 애초에 자신의 인생의 종착점이 어디였는지를 생각했다.

그 답은 하나, 최강이라는 사실을 증명하는 것이다. 화속성 마법이 최강이라는 사실을, 그것만을 위해 심혈을 기울여온 라즈번 가문이 최강이라는 사실을 세계에 증명하는 것.

그와 그의 아버지가 목표로 삼아온 '마법 최강' [대현자] 타도는 그 수단이었다.

하지만 아버지는 뜻을 이루지 못하고 쓰러졌고, 도전했던 그도 패배했다.

그리고 그는 다른 모습으로 태어나 다시 최강이라는 사실을 증명하기 위해 [대현자]를 찾아다니고 있었다.

『………….』

그렇다, 다시 말하지만 [대현자] 타도는……, **수단**이다.

종착점이 아니고, ──**필수도 아니다.**

『……크큭, 하하하하하하하하.』

『?』

갑작스럽게 웃기 시작한 그를 쯔안이, 그리고 아직 피난소에서 탈출하지 못했던 자들이 의아해하며 보았다.

그의 갑작스러운 웃음소리는 미쳐버렸기 때문이 아니었다.

그저 최후의 순간에……, 자기 자신의 **잘못**을 눈치채버렸을 뿐이었다.

『나의 생애의 모든 것은……, 도달과 증명을 위하여.』

그렇다, 그는 착각하고 있었다. 잘못 생각하고 있었다. 계속 다르게 알고 있었다. 그의 아버지가 착각했기 때문에, 그의 아버지의 유언이 그것이었기 때문에, 그도 착각한 건지도 모르겠다.

[대현자] 타도 그 자체가 그의……, 라즈번 가문의 종착점은 아니다.

'마법 최강'인 [대현자]를 쓰러뜨리는 것은 최강에 도달했음을 증명하는 수단.

라즈번 가문이 최강이라는 사실을 세계에 알리기 위하여, 칭호를 원했던 것뿐이다.

그렇다면……, 지금 이 순간에, 다른 수단으로라도 **최강이라는 사실을 증명할 수 있다면**, 목적은 달성된다.

이 사실과 함께 자신의 죽음이 멀지 않았음을 자각한 그는 매우 시원한 기분이었다.

『……무슨 짓을 할 셈이죠?』

그의 기척이 변하자 쯔안 롱이 물었다. 좀 전까지 보이던 미친 화염방사기 같은 모습보다 보는 사람을 더 겁나게 만들고 있었기에, 물어볼 수밖에 없었다.

『천지와 황하의 〈경계해〉, 카르디나의 사막. 이 대륙에 수없이 존재하는 상처 자국이야말로 그것을 이루어낸 자가 실제로 존재한다는 증명.』

의미를 알아듣기 힘든 대답이었지만, 쯔안 롱은 그 의미를 생각하다가 눈치챘다.

'화신'에 의한 천지와 대륙의 분단, 선선대 [용제]와 [패왕]이 싸운 결과 생겨난 출입금지 지역, 또는 과거에 황하에서 벌어진 내전으로 인해 생겨난 오염 구역. 그런 것들이 생겨나 버린 것은 그 토지를 바꾸어버린 자들이 있었기 때문이다.

거대한 힘을 가진 자가 세계 지도의 형태조차 바꾸어버렸다는 사실.

다시 말해 그……, 퓨엘 라즈번은.

『그렇기에 바로 이 땅을 **증명**으로 삼겠다. '이곳에 최강의 마법사가 있었다'라는 증명으로!!』

자신의 마법이 최강이라는 사실을——, 이 땅의 형태를 바꿈으로써 증명하려 하는 것이다.

『……!』

쯔안 롱은 그렇게 내버려 두지 않겠다는 듯이 그에게 다가가려 했다.

하지만 그 직전에 그의 몸에서 전방위를 향해 막대한 열기의 파도가 뿜어져 나왔다.

인간을 쉽사리 증발시킬 수 있을 정도의 열기가, 미처 도망치지 못한 자들에게 날아들었다.

『크윽! 도망치세요……!』

쯔안 롱은 재빨리 《용왕기》를 넓게 전개했다.

움직일 수 없게 되지만, 그러지 않는다면 왕국 사람들이 곧바로 목숨을 잃게 된다는 사실을 깨달았기 때문이다.

《용왕기》의 벽이 열기를 가로막는 사이에 그들은 작열의 피난소에서 탈출했다.

『제어 술식──, 전부 폐기. 모든 마력──, 열량으로 초임계 변환. 열량 증대 술식──, 기동.』

그리고 쯔안을 잡아두기 위해 퓨엘은 자신의 마법을 구축했다.

지금 뿜어내고 있는 열기의 파도는 여파에 불과하며, 그의 마법은 지금부터 날아들게 된다.

아니──, 지금부터 태어나는 것이다.

그는 지금 이곳에서 무(無)로부터 새로운 마법을 구축하고 있었다.

『변환 손실──신체 조직이 원인──세포 소각을 통한 마력 직결.』

제어가 아니라 위력에만 마력을 집중시켰다. 구축에는 자신의 신체 손실도 발생했다.

그것은 자폭이었고, 그 자신까지 휘말려서 소멸되는 것은 필연적이었지만……, 아랑곳하지 않았다.

그는 이미 눈치챘다. 자신의 진정한 목적에 목숨 따위는 필요가 없다는 것을.

(내가 '마법 최강'이라는 것을 증명하고 그 이후에 따라붙을 영예와 보상을 받고 싶었던 건가? [대현자]를 쓰러뜨려서 세상

사람들에게 칭찬을 받고 싶었던 건가?)

아니다. 결코 아니다. 그 자신이 정한 생애의 의미는 최강에 도달하는 것과 그 사실을 증명하는 것이 종착점이었고, 그것을 이루어낸 다음이라면 생명이나 행동에 대한 평가도 필요 없었다.

싸움도, 마음도, 전부 먼 곳에. 그가 품고 있는 것은 자신의 모든 것을 건 집대성뿐.

『확인. [이그니스], 당신 지금 뭐 하는…….』

『시끄럽다.』

이상하다는 것을 눈치챈 제타가 통신을 보냈다. 그는 한마디만 대답하고 자신의 귀에 박혀 있던 통신 기기를 살과 함께 뜯어냈다.

이제 그에게 이 마법 말고 필요한 것은 없다. [대현자]와의 악연도, 라 크리마와의 거래도 알 바가 아니다.

그가 구축한 이 마법. 완성되어 발동시키면……, 왕성은 흔적도 없이 사라질 것이고, 왕도 역시 불타서 녹아내린 잔해의 폐허로 변할 것이다.

『하하하하! 하하하하하하하하하!!』

화력만을 추구해온 라즈번 가문의 숙명인지, 자신이 구축하고 있는 마법이 발휘할 위력을 상상하자 그의 입에서 웃음소리가 새어 나왔다.

그와 동시에 네 개 있던 팔 중 하나가 바닥에 떨어졌다. 몸속에 증설된 마력 공급 뇌수가 끓어오르고, 라 크리마의 이데아 분체조차 그 열랑으로 인해 죽음을 맞이했다.

퓨엘은 얼굴의 세포조차 증발한 상태였다. 시야가 붉게 물들었고, 고막이 파열되었고, 겨우 막고 있던 몸의 붕괴가 가속되었다.

(허나, 그래도 상관없다. 이 최후의 마법만 쓸 수 있으면 된다.)

그는 무엇을 잃더라도 상관이 없었다. 자신의 목숨 따윈 어차피 잃게 될 운명이니까.

모든 것을 바쳐서라도 그는 이 마법을 구축한다.

『——왕도의 모든 것을 쑥대밭으로 만들, 나의 생애 최후의 마법을.』

——그가 자아낸 완전히 새로운 최종 오의를.

□용에 대하여

[용제] 쯔안 롱 렌 유에……, 쯔안 롱은 자신이 태어났을 때를 기억하지 못한다.

누구나 갓난아이 때 있었던 일은 거의 기억에 남기지 못하고, 그것은 [용제]로 태어난 그도 마찬가지였다.

그가 최초의 기억으로 지니고 있는 것은 **붉은** 시야뿐.

무엇이 보이는 건지는 모른다. 붉은색의 의미를 이해하지도 못했을 것이다.

철이 들었을 때……, 그는 자신이 형이나 누나, 그리고 아버지에게 미움을 받고 있다는 사실을 깨달았다.

그가 [용제]라는 사실은 궁중에서도 비밀이었다.

알고 있는 사람은 황제와 그의 친자식, 극히 일부의 측근뿐.

아무것도 모르는 가신들은 쯔안 롱을 제3황자로 대했다.

유모는 [용제]라는 사실을 알고 있었지만, 그럼에도 불구하고 그를 잘 돌봐주었다.

하지만 가족은 그렇지 않았다. 그의 가족은 마치 적을 보듯 그를 보았다.

그는 그 이유를 알지 못했다. [용제]가 특수 초급 직업이자 황제와 동등하거나 그 이상으로 황하에 중요한 존재라는 사실은 배웠지만, 미움받는 이유라는 생각은 하지 않았다.

그래서였을까. 어느 정도 생각이 자라게 되었을 때, 쯔안 롱은 직접 아버지에게 물어보았다.

'어째서 저를 미워하시는 겁니까'라고.

그 뒤에 그가 본 것은 처음 보는 표정으로 그를 때린 황제의 모습이었다.

[용제]와의 스테이터스 차이로 인해, 다치는 것은 황제의 주먹뿐.

그럼에도 불구하고, 손을 다치면서도……, 황제인 아버지는 그를 때렸다.

그리고 마치 쌓아두고 있던 모든 것을 토해내는 듯이……,

이렇게 말한 것이다.

'네가! 사랑하는 부인의 목숨을 빼앗았기 때문이다!!'라고.

그 말을 들은 쯔안 롱은 이유를 납득하려 했지만, 이내 의문을 품었다.

쯔안 롱의 어머니가 그를 낳았을 때 죽었다는 사실은 알고 있다.

하지만 출산과 동시에 죽는 것은 드문 일이 아니다.

그렇게 태어난 아이에 대한 감정에는 다양한 종류가 있겠지만, 황제가 그에게 내비치는 증오는 이유에 비해 훨씬 뿌리 깊어 보였고, 애정이라는 것은 전혀 없었다.

결코 부모가 자식에게 보일 감정이 아니었다.

마치 사랑하는 자를 직접 산산조각 내서 죽인 범인을 보고 있는 것 같았다.

"⋯⋯⋯⋯⋯⋯아."

그렇게 생각한 쯔안 롱은 답에 도달했다.

어머니는 쯔안 롱을 낳은 것과 동시에 죽었다. 쯔안 롱은 [용제]로서 태어났다.

그리고 [용제]는 선대의 레벨을 이어받는다.

특화형 초급 직업조차 능가하는 스테이터스를 지닌 채 태어난다.

말 그대로——, **출산 시점에서.**

그것이 원인이자 답이었다.

쯔안 롱의 어머니는 출산에 관련된 병으로 죽은 것이 아니었다.

정말로 쯔안 롱이 **산산조각 내서** 죽인 것이다. 배 속에 있던 [용제]인 갓난아기가 바깥으로 나오려다가……, 그 지나친 힘으로 어머니의 몸을 찢어발긴 것이다.

아버지인 황제가, 그리고 형제자매가 그를 미워하는 이유는 전부 그것 때문이었다.

그들은 쯔안 롱에게서 산산조각 난 부인과 어머니의 모습을 보았는지도 모른다.

그들에게 있어 쯔안 롱은 가족을 빼앗은 증오스러운 상대.

인간조차 아니며 선천적인 괴물〈이레귤러〉이지만, 그와 동시에 황하의 상징이자 최고 전력이기에 절대로 제거할 수 없다.

그렇기 때문에 그들은 계속 참아왔을 것이다.

참다가, 오늘 쯔안 롱의 부주의한 발언 때문에 무언가가 끊어져 버린 거겠지.

그를 때렸을 때 황제는 자신의 죽음을 각오했을지도 모른다.

분명히 자신의 부인을 죽인 괴물에게 자신이 당할 것도 생각했을 것이다.

하지만 쯔안 롱에게 황제는 아버지였고, 죽일 생각은 전혀 없었다.

그러나 마찬가지로 그럴 생각이 전혀 없는데도……, 쯔안 롱은 어머니를 죽이고 태어났다.

그날, 쯔안 롱도, 황제도 죽지는 않았다.

하지만 쯔안 롱과 가족의 관계는……, 그 시점에서 수복하는 것이 불가능하게 되었다.

그 이후로 쯔안 롱은 황자로서, [용제]로서 공무를 계속 맡았다. 제사나 행사에는 [용제]로서의 모습으로, 이상한 형태가 된 쯔안 롱의 얼굴을 가리는 가면을 쓰고 참가했다.

황자로서도 나이에 맞는 교육을 받아 공무에 힘썼다.

하지만 쯔안 롱에게 가족과 함께 보내는 시간은 없었다.

그를 키워준 유모와 함께 자란 젖형제가 있긴 했지만, 피가 이어진 가족은……, 황제가 주먹을 휘두른 날을 마지막으로 쯔안 롱과 일절 접촉하지 않게 되었다.

폭력을 휘두르지는 않지만, 말을 걸지도 않는다.

공무로 인해 만날 필요가 있을 때만 최소한의 대화를 할 뿐인 관계였다.

쯔안 롱도 마찬가지로 그들과 접촉할 생각이 없었다. 지나친 힘을 지닌 탓에……, 부주의하게 접촉하면 어머니처럼 죽여버릴지도 모르기 때문이다.

그런 식으로 가족과 만나지 못하던 그가 어느 정도나마 애정과 우정이 존재한다는 것을 알게 된 것은, 사정을 알면서도 그를 키워준 유모와 아무것도 모르지만 그를 잘 돌봐준 젖형제인 메이하이가 있었기 때문일 것이다.

하지만 그런 그녀들 상대로도 쯔안 롱은 접촉하는 것을 두려워하고 있었다.

그가 다른 자들과 마음 편히 접촉할 수 있는 곳은 결계가 쳐져 있는 투기장뿐.

결투를 벌이는 곳에서 그는 황족, 그리고 [용제]의 힘을 보이기 위해 싸웠다. 상대방을 박살 내더라도 시합이 끝나면 원래대로 돌아오는 투기장은 괴물로 태어난 그가 누구도 죽이지 않아도 되는 세계였다.

우락부락한 체구와 용의 특징이 짙게 남아있는 외모. 가면으로 얼굴을 가리고 있었기에 누구도 그를 어린 제3황자라고 생각하지 않았다.

그리고 그는 결투 무대에 올라가 황하 최강의 결투 1위 자리에도 손쉽게 도달했고, 황족의 위광과 황하 제국의 상징인 [용제]의 힘을 내보였다.

하지만 그의 가족이 그를 칭찬한 적은 한 번도 없었다.

그리고 결투를 통해 힘을 제어하는 법을 배운 뒤로도 그가 가족과 접촉하는 일은……, 한 번도 없었다.

어느 날, 그는 선대 [용제] 홍 롱 렌 차오(紅龍人超)가 다음 대의 [용제]……, 쯔안 롱에게 남긴 편지를 읽었다.

편지에는 마치 쯔안 롱이 **이렇게 될 것**을 알고 있었던 것 같은 내용이 적혀 있었다.

선대 또한 **그런 방식으로 태어났는지도** 모르겠다.

편지에는 '죄에 사로잡히지 마라'라고 적혀 있었지만, 쯔안 롱은 자신에게는 힘들 것 같다고 생각했다.

아무리 애를 써도 어머니를 죽인 죄가 사슬이 되어 그의 인생을 얽매고 있었다.

그런 그의 나날에 변화가 생겨났다.

그것은 〈마스터〉의 증가였다.

불사신이자 특이한 힘을 지닌 자들.

과거에 선선대 [용제]와 맞섰던 [묘신]의 동류.

그 규격에서 벗어난 자들이 잔뜩 나타난 것이다.

이윽고 쯔안 롱은 결투의 장에서 그렇게 규격에서 벗어난 자들 중 한 명, 신우와 시합을 벌였다.

결과는 쯔안 롱의 승리였지만, 그에게는 자신과 맞서 싸울 수 있는 인간……, 대등하게 접촉할 수 있는 인간과의 첫 만남이 되었다.

그렇기에 그는 신우를 잘 따랐다. 그제야 자기 나이에 맞게 응석을 부릴 수 있는 상대를 만난 것처럼.

그 상대의 정체가 같은 나이 또래인 소녀였다는 사실엔 무척 놀랐지만 말이다.

올해가 되어, 황제인 아버지는 그에게 공무로서 왕국에 선을 보러 갈 것을 명했다.

선이라기보다는 이미 혼인이 전제되어 있는 것 같았다.

어째서 형들이 아니라 미움받는 자신인지 쯔안 롱은 알 수가 없었지만, 공무이니 거역할 생각도 없었다.

쯔안 롱은 다른 나라의 땅에서 자신의 정체와 힘을 숨기기 위해 선선대가 남긴 보물 창고에서 그에 맞는 〈UBM〉 구슬을 찾아서 토벌했다.

　무력한 어린아이가 되어 호위를 맡은 신우가 지켜주는 가운데, 그는 왕국을 방문했다.

　그 이후 〈유행병〉에 걸리는 등 예상하지 못했던 일도 있었지만 큰 문제는 없었다.

　그리고 얼마 전, 쯔안 롱은 자신의 맞선 상대인 엘리자베트와 만나게 되었다.

　엘리자베트는 천진난만하고 잘 웃는 아이였다. 황자인 그와 왕녀인 그녀. 입장이 비슷한데도 왠지 자신과는 큰 차이가 있는 것처럼 느껴졌다.

　하지만 그런 그녀의 미소는 그와 관련된 이유 때문에 울상이 되어버렸다.

　그녀의 언니 입에서 나온 황하로 시집가라는 이야기.

　그것은 전쟁이 벌어지려 하는 왕국에서 엘리자베트를 지키기 위한 선택이기도 했지만, 그녀는 그것을 거부하고 언니와 여동생을 두고 자신만 왕국을 떠나는 것을 부정했다.

　그렇게 자매는 말다툼을 벌였다. 그러나 그런 싸움조차 서로를 생각하기 때문이라는 것을 옆에서 보면서도 알 수 있었다.

　서로 사랑하는 가족의 존재. 쯔안 롱은 바로 그것이 자신과 그녀의 차이……, 자신이 가지지 못한 것이라고 추측했다.

　서로 사랑하고 함께 살아갈 가족 따위……, 그에게는 한 명도 없으니까.

　그에게 두 사람의 모습은 너무나도 눈부셨고, 그와 동시에 그런 자매가 자신 때문에 말다툼을 벌이는 게 괴로웠다.

그녀들을 갈라둔 채 사랑이 없는 황하로 데려가는 것도.

그래서 다음 날, 쯔안 롱은 엘리자베트에게 사과하기 위해 그녀를 찾아갔다.

그 이후로 신우 같은 사람들의 계획으로 애투제에서 그녀와의 맞선을 겸한 데이트를 하게 되었다. 그는 미처 생각하지 못했지만, 엘리자베트를 좀 더 잘 알고 싶었던 것도 사실이었기에 데이트에 응했다.

엘리자베트와 나란히 축제 분위기로 시끌벅적한 기데온 거리를 걸었다.

다양한 가면을 파는 노점 사이엔 그가 황하에서 쓰는 가면……, [즈후롱미엔]과 비슷한 것도 있었다.

원래는 금속에 억지로 자신의 마력을 불어넣어 변형시켜서 얼굴을 가리곤 했지만, 여기서 파는 가면은 그의 가면보다 더 멋졌다.

"쯔안 롱도 고른 게냐? 음, 왠지 무서운 가면이로구나."

무서운 가면이라는 말을 듣자 곧바로 대답할 말이 떠오르지 않았다. 자신의 이상한 모습을 가리기 위한 가면조차 무섭다고 한다면, 맨얼굴은 더욱 무서울 테니 그녀가 받아들이기 힘들 거라는 생각 때문에.

'괴물이라는 사실도 밝히지 않고, 그녀를 부인으로 맞이해서 황하로 데려가야 하는 건가?'

그렇게 고민하면서도 천진난만한 엘리자베트에게 끌리는 자신을……, 쯔안 롱은 이해하고 있었다.

원래 그랬다면 100리를 뛰더라도 지치지 않았겠지만, 그때 그는 [자계봉권]으로 인해 어린아이나 마찬가지였기 때문에 곧 숨을 헐떡이게 되었다.

그렇게 쉬던 도중 그는 옷 안쪽에 감아두었던 [자계봉권]을 엘리자베트에게 보여버렸다.

"그건 상처나 병에 걸린 겐가?"

"그렇, 죠. 병 같은 거예요. 이 까만 붕대는 태어날 때부터 지고 있던 핸디캡을 억제하기 위한 조치거든요."

그 말은 거짓말이 아니었다.

인간으로서 태어나지 못한 핸디캡……, [용제]로서의 힘을 억제하기 위한 것이었으니까.

자신이 [용제]라서 다행이라고 생각해본 적이 없는 쯔안 롱에게는 핸디캡에 불과하다.

"……죄송합니다. 꼴사나운 걸 보여드렸네요."

"사과할 필요는 없다! 병에 걸린 게 무엇이 꼴사납더냐! 선천적인 병이 뭐라는 게냐! 그런 걸 내가 싫어한다고 생각했다면 오산이다."

그 말을 듣고 쯔안 롱은 가슴이 꽉 막히는 것 같았다. 그녀는 정말로 쯔안 롱이 뭔가 병을 앓고 있더라도 꼴사납다고 하지 않았을 거라는 사실을 알았기 때문이다.

혹시나 자신의 정체를 밝히더라도 받아들여 줄지도 모르겠다, 그런 생각이 들었다.

하지만 그는 결국 망설이다가 그녀에게 진실을 말하지 못했다.

그 이후로는 그녀의 자매에 대한 마음을 들었다.

자매를 지키기 위해 시집을 갈 각오를 하고 있던 그녀의 마음을 들었다.

그녀의 각오를 듣던 쯔안 롱은……, 그 이야기를 보류해 달라고 했다.

그녀의 각오를 다 듣기 전에 자신도 진실을 이야기할 각오를 해야만 한다고 생각했기 때문이다.

괴물[용제]이라는 사실을 그녀에게 밝힐 각오를.

◇

그리고 오늘, 쯔안 롱과 엘리자베트를 매서운 불꽃이 덮쳤다. 그가 그녀에게 진실을 말로 전하기도 전에 그는 그녀 앞에서 정체를 드러내게 되었다.

두려워 해왔던 일이지만 그럼에도 불구하고 망설임이나 후회 같은 마음은 없었다. 그렇게 하지 않으면 지킬 수 없다는 사실을 알고 있었기 때문이다.

『자신이 지키고 싶다고 생각한 것을 지켜라.

자신이 하고 싶다고 생각한 것을 해라.

자신의 의지로 무언가를 하는 것을 두려워하지 마라.』

예전에 읽었던 선대의 편지에 남겨져 있던 말을 떠올리며, 그는 자신이 이끌린 소녀를 지키기 위해……, 싸우기로 결심한 것이다.

◇ ◇ ◇

□ ■ 지하 피난 구획

퓨엘의 마법 구축에 따라 넘쳐나는 열기의 파도는 더욱 거세졌다.

《용왕기》 너머로도 쯔안 롱의 용린이 열기를 머금기 시작했다.

(이 마력과 열량……, 숨통을 끊는다 하더라도 폭발을 피할 수는 없겠어……!)

마법의 발동과 절명으로 인한 폭발. 어느 쪽이든 마찬가지다. 이런 열량이 해방된다면 피난 구획 전체가 단숨에 용해된다. 도망친 자들도 숨이 끊어지는 걸 피할 수 없다. [브로치]가 있다 하더라도 밀려드는 열기의 파도에 온몸이 불타서 곧바로 죽게 된다.

그뿐만이 아니다. 왕성도, 왕도도, 넘쳐흐르는 열기로 인해 괴멸적인 피해를 입을 것이다.

그런 사태를 막기 위해서는 폭발하기 전에 퓨엘을 어딘가 멀리 옮기거나, 열량 그 자체를 이곳에서 억눌러야만 한다.

하지만 지하 깊은 곳에 있는 피난 구획에서 퓨엘을 옮길 방법은 없다.

(막을 수 있을까……, 내 《용왕기》로…….)

만약 선선대 [용제]였다면 수많은 술법으로 어떻게든 대처할 수 있었겠지만, 그것은 선선대만의 특수한 기술.

선대도, 그리고 레벨이 가장 높지만 미숙한 쯔안 롱도 쓸 수가 없다.

신체 능력으로 익힌 《용왕기》는 전조 같은 열기의 파도를 막는 게 한계였다.

물론 《고룡 세포》를 지닌 [용제]는 방어에 집중하면 폭발의 중심지에서도 생존할 수 있겠지만……, 그래선 그 말고 아무도 살아남을 수 없다.

(하지만, 그 폭발을 막지 못하면 이 왕도도……, 그녀도……!)

한계라고 해도 할 수밖에 없다.

(……생명력을 마력으로 변환시켜서 《용왕기》의 출력을 최대로 올린다.)

그것이 자신의 생명을 갉아먹게 되더라도.

그가 각오를 다지고 임계에 도달하려 하는 퓨엘과 마주 보았을 때…….

『……!』

뒤쪽에서 기척을 느꼈다. 거의 모든 사람이 이 피난소에서 대피했는데, 그럼에도 불구하고 한 명……, 그의 뒤에 누군가가 있다.

"쯔안……."

그가 가장 지키고 싶다고 생각한 소녀, 엘리자베트였다.

『엘리자베트! 왜 아직 여기에 있는 거야?!』

《용왕기》로 가로막고 있음에도 주위의 기온이 서서히 올라가고 있다. 조만간 《용왕기》 너머로도 사람의 목숨을 빼앗을 수 있을 정도로 열량이 올라갈 것이다. 폭발한다면 굳이 말할 필요도 없다.

그럼에도 불구하고 엘리자베트는 쯔안 롱의 뒤에 서 있었다.

"쯔안, 쯔안도……, 같이 도망치자꾸나!"

그 말을 듣고 그는 깨달았다. 이 소녀는 불꽃 속에 남은 그가 걱정되어 돌아왔다는 것을.

괴물 같은 모습을 드러낸 자신을……, 그녀가 걱정해주고 있다는 것을.

그 사실에 마음이 풀어질 뻔했지만, 그는 이를 악물었다.

그리고……, 가면을 벗고 그녀를 보았다.

사람도 아니고, 용도 아니다. 사람과 용이 뒤섞인……, 지금 맞서고 있는 개조인과 마찬가지로 추한 모습이다.

그 맨얼굴을 엘리자베트에게 보이며 쯔안 롱은 말했다.

『나는 [용제]……, 괴물이야.』

괴물이라는 사실을 그의 입으로 직접 전했다.

『괴물이니까, 너와는 달라. 그러니까 너는 어서 이곳을 떠나…….』

"──괴물 같은 게 아니다!"

그런 그의 거절을, 엘리자베트가 부정했다.

쯔안 롱은 그런 게 아니라고, 그가 떠안고 있던 자책감과 부담을 날려버리듯이.

"쯔안은 내 친구고…….."

쯔안 롱은 [용제]일지도 모르겠지만 자신의 친구이자.

"약혼자이고……, 앞으로 가족이 될 것이다!!"

『————.』

그가 생애를 함께 걸어가기로 결심한 상대임을, 그녀는 확실하게 밝혔다.

"그러니까……! 아직 이야기하고 싶은 것도, 듣고 싶은 것도, 잔뜩 있다! 그러니까……, 그러니까……! 같이…….."

가슴에 가득 찬 감정 때문일까, 다가오는 불꽃에 대한 공포 때문일까, 눈물이 섞인 목소리는 계속 이어지지 못했다.

하지만 그에게는 들렸다.

——같이 살아남자.

그런 소리 없는 말이 쯔안 롱에게는 들린 것이다.

『…………..』

쯔안 롱은 그녀에게 등을 돌리고 벗었던 가면을 다시 썼다.

……가면 틈새로 흘러내린 눈물은 열기 속에서 사라졌다.

하지만 그의 마음에는……, 사라지지 않는 것이 생겨났다.

"전하! 엘리자베트 전하야!"

그때, 핀들 후작이 피난소 입구에서 돌아와 엘리자베트를 남은 한 팔로 끌어안았다.

『핀들 후작, 엘리자베트를 부탁합니다.』

"······네!"

엘리자베트를 도망치게 하는 역할을 그에게 맡기고······, 쯔안은 다시 불꽃을 향해 돌아섰다.

"쯔안······!"

『······반드시, 네가 있는 곳으로 돌아갈게. 그러니까, 이곳은 내게 맡겨줘.』

"···········, 응!"

그렇게 그는 약속하고, 등을 돌린 채 피난소에서 대피하는 그녀들을 배웅했다.

뛰어가는 발소리를 들으며 그는 소리 내어 말했다.

『······[염왕].』

그가 부른 상대는 눈앞에서 불꽃 덩어리로 변해가고 있던 퓨엘 라즈번.

『좀 전까지는 목숨을 걸고서라도 너를 막을 생각이었다.』

자신의 모든 마력과 모든 생명력으로 폭발을 억누르려 했다.

『하지만 지금은 아니야. 네게 내 목숨을 줄 수는 없다. 내 목숨은 그녀의 것이야. 나는 네 불꽃을 막을 거고, 내 목숨도 지켜낼 거다. 전부 가로채서 미안하지만, 하나도 양보할 수 없어!』

그 자신의 목숨을······, 사랑하는 사람과 한 약속과 미래를 위하여 지켜낼 각오를 다졌다.

『나는······, **스스로 그렇게 결심했어!!**』

그리고 그는 모든 것을 집어삼키려 하는 파멸의 불꽃과 맞섰다.

『………….』

불꽃은……, 눈도, 귀도 남아있지 않은 퓨엘은 이미 그 말을 듣고 있지 않았을 것이다.

하지만 무언가를 느낀 건지, 약간이나마 형태가 남아있던 입가를 일그러뜨리고……, 웃었다.

『──《초·신·성(슈퍼 노바)》.』

그리고 그는 완성된 최종 오의의 이름을──, 외쳤다.

《초신성》. 마력의 열량 변환이 그 특성인 화속성 마법의 극치.

[염왕]의 오의로 정해져 있는 《항성》의……, 정반대에 위치해 있는 스킬.

《항성》은 막대한 열량을 압축시켜 제어하여 만물을 태우고 녹이는 불덩이로 꿰뚫는 마법이라면, 《초신성》은 압축하지 않으며 제어하지도 않는다.

제어에 쓰는 마력은 전혀 없다. 하지만 그렇기 때문에 마력(MP)의 최대치에 비례하는 제어 한계를 고려하여 마법을 구축하지도 않고, 모든 마력을 단숨에 방출시킬 수 있다.

제어를 하지 않기 때문에 일반적인 마법이라면 제어에 할당할 대부분의 마력조차 전부 열량으로 바꾼다.

그렇다, 《초신성》은 자신의 모든 마력을, 열량 증대 술식을 다중으로 전개하며 방출시키기만 하는 마법이다. 전방위로, 무차별적으로, 자신조차 휘말리게 해버린다.

그저 자폭일 뿐이고, 그렇기 때문에……, **어떻게 해볼 수가 없다.**

초급 직업과 비교해도 자릿수가 다른 마력을 지닌 지금의 퓨엘이 그 마력을 전부 제어하지 않고 열량으로 변환시킨다면……, 막는 건 불가능한 것이다.

그 사실은 쯔안 롱도 이해하고 있지만, 그럼에도 체념하지는 않았다. 지금 여기서 포기하는 것은 그와 그가 사랑하는 사람의 목숨을 포기하는 것이기 때문이다. 온 힘을 초월한 온 힘을 다해서라도 그는 모든 것을 지키려 했다.

각오와 결의를 다진 쯔안 롱의 눈앞에서 퓨엘의 최종 오의가 발동되었다. 퓨엘은 그 온몸을 인간 크기의——, **태양**과도 같은 모습으로 바꾸었다.

그 직후, 전방위에 걸쳐 모든 것을 잿더미로 만드는……, 아니, 잿더미조차 남기지 않는 강한 열기의 파도가 밀어닥쳤다.

확산되면 엘리자베트가 있는 피난 통로는 물론이고 왕도까지 작열의 지옥이 되어버릴 것이다.

『오오오오!!』

그렇기 때문에 쯔안 롱은 고룡의 신체 기능에까지 영향을 미칠 정도로 자신의 모든 힘을 《용왕기》의 전개와 감퇴 효과의 상승에 집중시켰다.

열량을 폭발시키는 퓨엘을 감싸듯, 막대한 양의 《용왕기》를 방출했다.

열파와 《용왕기》가 격돌하자 실내의 기온이 순식간에 3000℃

이상으로 상승했다.

피난소였던 방은 단숨에 용광로로 변했다. 그럼에도 불구하고 《용왕기》로 인해 대폭 약해졌기에 열기의 파도의 영향은 거의 피난소 내부만으로 그치고 있었다.

『끄, 윽……!』

비늘과 살에서 연기가 솟구쳤지만, 쯔안 롱은 《용왕기》를 늦추지 않았다.

힘을 늦추면 기다리고 있는 것은 사랑하는 사람의 죽음이라는 사실을 알고 있기에.

자그마한 태양을 가두어 두는 것 같은 열량과의 싸움. 규격에서 벗어난 [용제]의 힘으로도 원래 스펙에서 벗어난 힘을 발휘할 필요가 있었다.

물러서지 않는 그와 밀어닥치는 열기의 파도가 벌이는 싸움은 호각으로 보였다. **이 시점까지는.**

『…………!』

그가 필사적으로 억누르고 있는 열기의 파도 중심에서 태양과도 같은 불덩이가 눈부시게 타오르며……, 조금씩 **팽창**하고 있었다.

그 변화를 보고 쯔안 롱은 작열 속에서 오한을 느꼈다.

(이 정도의 열량도 아직 전조에 불과한 건가……!)

지진의 P파처럼 약하고 빠른 힘이 먼저 도달한 다음, 강력하고 느린 힘이 모든 것을 파괴한다.

전 단계인 약한 열기의 파도조차 [골렘 벨크로스]를 용해시킨

《항성우》이상의 열량이다. 진정한 《초신성》의 열량은 쯔안 롱의 예측조차 훨씬 넘어서고 있었다.

『그래도……!』

그래도 그는 도망치지 않고, 움직이지 않고, 그곳에서 열기의 파도를 계속 막아내는 것을 선택했다.

그야말로 [용제]. 현대 티안 중에서 최강의 자리에 가장 가까운 자.

그리고 사랑하는 사람을 둔 소년.

쯔안 롱이 불타버리고, 새어 나온 열기의 파도가 왕성과 왕도를 모조리 태워버릴 것인가.

아니면 그가 기적과도 같은 승리를 거둘 것인가.

그것은 마치 신이 던진 주사위처럼 결정되려 했으나──.

"──힘을 빌려줄까?"

──신(관리자)의 손에서 주사위를 빼앗은 자가 나타났다.

작열의 용광로 속에서 쯔안에게 말을 건 사람이 있었다.

언제부터 거기에 있었던 건지. 쯔안의 뒤에……, 누군가가 서 있었던 것이다.

불꽃과 그밖에 존재하지 않았던 방에 갑작스럽게 나타난 존재의 기척으로 인해 그는 경악했다.

마치 공중에서 불쑥 튀어나온 것만 같았다.

"어이쿠, '힘을 빌려줄까?'는 좀 그렇지. 이 성이 날아가 버리게 둘 수는 없으니까 거절하면 곤란하거든. 꼭 좀 돕게 해줬으면 해. 어차피 나 혼자서도, 너 혼자서도 이 마법은 버거울 테니까."

쯔안 롱이 들어본 적이 없는 그 목소리는……, **젊은 여자**의 것이었다.

하지만 '누구냐'라고 물어볼 여유조차 지금의 쯔안 롱에게는 없었다.

보통 사람이라면 순식간에 타죽게 될 이 공간. 마치 틈을 보고 있었던 것처럼――실제로 틈을 보고 있다가――등장한 그 사람은 왠지 느긋한 목소리로 쯔안 롱에게 말을 걸었다.

"아, 일단 말해두자면, 있는 그대로의 《용왕기》는 이런 일에 적합하지 않아. 《용왕기》는 물리 공격이나 마법을 종합적으로 감퇴시키는 방어 기능이니까. 단일 현상에 한정시킨다면 사용하는 마력에 비해 감퇴 효율이 그리 높지 않거든. 이런 쪽에는 열량 감퇴라는 한 점에 집중시킨 술식이 효과적이지. 그쪽으로 전환시킨 《용왕기》를 전개해줬으면 좋겠는데."

『어?』

그 말은 느긋한 말이라는 표현으로도 부족해서 싹싹한 교수가 강의를 하는 것 같은 느낌이기까지 했다.

"그래. 선선대 [용제]는 그런 재주가 매우 능숙했……던 **모양**인데, 너는 그렇지 않은 건가? 그렇다면 억지를 부려서 미안해. 초면에 자기소개를 하기도 전에 참견해서 미안하고. 그래서 지금 [용제]……, 쯔안 롱 황자였나. 반말은 양해해줘. 공교롭게도 존댓말은 죽은 스승님 상대로만 쓰기로 어렸을 때 맹세했거든.
편지로는 공손하게 쓸 수도 있지만, 꽤 고집스러워서 말이지."

정말로 정체가 뭘까.

그렇게 물어보고 싶은 쯔안의 마음을 기척으로 눈치챈 모양인
지, 그 인물은 이런 상황인데도 불구하고 웃으며 말했다.

"하하하, 내가 누군지 신경 쓰이겠지. 뭐, 한마디로 말하자면
[염왕]이 찾던 사람이야."

『......!』

쯔안의 머릿속에 '설마'라는 말이 스쳐 갔다.

"그는 이제 눈도 귀도 녹아서 바깥 세계를 인식하고 있는지조
차 의심스럽지만 말이지. 자기소개를 할게."

그 인물이 쯔안 롱과, 그의 몸 너머에 있는 퓨엘을 보았다.

"나는 **스승님**의 모든 것을 이어받은 자."

그리고 팔짱을 끼고 오른쪽 눈의 외눈 안경에 손가락을 가져
다 대며 말했다.

"──[**대현자**] 인테그라."

□ ■ 왕성 4층

『……정말, 골치 아픈 이야기로군.』

퓨엘 라즈번이 《초신성》을 발동시킨 그 시각. 지하의 폭발로 인한 왕도 괴멸의 가능성을 듣고 도마우스는 테레지아와 함께 대피하려 하고 있었다.

《감염 성채》라면 《초신성》의 막대한 열량도 흡수해서 테레지아를 지킬 수 있을지 모르지만, 왕도를 괴멸시킬 정도로 규모가 큰 폭발 속에서 무사하다는 것 자체가 앞으로의 활동을 어렵게 만들게 된다.

도마우스 자신이 직접 정지시키러 가더라도 마찬가지다.

그렇다면 테레지아를 데리고 폭심지에서 도망치는 것이 우선이라는 더치스의 판단은 옳았고, 도마우스도 거기에 따를 생각이었다.

『잠깐만, 도마우스. 대피할 필요는 없어. 그곳에 멈춰.』

하지만 그 움직임은 동료의 통신으로 인해 제지되었다.

지시를 내린 것은 더치스가 아니라……, 〈엠브리오〉를 담당하는 험프티 덤프티였다. 더치스의 창과는 달리 도마우스의 사고에 직접적으로 통신이 날아들었다.

『무슨 일인가, 험프티. 그리고 대피할 이유가 없다는 게 무슨 뜻이지?』

『지금 자폭하려고 하는 티안에게서 〈엠브리오〉의 반응이 소실되었어. 이제 상대는 단순한 티안이야. 이론적으로는 말이지.』

『그게 어쨌다는 건가?』

『모르겠어? 티안의 공격이라면 [사신]에게도 **통하잖아?**』

『……! 험프티, 설마……!』

험프티가 무슨 말을 하려는 건지, 도마우스도 금방 이해할 수 있었다.

지금은 퓨엘 라즈번도 [사신]에게 있어서 이물질이 아니다.

그렇기 때문에──, 그 자폭으로 [사신]인 테레지아를 소각하라, 그렇게 말하고 있는 것이다.

『………….』

도마우스는 말없이 자신의 등에서 침묵을 지키고 있던 테레지아에 대해 생각했다.

[사신]이 사망하면 새로운 [사신]이 완성될 때까지 어느 정도 기간이 필요하게 된다.

그 기간은 죽은 [사신]의 완성도에 따라 크게 달라지지만, 적어도 지금 테레지아가 죽는다면……, 다음 [사신]은 그들의 계획이 끝난 뒤에 나타날 것이다.

가장 큰 문제라고까지 할 수 있는 [사신]과 〈종언〉. 그것들을 계획에서 완전히 제거할 수 있는 퓨엘의 자폭은 관리 AI들에게는 좋은 기회일 뿐이었다.

『험프티, 그건…….』

하지만 도마우스는 그 말에 따르는 것을 망설이고 있었다.

『어머? 뭘 망설이는 거야?』

『……이대로 내가 관리하면 계획 도중에 [사신]이 완성될 가능성은 낮다. 오히려 자폭에 휘말리면 안전장치 해제로 인해 뜻밖의 결과를 초래할 우려도…….』

도마우스는 험프티에게 그렇게 항변했지만, 왠지 변명 같은 느낌이었다.

『그렇구나. 그래서, 뜻밖의 결과와 완전 소거. 어느 쪽 가능성이 더 클 것 같은데?』

『그건…….』

『도마우스. 당신, 정이 든 건 아니겠지?』

반박할 수가 없었다. 실제로 맞는 말이기 때문이었다. [사신]……, 테레지아를 보호하는 게 그의 역할이었지만, 그 역할에 아무런 감정도 없는 것은 아니었다.

오히려 테레지아와 지금의 도마우스는……, 역할뿐인 관계가 아니게 되었다.

『이번 대 [사신]이 당신의 〈마스터〉와 닮았다고 해서 지킨다는 행위에 감정적인 이유를 부여해버렸을 뿐이야. 합리적이라고 할 수는 없어.』

『……!』

과거에 단순한 〈엠브리오〉였던 무렵, 그의 〈마스터〉는 병약한 소녀였다.

도와주지 않으면 죽어버릴 것 같을 정도로 약한 소녀. 그의 지

키는 힘도, 병과도 같은 진정한 힘도, 〈마스터〉가 그녀였기에
생겨난 것일지도 모른다.

그는 그 힘으로 소녀를 지키기 위해 성장했고, 〈초급 엠브리
오〉에 이르렀고, 최후의 시련을 넘어서 〈무한 엠브리오〉까지
도달했다.

그리고 〈마스터〉였던 소녀――그때는 이미 여성이라고 할 만
한 나이였지만――는 도마우스가 〈무한 엠브리오〉가 되어 〈마
스터〉 없이도 존재할 수 있게 된 뒤……, 그 모습을 지켜보며 안
심한 듯이 죽어갔다.

그런 과거의 〈마스터〉와 병약해서 지켜주어야만 하는 존재인
테레지아를 겹쳐보지 않았다고 하면 거짓말일 것이다.

『하지만 그건 소용없는 짓이야, 도마우스. 당신의 〈마스터〉와
닮은 [사신]이 죽든지 살든지, 어차피 계획이 끝나면 이 〈Infinite
Dendrogram〉은…….』

『나도 알고 있다! 허나……!』

『꽤나 고민하는 모양이네. 그 이유는 〈마스터〉에 대한 마
음……이려나?』

도마우스에게 왠지 싸늘한 목소리로 대답하며 험프티는 이렇
게 말했다.

『미안하지만, 나는――, 전혀 **공감할 수가 없어.**』

체셔나 래빗이라면, 그들뿐만이 아니라 다른 관리 AI였다면
어느 정도는 도마우스의 말을 듣고 마음이 움직였을 것이다.

하지만 이 험프티만큼은 절대로 그러지 않을 것이라는 사실을

도마우스도 알고 있었다.

자신과 비슷한 〈마스터〉에 대한 강한 마음을, 그녀만큼은 일절 품고 있지 않다는 것.

그렇기 때문에 그녀가 〈엠브리오〉 관리를 담당하고 있다는 것도.

『**철학적 좀비**인 네놈은 모를 것이다…….』

『어머, 나를 그런 식으로 부른 건 죽고 싶다는 의사 표시야——? 도마우스.』

통신 너머인데도 험프티의 말에 담긴 살기가 도마우스를 꿰뚫었다.

도마우스는 알고 있다. 물리적, 화학적으로 절대적인 능력을 자랑하는 도마우스의 방어를 뚫을 수 있는 몇 안 되는 존재, 그중 하나가 이 덤프티라는 사실을.

과거에 '만사의 화신'이라 불리며 두려움을 샀고, 어떠한 〈무한 엠브리오〉라고 해도 **일대일로는 절대로 이기지 못하는** 존재라는 사실을.

그런 존재의 살기를 받아내면서도 도마우스는 자신의 마음을 굽히지 않고 계속 반박하려 했지만…….

[거기까지만……, 해.]

두 사람의 말다툼을 더치스가 말렸다.

[어차피……, 이미 대피는 제때 못할 거……야. 그러니까 도마우스는 그곳에서……. 지킬지 어쩔지는……, 그때……, 결정……해.]

『……알겠다.』

더치스가 한 말을 듣고 도마우스가 고개를 끄덕였다.

이야기 상대였던 험프티는 이미 통신을 끊은 뒤였다.

"전하! 테레지아 전하!"

그로부터 잠시 후, 테레지아를 부르는 목소리가 4층에 울렸다. 그것은 테레지아를 계속 찾아다니던 릴리아나의 목소리였다. 곁에는 성이 폭발하자 달려온 〈K&R〉의 〈마스터〉들도 있었다.

그녀들은 곧바로 테레지아와 도마우스를 발견하고 달려왔다.

"테레지아 전하, 무사하셔서 다행입니다……!"

"응……, 릴리아나도…….."

합류한 릴리아나 일행이 테레지아의 안전을 확보했다며 안심했다.

하지만 도마우스는 이제 더더욱 왕도 바깥으로 대피할 수 없게 되었다고 생각했다.

"그러면 이제 지하의 피난 시설로 가시죠. 엘리자베트 전하 일행도 먼저…….."

그건 위험하다. 릴리아나는 아직 정보를 알지 못하지만, 지금 지하 피난 시설만큼 위험한 곳은 이 왕도에 존재하지 않는다.

그 정보를 어떻게 전할지 도마우스가 생각하고 있자니…….

"어?"

그들 주위에 갑자기 창이 떴다.

아니, 그것은 창이 아니었다. 창처럼 반투명하고 공중에 떠 있는 간판 같았지만, 더치스가 조작하는 그런 것이 아니었다.

그것은 환영 마법을 응용하여 만들어낸 홀로그램. 거기에는 이렇게 적혀 있었다.

『경고 범위에 다가가지 말 것. 해당 방향의 지하에서 폭발물 처리를 진행하고 있음. 지하 피난 시설 및 벽 주위에서 떨어질 것.』

홀로그램 메시지 뒤에는 해속성 마법 벽이 형성되어 있었다. 4층 한구석에서 배치된 원통 같은 형태.

아마 1층부터 3층까지도 똑같이 배치되어 있을 것이다.

마치 공사 현장의 가림막 같기도 했고, 또는 하늘을 향한…….

"이런 걸 대체 누가……, 어?"

수상쩍어하며 메시지를 읽던 릴리아나가 그것을 적은 사람의 이름을 찾았다. '[대현자] 인테그라'.

"인테그라?! 언제 돌아온 거야?!"

친구의 이름을 본 릴리아나가 놀랐지만, 도마우스는 그녀에 대해 잘 알지 못했다.

[대현자]의 제자이자 왕성의 결계를 친 사람이라는 것 정도.

『………….』

단 하나 확실한 것은 그녀가 [염왕]의 자폭을 막으려고 한다는 사실.

성공할지, 실패해서 왕도가 날아가 버릴지는 도마우스조차 알지 못하는 미래.

하지만 만약에 자폭을 막아내지 못했을 때. 스스로 테레지아를 지킬 것인지, 지키지 않을 것인지……, 지금 도마우스는 그때 자신이 할 선택을 예상할 수 없었다.

〈무한 엠브리오〉의 연산능력으로도……, 자신의 마음을 전부
알 수는 없다.

◇ ◆ ◇

□ ■ 지하 피난 구획

[대현자]라고 자기소개를 한 그녀로 인해 열기의 파도 중심에
있던 태양이 아주 약간 일렁였다.

눈도, 귀도 사라졌고, 사람의 형태조차 잃었고, 뇌조차 흔적
도 남아 있지 않을 텐데.

"오래 기다리셨던 [대현자]라고, 퓨엘 라즈번. 스승님과의 결
투를 원했다면 그것 또한 내가 이어받아야겠지. 아, 네가 '이제
필요없다'라고 연을 버리려 하더라도, 나는 이어받은 것을 버리
지 않을 거야."

마치 혼이 거기에 있다는 듯이 [염왕] 퓨엘 라즈번의 말로인
태양 초신성은 그녀……, [대현자]가 하는 말에 반응을 보이고
있었다.

"그러니까, 그날 하던 결투를 이어서 하자고. 이번에는 같은
방식이 아니라 너를 이기기 위해 가장 효율적이면서도 사정없
이 싸우도록 하겠어. 그게 너에 대한 작별 선물이라는 게 스승
님의 답이니까."

그렇게 말한 다음, 인테그라는……, 새로운 [대현자]는 씨익

웃었다.

《초신성》의 본체 폭발까지 남은 시간은 얼마 되지 않는다.

쓸 수 있는 수단은 쯔안 롱의 《용왕기》와 인테그라의 마법뿐.

[대현자]인 인테그라는 천, 지, 해, 3대 속성의 모든 마법과 다른 속성의 마법 중 대부분을 쓸 수 있다. 이 피난소에 나타난 전이 마법이나, 그녀를 직접 가르쳐준 스승인 선대가 완성시킨 암속성 복합 대마법(이매지너리 미티어)도 그녀는 사용할 수 있다.

하지만, 그게 전부다. [글로리아]의 《종극》조차 뛰어넘는 절대적 열량을 상대로 사람(티안)의 마법만으로 맞서야 하는 무모한 상황.

아마 그녀가 온 힘을 다한 방어 마법으로도, 단열에 특화된 결계로도 견딜 수는 없다.

그 정도로 《초신성》의 열량은 차원이 달랐다.

그렇기 때문에 잔재주가 필요했다.

"자, 쯔안 롱 군. 미안하지만 2분 정도만 온 힘을 다해 《용왕기》를 전개해주게나. 뭐, 2분 이상은 걸리지 않을 거야."

쯔안 롱은 《용왕기》를 계속 뿜어내며 고개를 끄덕였다.

왕국의 [대현자]. 왕국과 서방에서 최강이라 불리던 마법직의 존재는 쯔안 롱도 알고 있다. 늙은 남자라고 들었는데, 이어받았다고 하는 걸 보니 새로운 [대현자]가 생겨난 모양이라고 납득했다.

이 타이밍에 갑작스럽게 나타난 것이 약간 수상쩍긴 하지만 절호의 원군이다.

어차피 이 상황을 타파할 계획이 있다면 따르는 것 말고는 선택지가 없었다.

"뭐, 늦어도 2분 안에 끝날 거야. 어차피 2분 뒤에는 왕도도 날아가 버릴 테니까."

『?!』

그 말을 듣고 경악해서 하마터면 《용왕기》의 출력을 떨어뜨릴 뻔했다.

"아니, 버티지 못한다든가, 저 마법의 진짜배기가 2분 뒤에 오는 게 아니라. ……2분 정도 뒤에 벽이 용해되어서 지하 수맥이 흘러들어오게 되거든."

이 피난소가 왕성 지하의 수원지에서 물을 끌어와 농성할 수 있는 구조라는 이야기는 쯔안 롱도 이미 들어서 알고 있었다.

다시 말해 이 피난소와 지하 수맥은 직접 연결되어 있다는 뜻이다.

지하 수맥 그 자체에 지금의 퓨엘이 접촉한다면, 왕도의 지하에서 초규모 수증기 폭발을 일으켜서……, 왕도가 말 그대로 **뒤집어질 것**이다.

"솔직히 말해서 전도되는 열만으로도 이미 위험해. 일찌감치 손을 써서……, 그의 열량을 이곳에서 **물려야겠지**."

그 말을 듣고 쯔안 롱은 인테그라가 나타났을 때를 떠올렸다.

그것은 아마도 단거리 전이 마법. 극히 제한적인 경우에만 쓸 수 있다는 마법의 비오의.

그것을 사용해서 퓨엘을 어딘가로 보낼 계획인가라는 생각이

들었지만.

"아. 물린다고 했지만 전이는 불가능해. 나는 내 몸밖에 전이 시키지 못하고, 거리도 그렇게 길지 않아. 애초에 저런 걸 전이 시키려고 접촉하면 그러기 전에 내가 먼저 불타버릴 거야. 그러 니까 뭐, 방법은 좀 더 단순하고……, 초보적인 거지."

인테그라는 그렇게 말한 다음……, 위쪽으로 손을 들어 올렸다.

"말은 그렇게 해도 조금 까다로운 준비를 할 필요가 있지만 말이야. 아. 이야기가 길어졌던 건 용서해줘."

인테그라는 그렇게 말한 다음 외눈 안경을 끼지 않은 왼쪽 눈 으로 윙크했다.

"왜냐하면 그게 전부 《영창》이었거든──, 《하이엔드 히트 레 지스트 월》, '초다중 전개'."

인테그라와 쯔안 롱이 있는 피난소에는 아무런 변화도 없었 다. 하지만 왕성의 지상 부분, 테레지아 일행이 있는 4층 부분 까지 포함한 위쪽에는 메시지가 담긴 홀로그램과 원형으로 둘 러싸인 벽……, 원통 같은 결계가 순식간에 나타나 있었다.

지상 1층부터 왕성의 지붕조차 뚫고 하늘 높이 뻗어가는 원통 형 결계.

《영창》의 문구가 자유라고는 해도, 전혀 《영창》이라는 생각이 들지 않는 기나긴 《영창》을 거친 마법.

원거리 발동과 다중 전개로 형성된 수백 장의 대열에너지 한 정 해속성 마법 결계.

그것은 공사 현장의 가림막 같기도 했고, 또는 하늘을 향한──,

굴뚝같기도 했다.

인테그라가 생각해낸 《초신성》의 대처법은 단순하면서도 초보적인 것이었다.

"자, 쯔안 롱 군. 너는 《크림슨 스피어》 같은 화속성 마법이 어떤 원리로 구성되어 있는지 알고 있어?"

『⋯⋯⋯⋯?』

"〈아키타입 시스템〉에 의해 직업 스킬로 성립됐고, 레벨을 올리면 원리 따윈 몰라도 써버릴 수 있긴 하지만, 분해하면 세 가지 요소로 구성되어 있지."

인테그라는 그렇게 말하며 마치 강의 같은 《영창》을 계속 이어나갔다.

"마력을 열에너지로 바꾸는 변환, 불필요한 확산을 막기 위한 제어, 그리고 공격에 방향성을 부여하는 지향이야. 그런 것들은 머리로 생각하지 않더라도 직업 스킬로 사용할 수 있지만, 저 [염왕]이 그랬듯이 구조를 이해해서 손을 쓰면 스스로 마법을 구축할 수도 있지. 그가 열량 변환 이외의 모든 것을 버린 것처럼."

『⋯⋯⋯⋯.』

"오리지널 마법을 만들 수 있는지는 직업으로 인해 간략화된 마법의 구조를 파고들 수 있는 두뇌와 재능을 지니고 있는지에 달려 있어. 아, 마법직은 아니지만 선선대 [용제]는 그 기술의 차원이 달랐다고 기어⋯⋯, 기록되어 있거든."

역대 [용제] 중에서도 차원이 다른 괴물 이야기를 잠깐 언급하며 그녀는 외눈 안경을 밀어올렸고.

"그리고 [대현자(나)]는――, 그걸 못하면 아무것도 안 되고, **이어받을 수도 없어.**"

――직접 손을 쓴 《크림슨 스피어》를 기동시켰다.

"뭐, 오랫동안 이야기를 늘어놓긴 했어도, 손쓸 방법은 이 정도밖에 없지만 말이지."

불덩이를 날리는 마법의 세 요소 중에서 한 가지 요소만을 빼내 구축했다.

제어가 아니다. 범위를 지정하는 제어에는 열량 변환보다 막대한 마력이 필요하기에 마력이 더 강한 상대가 변환에만 집중한다면, 인테그라도 제어 술식을 덧붙일 수가 없다.

하지만 지향이라면 이야기가 달라진다. 《초신성》은 제어를 완전히 없앤 열량 변환만의 마법.

말하자면 방향성이 없는 열량만이 떠 있는 거나 마찬가지다.

그렇기 때문에 인테그라가 자아낸 것은 《초신성》과는 정반대로 열량에 방향성을 부여하기만 하는 마법.

즉, 퓨엘이 발동시킨 최종 오의에 대해 외부에서 간섭하여 흘리려 하고 있는 것이다.

(흘릴 곳은……, 위쪽밖에 없어.)

이곳은 지하. 사방이나 아래쪽, 어디로 쏘더라도 지하가 용해되어 지상에 피해가 확대된다.

최악의 경우엔 지하 수맥에 접촉해서 수증기 폭발을 일으켜 왕도가 괴멸.

그렇기 때문에 바로 위……, 아득히 먼 하늘로 열량을 방출시킬 수밖에 없다.

열기를 띤 난로의 연기를 굴뚝을 통해 하늘로 방출하는 것처럼.

(그러기 위해 미리 **굴뚝**을 마련해 두었지.)

인테그라가 형성한 단열 결계는 상공으로 빠져나갈 《초신성》의 열량이 통과할 때 성 내부를 태우지 않게끔 마련한 것이다.

그냥 위쪽으로 방출시키기만 하면, 새어 나온 열기의 파도로 인해 성 내부가 모조리 타버릴 테니까.

하지만 그녀의 단열 결계로 커버하면 통과하는 도중의 여파는 막을 수 있다……, 계산한 결과로는.

"쯔안 룽 군, 위쪽으로 내뿜고 있는 《용왕기》를 다른 쪽으로 집중시켜주게나. 그리고 내가 지시하면 출력을 한 단계 더 끌어 올려줬으면 해. 할 수 있겠지?"

『……네!』

인테그라의 지시에 따라 쯔안 룽이 《용왕기》의 농도를 조작했다.

그와 동시에 인테그라는 위쪽을 향한 열량 지향 마법을 기동시켰다.

(자……, 어떻게 될까.)

가로막고 있던 《용왕기》가 사라지고 열량에 지향성이 부여되자, 《초신성》의 열량 중 대부분이 위쪽으로 흘러가기 시작했다. 열기가 피난소 천장의 격벽을 용해시키며 지상에 도달했고, 이내 인테그라가 형성한 단열 결계 굴뚝을 통해 불기둥이 각 층의 천장을 뚫으며 하늘로 상승했다.

열량이 해방된 왕도의 하늘에서 구름 전체가 증발하여 사라져 갔다.

마치 천재지변 같은 광경이었지만, 그것을 해낸 것은 화학 실험처럼 정밀한 조작. 규모에 비하면 오히려 조용한 흐름이었다.

(……지금 시점에서는 성공.)

여기까지 유도에 문제는 없었다. 하늘로 빠져나가는 열량의 여파를 흡수하는 단열 결계에 틈새도 없었다.

피난소에 뿜어져 나오던 열량이 감소하자 실내의 가열이 멎어, 벽의 융해와 지하 수맥의 유입도 우선 멀어졌다.

(계산으로는 이대로 해낼 수 있을 텐데.)

하지만 그 뒤에 다가올 진짜배기 폭발도 하늘로 보낼 수 있을까.

그 과정에서 성 내부의 단열 결계가 마지막까지 버틸 수 있을까.

그리고 폭발의 기점……, 최대의 열량이 뿜어져 나올 이 지하에서 막아낼 수 있을까.

대부분을 하늘로 방출시킨다 하더라도 폭발의 기점인 이 지하는 최대의 열량에 직격당하게 된다.

그녀가 지금부터 집중 전개시킬 단열 결계와 쯔안 롱의 《용왕기》로 막아내지 못한다면……, 하늘로 방출시키는 것과는 무관하게 지하 수맥의 수증기 폭발로 왕도가 날아가 버릴 것이다.

(방출시키지 못할 열량은 어림잡아 전체의 2할. 왕도를 날릴

수 있는 열량의 2할……, 지하 수맥의 수증기 폭발을 감안하면 더 이상은 위험한데. 진짜 폭발……, 막아낼 수 있을까? 실패한다면 스승님들이 **이어받아 온** 모든 것을 내 실패로 잃게 돼.)

쯔안 롱에게는 느긋한 태도를 보이면서도 마음의 소리에는 많은 불안함이 섞여 있었다. 긴장과 공포로 인해 흐른 식은땀이 열기로 인해 생겨난 생리적인 땀과 뒤섞인 채 볼에 흘렀다.

"…………!"

하지만 그녀는 자신의 볼을 세게 때리며 그런 불안한 마음을 떨쳐냈다.

두려워하면서도 그것을 인정하지는 않는다. 공포 따위는 품어선 안 된다는 것을 알고 있다.

스승님에게 배운 마법은, **고작 목숨 따위와 맞바꾸어서** 사용한 최종 오의에 지지 않는다는 것을 굳게 믿기 때문이다.

"…………."

그렇기 때문에 인테그라는 그 순간을 간파하려 했다.

폭발의 그 순간에 자신이 사용할 수 있는 최대의 단열 결계를 겹치기 위해서.

《용왕기》 너머로 보이는 《초신성》……, [염왕] 퓨엘 라즈번의 말로인 태양은 계속 팽창했다. 임계까지 1분도 남지 않았을 것이다.

자신의, 그리고 자신이 이어받은 자들의 갈림길이라 해야 할 순간까지 얼마 남지 않은 시간 동안, 인테그라는 과거를 돌아보았다. 그것은 선대 [대현자]와 [염왕]의 결투. 상대방의 특기를 빼앗아서 압도적인 차이를 보여주며 이겼을 때의 이야기.

선대 [대현자]가 화속성 마법을 사용해서 [염왕]을 쓰러뜨리지 않았다면 이렇게 되지 않았을지도 모른다.

하지만 거기에는 두 가지 이유가 있었다는 사실을 지금의 인테그라는 안다.

한 가지는 [대현자]의 존재를 증명하기 위해서. 〈마스터〉들의 증가가 시작되었던 4년 전에, 만능이면서도 화속성 마법을 사용해서 화속성 마법의 대가를 완전히 뛰어넘는다. 그 정도로 비교가 불가능한 [대현자]의 힘을 세상에 보여 **나중의 전개로 이어나가는 것**.

다른 한 가지는 [염왕] 퓨엘 라즈번을 강하게 키우기 위해서. [염왕]인 퓨엘에게 그의 마법의 **다음 단계**를 보여줌으로써 의욕과 연구를 부추기는 것.

그로 인해 마음이 꺾인다면 어차피 **써먹을 수 없을 것**이라는 판단도 있었다.

그리고 두 번째 의도는 결과적으로 어느 정도 들어맞으면서도 크게 엇나가버렸다.

퓨엘 라즈번은 꺾이지 않고 노력하고 연구를 거듭하여 강해졌다.

하지만 이데아와 섞여서, [대현자]의 계획을 크게 망칠 수도 있는 존재가 되어버렸다.

선대도 이렇게 될 줄은 예상하지 못했을 것이다.

(그렇기 때문에 선대의 오산은……, 지금의 내가 바로잡아야

만 해.)

선대 [대현자]의 행동으로 인해 장애물이 되어버린 [염왕]. 그것을 청산해야 할 사람은 스승님의 모든 것을 이어받은 자신밖에 없다……, 인테그라는 그렇게 결심하고 있었다.

잠시 후, 그때가 왔다.

팽창하던 태양과도 같은 불꽃이 반짝반짝 자그마한 빛을 여러 번 보이며……, 임계의 징조를 알린 것이다.

"《용왕기》를 온 힘으로! 지금!"

『오오오오오오!!』

인테그라의 지시에 따라 쯔안 롱의 《용왕기》가 생명력까지 변환하여 한계를 돌파해서 전개되었다. 그와 동시에 인테그라도 대기하고 있던 최대의 단열 결계를 기동시켰다.

"기동──, '백층 단열 결계'."

마치 상자처럼, 퓨엘의 사방과 아래쪽을 각각 20장의 단열 결계가 둘러쌌다.

단열 결계가 태양을 가리고, 그 주위를 쯔안 롱의 《용왕기》가 뒤덮고.

운명의 순간──, 세계가 사라져버릴 것 같은 빛이 공간을 가득 채웠다.

◆ ◆ ◆

■불꽃

　생애의 최후에 자신이 태어난 의미를 아는 사람이 세상에 얼마나 있을까.

　그 비율은 분명 수치화할 수 없을 것이다. 자신의 생명의 불꽃이 꺼지는 그 순간에 죽어가는 자가 무슨 생각을 하는지, 애초에 다른 사람들은 알 수가 없다.

　무엇을 위해 태어나서, 무엇을 위해 살고, 그리고 그 생애에 만족할 수 있었는지.

　본인만이 자신이 태어난 의미를 알고, ……또는 알지 못하고 사라져 간다.

　퓨엘 라즈번의 생애는 불꽃이었다. 불꽃에만 바친 생애였다.

　시간도, 다른 삶의 방식도, 윤리도, 몸조차 바쳤다.

　그의 인생은 불꽃으로 인해 비추어졌고, 불꽃으로 인해 모조리 타버렸다.

　최후에는 그 자신을, 말 그대로 불꽃으로 바꾸었다.

　그도 이해하고 있다. 최강의 불꽃, 최강의 마법을 증명하기 위해 모든 것을 걸었다는 것을.

　하지만 그 **의미**는……, 결국 알지 못했다.

　불꽃에 바친 그의 생애는 **무엇을 위한 것**이었을까.

　[대현자]에게 이기려 한 이유가 화속성 마법이 최강이라는 사실을 증명하기 위해서였다는 것은 생각났다. 일족의 비원, 어린 시절부터 계속해온 연구의 끝, ……최강이라는 사실의 증명.

하지만 최강이라는 사실을 증명할 이유는……, 찾아봐도 발견할 수가 없었다.

그 증명은 무엇을 위해서였을까.

어린 시절부터 증명하기 위해 살아왔기에 이유를 찾을 수가 없었다.

──마치 불꽃 같다.

무언가를 태우고, 빛나고, 그 이후에는 타버린 재밖에 남는 것이 없다.

의미 있는 것은 아무것도 남기지 않는, 일시적인 빛과 열량뿐인 생애.

거기에 목표였던 최강이라는 사실을 증명하는 것마저 불가능하다면 더더욱 남는 것은 없다.

시체조차 남지 않을 이 생애에 의미는…….

"……살아있……네. 정말……, 대단한 마법이었어……."

생각할 뇌수를 잃은 상태로도 자문자답하던 그에게 갑자기 칭찬 같은 말이 닿았다.

그때 눈도, 귀도, 육체도 잃은 퓨엘이었던 그가 느낀 것은 여자의 목소리.

그 목소리를 들은 것은 처음이었다. 그녀가 말하던 때, 그는 이미 귀를 잃은 상태였기에.

그 목소리의 주인은……, 그의 불꽃에서 살아남은 인테그라였다.

인테그라는 피난소였던 곳에 아직도 서 있었다.

그녀가 있는 피난소의 광경은 완전히 변한 뒤였다. 왕성의 수원지인 지하 수맥과 피난소를 가로막고 있던 벽은 융해되어 지금은 개울처럼 지하수가 흘러들고 있었다.

그것이 가열된 피난소의 벽과 바닥에 닿아 수증기가 되고 있지만……, 수증기 폭발을 일으킬 만한 규모는 아니었다. 벽의 융해가 작은 범위에 그쳤고, 열원이었던 《초신성》이 이미 사라졌기 때문이다.

지금은 달구어진 돌을 식히는 것처럼, 붉게 달아오른 금속 벽을 지하수가 조금씩 냉각시키고 있었다.

피난소 중심 근처에 서 있던 그녀 외에 쯔안 롱 또한 지하수에 [용제]의 몸을 눕히고 있었지만……, 호흡은 끊기지 않았다.

왕도의 괴멸은 피했다. 그것을 이루어낸 자들도 살아있다.

왕궁도 지하에서 최상층의 천장까지 관통하는 커다란 구멍이 뚫리긴 했지만, 날아가 버리지는 않았다.

다시 말해……, [염왕] 퓨엘 라즈번이 최후에 쓴 마법은 그 파괴력을 세계에 알리지 못한 채 막혔다는 뜻이다.

"'백층 단열 결계'와 역대 최고 클래스인 [용제]의 《용왕기》에 막혔고, 덤으로 스승님이 직접 만든 열기 대미지를 경감시켜주는 액세서리를 차고 있었는데도 이 꼴이야."

인테그라는 지독한 꼴이었다. 온몸에 [화상]을 입고 부분적으로는 더욱 심한 상처 계열 상태이상에 걸린 상황이었다. 걸치고 있는 옷에도 내열성이 있었겠지만 지금은 타버린 넝마 조각이었다.

"눈하고 귀도 못 쓰겠어. 열량에 집중한 결계라 빛이나 소리는 그대로 통과했으니까……. 덕분에 눈꺼풀 너머로도 망막이 타버리고 고막도 찢어졌어. 솔직히 이렇게 오랫동안 혀를 놀리면서도 듣는 사람이 있는지조차 모르겠네. 어쩌면 나는 죽어서 혼만 남은 걸지도 모르지. 말은 그렇게 해도 온몸이 화상 때문에 아픈 걸 보니 살아있겠지만."

인테그라가 중상을 입은 상태로도 계속 이야기하는 것은, 자신이 살아있다는 사실을 실감하고 싶어서인지도 모르겠다. 그 정도로 아슬아슬한 결과였다.

"다 타버렸을지도 모르겠지만, 한 가지만 말할게, 퓨엘 라즈번."

이제는 형체도 남지 않은 그에게 인테그라가 말을 자아냈다.

그것은 자신이 입은 상처에 대한 원망일까, 아니면 바보 같은 짓을 했다는 경멸일까.

그녀의 입에서 나온 말은.

"2000년의 지식을 이어받은 [대현자]의 이름을 걸고 보증해줄게."

둘 중 어느 것도 아니었고.

"네 마법은……, 2000년 역사상 최강의 화속성 마법이었어. 화속성 마법만 놓고 보면 너보다 뛰어난 자는 분명히 없었다고."

그저 그의 마법에 대한 평가였다.

흔적도 남지 않은 그에게……, 그 혼에 확실하게 닿은 말이었다.

"네 마법은 잊지 않을 거야. 모든 마법을 기억하는 우리가 절대로 잊지 않을 거라고⋯⋯."

그리고 그가 자아낸 마법에 대한 그 말에서, 그는 조금이나마 자신의 생애의 의미를 발견하고는⋯⋯, 만족했다.

──그런가.

──그렇다면 의미가──, 있었던 거겠지.

눈을 한 번 깜빡일 정도의 시간이 지난 뒤, 그곳에는 혼조차 남아 있지 않았다.

원념도, 미련도 없이, 아쉬운 것 따위는 없다는 듯이.

불꽃에 모든 것을 바친 남자는⋯⋯, 모조리 타버렸다.

□ 왕도 알테어

라이저는 볼에 느껴지는 미세한 열기에 눈을 떴다.

눈을 깜빡여 희미한 시야를 되돌리고, 조금씩 눈의 초점을 맞춰나갔다.

시야가 깔끔해졌다. 그는 왕도 상공에서 왕성을 내려다보고 있었고, 그 왕성에서는 막대한 열량이 하늘로 솟구치고 있었다.

열기는 그에게도 전달되었지만 인체에 해를 끼칠 정도는 아니었다.

"저건……."

"아! 라이저 씨! 깨어나셨나요!"

목소리를 듣고 돌아보자 〈바빌로니아 전투단〉의 멤버인 랑그가 있었다. 그제야 라이저는 자신이 그의 히포그리프 위에 짐짝처럼 늘어져 있었다는 사실을 눈치챘다.

"……그 이후로 어떻게 되었지?"

"라이저 씨는 벌 인간의 두목을 쓰러뜨리셨어요. 그러자 도시 전체의 벌 인간들도 움직임이 멎었고, 제가 하늘로 올라갈 때 마침 라이저 씨가 떨어지길래 받아냈죠!"

"저 불기둥은?"

"모르겠습니다, 좀 전에 솟구치기 시작했는데……, 그래도 성

안에 있는 사람들은 무사한 모양이에요."

"……그런가."

그렇다면 일단 어떻게든 해결한 모양이라고 생각한 라이저는 안심했다.

잠시 후, 두 사람을 태운 히포그리프는 지상……, [레지나 아피스 이데아]와 전투를 벌였던 분수 광장에 내려섰다.

거리의 모습은 라이저가 날아올랐을 때와 변함이 없었다. 피해도 확대되지 않은 것 같았다.

내려오는 모습을 본 건지 분수 광장에 남아있던 사람들이 그들에게 다가왔다.

"라이저 씨……, 무사하……셨……?"

카스미가 말을 걸려다가 무언가를 눈치채고 고개를 갸웃거렸다.

이오와 후지농, 다른 사람들도 마찬가지였던 모양이다.

"왜 그러는 거지?"

"라이저 씨……, 맞죠?"

"그래. 어째서 그런 걸 묻……, 응?"

그제야 라이저는 자신의 머리 부분에서 위화감을 눈치챘다.

두 손으로 머리를 몇 군데 만지고는 확신했다.

"그래. 가면이 없어졌구나."

그의 가장 큰 특징이었던 풀페이스 가면이 공중에서 벌인 공방으로 인해 부서져서, 지금 그는 (아바타이긴 하지만) 맨얼굴 상태였다.

반세기 이전의 특촬 히어로가 변신하기 전 같은 얼굴이었지만, 얼굴이 어떻게 생겼는지는 중요하지 않았다. 그가 얼굴을 드러냈다는 사실에 사람들은 물론 〈바빌로니아 전투단〉 멤버들조차 동요를 감추지 못했다.

"저게 라이저의 맨얼굴인가……, 처음 봤네."

"저 녀석, 얼굴이 있었나……."

'대체 나를 뭘로 알고 있었던 걸까', 라이저는 그런 의문을 품었다.

"랑그 씨는 놀라지……, 않으시네요?"

공중에서 마스크가 없는 라이저를 받아낸 랑그만은 그의 얼굴을 보고도 놀란 기색이 없었다.

"그래. 예전에 라이저 씨하고 목욕탕에 갔을 때 봤으니까."

"""목욕탕."""

랑그의 말에 소녀 세 명이 한목소리로 응했고, 라이저는 '그런 적도 있었지'라고 생각하며 그때를 떠올렸다.

랑그와 함께 카르티에 라탱에 가서 여관의 대욕탕에 들어갔을 때다.

가면을 쓴 채 목욕을 할 정도로 비상식적이지는 않았기에 얼굴을 보인 적이 있다.

애초에 라이저가 가면을 쓴 건 자신의 신조 때문이었고, 얼굴을 가리는 것은 부차적인 사실에 불과하기 때문에 신경 쓰지 않았지만.

"……둘이서 목욕탕."

"남자들의 알몸 교제."

"라이랑이네요! 잘 먹었습니다!"

""라이랑?""

라이저와 랑그가 이오가 말한 의미를 알 수 없는 단어에 고개를 갸웃거린 것과 후지농이 이오의 옆구리에 보디 블로우를 때려 넣은 것은 거의 동시였다.

"꾸에흐윽……?! 너, 너무해애……! 후지농도 아슬아슬한 말을 해놓고오……!"

"이오는 발언이 너무 직설적이에요."

"으으으……! 그래도 콜렉션은 후지농이 더 징그럽……."

"선전포고로 받아들이죠."

"아으으으으……, 두, 둘 다……, 그만해애……."

라이저가 쓴웃음을 짓고, 주위에서도 웃음소리가 새어 나왔다.

거기에는 광장에 모인……, 〈마스터〉가 아닌 티안의 목소리까지 포함되어 있었다.

사건이 끝난 뒤 평온을 되찾은 사람들의 모습을 보고, 라이저는 새삼 생각했다.

"이번에는……, 지킬 수 있었나."

기절하기 전에 했던 말을……, 다시 확인하는 듯한 중얼거림이었다.

◆ ◆ ◆

■ 지하 피난 구획

퓨엘 라즈번이 사용한 《초신성》이 왕도를 붕괴시키지 못하고 막힌 뒤, 지하에는 물이 흘러드는 소리만 울리고 있었다.

이미 대피했던 엘리자베트 일행과 사라진 퓨엘은 물론이고, 기절한 쯔안 롱과 중상을 입은 채 그를 안고 지상으로 이동한 인테그라도 없었다.

벽의 구멍에서는 지하 수맥이 조금씩 피난 구획 전체로 흘러 들었다. 《초신성》의 열로 인해 녹아내린 천장의 큰 구멍에서는 수십 메텔을 지나 지상의 햇빛이 조금씩이나마 새어 들어오고 있었다.

그런 공간에, 온몸을 붕대로 감싼 한 여자가 나타났다.

"직전. 하마터면 다음 플랜까지 무너질 뻔했습니다."

허리까지 지하수에 잠긴 채, 제타는 그렇게 중얼거렸다.

퓨엘……, 그녀에게는 라 크리마의 개조인인 [이그니스 이데아]의 폭주. 그로 인해 클라우디아가 의뢰한 플랜C까지 무너질 뻔했다.

"…………."

마음속으로 라 크리마의 실력에 의문을 품기도 했다.

이번에 투입된 개조인은 양산형인 [아피스 이데아]를 제외하면 개조의 소체인 티안의 인격을 남긴 채 개조되었다. 그것은 티안으로서의 전투 경험을 완전히 활용할 수 있기에 장점이 많은 방식이다. 독자적인 행동력이라는 점에서 보더라도 매우 중요하다.

라 크리마는 인격을 남기지 않는 타입도 만들 수 있지만, 그쪽은 라 크리마 자신이나 [레지나 아피스 이데아] 같은 사령탑이 없으면 제대로 기능을 수행하지 못하기 때문이다.

인원 보충이 힘든 〈IF〉에게 개조인은 중요한 전력이다. 일시적인 전력이라면 로건의 악마 소환으로도 대체가 가능하지만, 앞으로 늘어나게 될 상황에 대해 움직일 말이 부족하다.

하지만 이번처럼 제어 불능 상태에 빠진다면 단점이 더 큰게 아닐까, 제타는 그렇게 생각했다. [이그니스 이데아]처럼 '강화시킨 마력으로 작전이고 뭐고 상관없이 자폭하는' 경우가 자주 일어나게 되면 문제만 남게 된다.

(그런 부분에 대해 라 크리마에게 보고서를 제출할 필요가 있겠군요.)

문제를 일으킨 [이그니스 이데아]도 개조된 뒤에도 자아가 있었기 때문에 이렇게 강한 마법을 만들어낼 수 있었다. 개조인의 제조에 관한 메리트와 디메리트의 천칭은 정말 아슬아슬하게 균형을 이루고 있다..

애초에 그 메리트와 디메리트의 천칭 중 어떤 접시에도……, '티안을 소체로 사용한다'라는 문제는 고려되지 않았지만.

"이행. 자, 플랜C의 사전 준비로 넘어가죠."

그녀는 물로 가득 차려 하는 피난 구획 안에서 벽에 뚫린 구멍을 향해 걸어갔다.

품속에서 고래를 본떠 만든 하얀 액세서리를 꺼내며 흘러들어
오는 지하수를 보았다.

"……풍부. 그건 그렇고 정말로 물과 공기가 풍부하군요."

벽에서 흘러들어 자신의 하반신을 적신 지하수를 만지며 제타
는 그렇게 중얼거렸다.

예전에 그녀가 소속되어 있던 그란바로아에 처음 도착했을 때
도 했던 말이었다.

현실의 그녀가 보기에 샤워를 할 수 있을 정도로 많은 물은 정
말 사치스러운 것이었다.

처음에 그 나라를 선택한 이유도 그것이었다.

"…………질투 나네요."

그래서인지, 본심이 약간 새어 나왔다. 물과 공기가 얼마든지
있는 〈Infinite Dendrogram〉을 질투하고 미워하는 그녀의 본심.

그것은 가지지 못했기 때문에 생겨난 질투와 증오. 그녀에게
〈Infinite Dendrogram〉이란 현실도피……, 현실로부터의 **대피**
에 불과하다는 사실을 누구보다 그녀가 가장 잘 알고 있었다.

그와 동시에, 그녀가 **대피할 수 있기** 때문에 이것이 단순한 게
임일 리 없다는 것 또한 이해하고 있다.

"…………."

제타는 천천히 위쪽을 올려다보았다. 천장에 가로막혀 하늘
같은 건 보이지 않았다.

하지만 그녀의 마음에는 천장 너머에 있는 하늘과 **그 너머**가
보였다.

"……이쪽에는, ……손이 닿지 않는 세계에 손을 뻗은 사람들은 없었겠죠."

제타는 누구에게도 들리지 않을 말을 하고는.

갑자기━━━, 그 시야를 잃었다.

별이 보이지 않는 밤과도 같은 칠흑 속에 내던져진 채, 앞뒤나 상하조차 알아볼 수 없었다.

(이건?)

눈을 크게 떴는데도 아무것도 보이지 않는 어둠. 곧바로 우라노스로 압축 공기의 방벽을 전개하려 했지만, 그보다 먼저 가벼운 충격이 그녀의 몸을 뒤흔들었다.

곧바로 암흑이 사라지고 그녀의 시야가 돌아왔다.

그녀가 자신의 몸을 내려다봤을 땐, 그녀의 가슴 사이에서 이상한 형태의 팔이 뻗어 나와……, 그녀의 심장을 움켜쥐고 있었다.

한순간 자신이 해치운 신우를 떠올렸지만 그것과는 달랐다.

금속으로 이루어진 그 의수와는 달리, 이 까만 팔은 생물적인 존재다.

돌아보기도 전에 우라노스의 압축 공기탄으로 뒤쪽에 공격을 가했지만, 까만 팔의 소유자는 그녀의 심장을 움켜쥔 채 팔을 빼낸 다음 단숨에 거리를 벌렸다.

심장을 잃은 제타는 쓰러질 뻔하다가 공기를 컨트롤해서 자신의 몸을 지탱했다.

하지만 이것은 치명상. 불의의 일격이었고, [브로치]를 신우가 부순 뒤였기에 막을 수도 없었다.

그리고 그녀는 자신에게 치명상을 입힌 상대의 모습을 보았다.

"……웨스펠, 티리오……."

그것은 이데아 분체의 반응이 사라졌기에 사망했을 거라 생각했던 [웨스펠티리오 이데아]……, 모터 콜타나였다.

제타의 시야를 빼앗은 것은 라 크리마가 그에게 부여한 《암흑결계》 때문.

하지만 그건 이상하다. 개조된 몸의 연결고리인 이데아 분체는 이미 존재하지 않는다.

그럼에도 불구하고 모터의 몸은 이어져 있다.

아니, 이데아 분체와 이어져 있었을 때보다 생물로서 한층 세련된 모습이었다.

일본의 만화에 나오는……, 인간에게 악마가 깃든 남자 같은 그 모습.

방금 그 몸놀림과 그녀에게 전혀 들키지 않고 심장을 빼앗아 간 실력.

척 보기에도 지금까지의 모터와는 전혀 달랐다.

"…………."

HP가 바닥나고 컨트롤도 한계에 달한 제타는 물속에 쓰러져서 가라앉았다.

아바타가 물속에서 사라져가는 가운데, 그녀는 생각했다.

……역시 라 크리마에게 따져야만 하겠다고.

◇ ◆

『…………』

제타의 모습이 물속에서 사라져서 없어지는 것을 지켜보았다.

소실이 광학미채로 인한 위장이 아니라는 사실도 소리를 통해 확인했다.

그런 다음, 모터는 입을 열지 않고 말을 꺼냈다.

『나다. 원래 주인은 처치했다.』

『……그렇구나. 그럼 또 일이 생기면 부를 테니까 한동안 왕도에서 대기해.』

『……그래.』

지금 이곳에는 없는 자신의 새로운 주인인 소녀와 그렇게 이야기를 나눈 다음, 모터는 텔레파시를 끊었다.

그렇다, 지금 그는 소녀……, 테레지아에 의해 살아있다.

그때 테레지아에게 선택을 강요당해, 모터는 또다시 사는 것을 선택했다.

살아 있다 보면 거기서 끝나는 것보다 더 최악이 될 가능성도 있다.

그럼에도 불구하고 모터는 생각했다.

'내 인생을 여기서 끝내고 싶지 않다. 나는 아직 아무것도 하지 못했다'라고.

그는 [염왕]과는 달랐다. 생애의 의미를 위하여 죽은 남자와는 달리, 자신의 생애의 의미에 아직 납득도 하지 못했고 만족도 하지 못했기 때문에 사는 것을 선택한 것이다.

그는 이데아 분체 대신 [사신]의 《권속 변성》을 받아들이고 다시 태어났다.

지금 그는 사람이 아니고, 몬스터와도 다른 존재.

사람이 아니게 되었기에 모든 직업……, 초급 직업 [기습왕]조차 그에게서 떨어져 나갔지만, 비슷한 힘이 아직 그 몸 안에 남아 있다.

개조로 얻은 힘을 뛰어넘는 권속의 힘.

하지만 그는 힘을 마음에 들어 하지도, 힘에 빠져서 자만하지도 않았다.

지금 그가 생각하는 것은 단 하나.

"…………이번 선택은 잘못된 선택이 아니겠지?"

인간을 그만두고 개조인이 되고, 그것조차 그만두고 [사신]의 권속이 된 남자는 진심에서 우러난 목소리로 그렇게 중얼거렸다.

□ 왕성 의무실

왕성 1층에는 대량의 약품이 비축되어 있는 의무실이 있다.

서방의 전란과 [사신]과의 싸움 직후에 건조된 성이기 때문에 여차할 때를 대비해서 농성할 준비를 갖춰둔 곳.

습격으로 인해 왕성의 설비 중 대부분이 파괴되었지만, 이 의무실은 마력을 사용한 설비가 약품 보관고 정도밖에 없었기에 피해를 입지 않고 무사히 남아 있었다.

"…………."

그 의무실에 릴리아나가 서 있었다.

릴리아나 주위에 놓인 것은 각각 한 명씩 사람이 들어 있는 수많은 관.

마치 죽은 자를 안치해둔 것 같았지만, 관 안에는 [열화 쾌유 만능 영약(레서 에릭실)] 등의 약이 가득 차 있었고, 안에 누운 것은 테오도르를 비롯한 [성기사] 열 몇 명이었다.

그들은 [아라네아 이데아]와 맞서 싸웠던 [성기사]들. 아직 살아있지만 그 관 밖으로 나오지는 못한다.

그들의 분투로 인해 [아라네아]를 쓰러뜨릴 수 있었지만, 그 대가는 컸다. [아라네아]가 뿜어낸 맹독과 마지막 순간에 몸속에서 쏟아져 나온 대량의 독극물로 인해 몸이 오염된 것이다.

일시적인 독이 아니라 대량의 독극물을 섭취했기에 체세포가 변이되어버렸다. 독으로 인해 약만으로는 치료할 수 없는 중병에 걸려버린 형태다.

그렇기 때문에 지금은 [열화 쾌유 만능 영약]을 채워둔 관으로 병의 진도를 늦추고 수면 마법을 사용해서 의식을 차단함으로써 통증을 억누르고 있다. (마법을 사용한 이유는 수면약이 [열화 쾌유 만능 영약]과 반발 작용을 일으켜서 투여할 수 없기 때문이다)

릴리아나는 그런 부하들……, 동료들의 모습을 한 명씩 바라보고 있었다.

그런 그녀의 어깨를 뒤에서 누군가가 툭, 두드렸다.

"표정이 어두운데. 릴리아나는 예쁘게 생겼으니까 우수에 젖은 표정도 어울리긴 하지만, 이곳에서 그러면 마치 발인 직전처럼 보이니까 좀 밝은 표정을 지으시게나."

웃기지도 않는 농담을 한 사람은…….

"인테그라……!"

"오랜만이야. 견문을 넓히기 위한 여행을 떠난 이후로 처음 보는 거니까……, 2년 만인가?"

"벌써 그렇게 되었구나……."

릴리아나의 소꿉친구이자 친한 친구이기도 한 [대현자] 인테그라였다.

"……지하에서 막아준 것, 고마워. 당신이 한 거지? 1층에 퍼진 독극물을 처리해준 것도."

"응. 얼마 전에 왕도에 돌아왔는데 지하에서 이상한 마력이 감지되더라고. 가보니까 자폭 직전인 [염왕]이 있지 뭐야. 어떻게든 해야겠다는 생각에 초조해졌지. 하는 김에 독극물도 처리했고."

근위기사단이 독극물에 삼켜진 뒤, 인테그라는 그들에게 가서 독극물을 제거하고 그들의 목숨을 구해주었다. 마치 '전투를 처음부터 끝까지 감시하다가 사후 처리를 하러 나타난 것' 같은 타이밍이었지만, 그 사실을 의심하는 사람은 아무도 없었다.

게다가 지하에서 일어난 《초신성》의 폭발로 인한 중상도, 지금은 눈에 띄는 것이 거의 없었다. 그녀 자신의 회복 마법이나 가지고 있던 희귀 아이템으로 대부분 회복된 상태였다.

"본론으로 돌아가서, 우수에 젖어있던 건 역시 여기에 잠들어 있는 그들 때문인가?"

"······맞아. 난 이번에도······, 아무것도 못 했으니까······."

"흐응? 따로 떨어졌던 테레지아 전하를 찾고 다녔다고 들었는데?"

"그래. 하지만 동료들이 사선을 넘나들고 있던 동안 현재 그들의 지휘관인 나만이······, 싸우지도 않고 끝을 맞이해버렸어. 그러니까······."

"우선시해야 할 것을 우선한 결과니까 어쩔 수 없을 것 같은데."

인테그라는 그렇게 말하고 친구를 위로하며 마음속으로 생각했다.

(······실제로는 **그것**을 릴리아나가 수색하거나 보호할 필요는 없었겠지만.)

인테그라는 테레지아가 [사신]이라는 사실을 알고 있다. 도마우스가 '화신'과 연관이 있는 존재라는 것도 짐작하고 있다. 과거에 [파괴왕(슈우)]과 [범죄왕(젝스)]이 관여했던 테레지아의 유괴 사건 때, 선대 [대현자]가 그 사실을 확인했기 때문이다.

(지금까지 '화신'이 [사신]을 방해꾼으로 보고 없애왔던 건 기록으로 봐도 명백하지. 그리고 지금은 이제 티안을 유도해도 죽

일 수 없게 되었으니까 보호하며 완성을 늦추려 하고 있어. 실제로 전투 계열 초급 직업도 단독으로는 여유롭게 **당해버렸고**.)

인테그라는 마치 모터와의 교전을 감시하고 있었다는 듯이 그렇게 생각했다.

(유일하게 위험했던 건 [염왕]의 최종 오의뿐. 그 폭발로 죽일 수 있을 거라 판단했다면 어떻게 행동할지 예측할 수가 없었으니.)

실제로 테레지아를 데리고 있던 '화신'은 성에서 대피하지도, [염왕]을 막으려 하지도 않았다. 그것을 위험하다고 판단했기에 인테그라가 지하로 내려간 것이다.

(그 이후로도 그쪽에서 접근하지는 않네. 최종 오의를 막을 때 방해하지도 않았어. '어떻게든 이번에 [사신]을 없애두어야 겠다'가 아니라 '가능하면 없애고 싶었다'라는 건가? ……알 수가 없네. 2000년 분량의 행동 기록이 있는데도 여전히 전부 이해할 수가 없어. ……**외래종**을 이해할 수 있을 거라 생각하지도 않지만.)

왠지 살벌한 생각을 멈춘 인테그라는 다시 릴리아나와 이야기하기 시작했다.

오랜 사고였지만 실제 시간으로는 1초도 지나지 않았다. 고속 사고는 인테그라뿐만이 아니라 초일류 마법직의 기본적인 기술이다.

그런 그녀의 고속 사고를 눈치챈 기색도 없이 릴리아나는 고민을 털어놓았다.

"나는……, 계속 혼자서는 아무도 구하지 못했어. ……구하기는커녕 같이 도움만 받고 있으니까."

"뭐, 괜찮지 않나? 다행히 여기 있는 그들은 아직 살아있으니까. 알티미어……, 폐하와 동행했다는 그 유명한 [여교황(후소 츠쿠요)]이 왕도로 돌아오면 그녀의 회복 마법으로 치료할 수 있을 거야."

"그렇지……. 그건……, 정말 다행이야."

인테그라는 친구를 격려하면서도 속으로는 마음이 그리 편하지 않았다.

(〈마스터〉와 동행했나. 선왕과는 달리 알티미어는 스승님이 **사고 방침**을 새겨넣지 않았어. 선왕의 영향을 받으면서도 그녀가 내린 결론은 달랐단 말이지.)

어찌 됐든, 이미 왕국이 공동 전선을 펼치고 있다면 거기에 이의를 제기할 생각은 없다.

양쪽 모두 〈마스터〉와 힘을 합치게 된 왕국과 황국의 문제를 조용히 지켜보며, '화신'들의 움직임을 살피기로 결심했다.

(〈마스터〉에게서도 정보를 얻는 게 나으려나. 그렇다면 대상은 〈초급〉이라 불리는 최상위 그룹인가? 아니면 알티미어의 방침을 전환하게 된 기점인…….)

앞으로의 행동 방침을 머릿속 한구석에서 사고하며 곁눈질로 릴리아나의 표정을 올려다보았다.

인테그라도 나름대로 진심으로 위로했지만, 그녀가 후회와 걱정을 떨쳐내지 못했다는 사실을 표정만 봐도 알 수 있었다.

그것은 지금 이 상황에 대한 슬픔. 하지만 바닥에 깔린 것은 훨씬 예전부터 쌓여온, 그녀가 품고 있는 자신의 무력함에 대한 분노다.

그녀는 지켜야만 하는 알티미어보다 약하고, 이번이나 지금이나 왕국에서 일어난 사건을 해결하는 데 거의 기여하지 못할 정도의 힘밖에 없다.

릴리아나의 표정이 어두워진 건, 그런 것들을 모두 합친 결과인 것이다.

그런 사실을 이해할 정도로 인테그라는 그녀와 알티미어의 친한 친구였다.

그와 동시에 '본질적인 위치의 차이' 때문에 그녀는 약간 껄끄러움을 느꼈다.

"릴리아나가 싸우지 못했던 것을 안타까워한다면, 내가 도울 수 있는 건 아무것도 없어. 하지만 힘이 없는 걸 안타까워한다면, 도울 수 있는 게 있지."

"어?"

그렇기 때문에 인테그라는 개인적인 마음으로……, 릴리아나에게 그런 이야기를 꺼냈다.

"내가 손에 넣은 지식 중에 네가 강해지기 위한 수단이 있어. 릴리아나가 그것을 실천할 수 있다면, 확실하게 강해질 거야."

기이하게도 그 제안은 마음이 꺾이려 했을 때 릴리아나가 생각했던 것이었다.

"그게 뭔데……?"

인테그라는 키가 다른 친구의 두 눈을 올려다봤다.

"——[천기사], 목표로 삼아볼래?"

과거에 릴리아나의 아버지가 지니고 있었던, 초급 직업의 이름을 입에 담으며.

◇ ◇ ◇

□ 왕성 귀빈실

쯔안 롱이 깨어난 곳은 덮개가 달린 침대 위였다.

몸을 일으키려다가 왼손에 약간의 무게를 느꼈다.

오른손을 움직여 보니 사람의 몸으로 돌아와 있었다.

무게를 느낀 왼손에 있던 것은.

"……새근, 새근……."

그의 왼손을 두 손으로 잡은 채 잠든 엘리자베트였다.

실내의 창문으로 바깥을 보니 이미 해가 져서 어두워진 뒤였다. 지하에서 전투가 끝난 이후로 몇 시간이 지났다. 그동안 엘리자베트는 침대에 누워있던 그의 손을 계속 잡고 있었던 모양이다.

쯔안 롱은 방 바깥의 기척을 살펴보았다. 문 너머에 기사로 보이는 기척이 있었다.

지금 이곳에 엘리자베트밖에 없는 이유는 그녀가 직접 그렇게 부탁했기 때문이다.

"…………."

지하에서 폭발이 일어나는 도중에 정신을 잃었고, 깨어나 보니 지금이다.

확실한 것은……, 쯔안 롱과 엘리자베트가 둘 다 살아있다는 것.

쯔안 롱은 조용히 몸을 일으켜 엘리자베트의 머리 쪽으로 오른손을 뻗은 다음……, 잠시 고민하다가 그녀의 머리카락을 쓰다듬었다.

"음냐……."

엘리자베트는 몸을 비틀었지만, 그래도 왠지 편안한 듯한 표정으로 계속 자고 있었다.

"너무 많은 일이 일어나서 지쳐버린 모양이네요……."

지하에서 있었던 일. 그리고 이번 습격 그 자체. 확실하지 않은 점이 많다.

하지만 지금은 그녀와 함께 살아남은 행복에 기뻐하고 싶다…….

"……깨어나면 이야기를 해요. 해야만 하는 이야기, 하고 싶은 이야기가 잔뜩……, 있으니까요."

그렇게 쯔안 롱은 엘리자베트의 머리카락을 부드럽게 쓰다듬었다.

쯔안 롱이 깨어나고 시간이 조금 지났을 무렵, 실내에 노크 소리가 울렸다.

조심스럽고 작은 소리였기에 엘리자베트가 깨어나지는 않았다.

"들어오세요."

쯔안 롱이 그렇게 말하자 문이 열렸고……, 거대한 설치류가 고개를 내밀었다.

"실례합니다."

거대한 설치류 도마우스가 느릿느릿 실내로 들어오고, 등에 타고 있던 테레지아는 언니가 깨지 않게끔 작은 목소리로 인사했다.

"테레지아 전하?"

쯔안 롱은 어째서 테레지아가 이곳으로 찾아왔는지 생각했다. 자신에게 병문안을 오기에는 늦은 시간이었기에 언니인 엘리자베트를 데리러 왔을 거라고 예상했을 때……, 테레지아가 갑자기 사과했다.

"다과회 때 자리를 비워서 죄송해요."

"어? ……아."

그러고 보니 오늘은 원래 다과회였다. 쯔안 롱은 그것을 떠올렸다.

황하로 시집갈 결심을 한 엘리자베트가 테레지아와 쯔안 롱을 만나게 해주기 위한 자리.

테레지아에게 자신이 생애를 함께 하기로 정한 상대를 가르쳐주고, 쯔안 롱에게 자신이 사랑하는 가족을 가르쳐주기 위한 자리.

하지만 결국 두 사람은 다과회 때 거의 이야기하지 못했고, 그 이후에 대사건이 일어난 뒤로는 뿔뿔이 흩어졌다.

사건이 끝나고 나서야 겨우 다시 만난 형태다.

"도."

그녀가 그렇게 한 마디 말하자, 테레지아를 태우고 있던 도마우스가 그녀를 내려주고 문 밖으로 나갔다.

두 사람과 잠든 엘리자베트만이 남은 곳에선 침묵이 짧지만 긴 시간을 가득 채웠다.

"…………."

쯔안 롱은 테레지아에게 아무것도 묻지 않고 그녀가 말하기를 기다리고 있었다.

테레지아는 잠시 쯔안 롱과 마주 보더니……, 쯔안 롱의 왼손을 잡은 채 그 시선을 잠든 언니에게 돌렸다.

좀 전에 쯔안 롱이 그랬던 것처럼, 그녀는 언니의 머리카락을 살며시 쓰다듬었고…….

"언니를……, 지켜주세요."

천천히, 짧은 말로……, 그것만을 전했다.

"…………."

그것은 분명 감정이 잘 드러나지 않는 그녀가 진심으로 꺼낸 말이었다.

그녀는 그 말을 하기 위해 여기까지 온 것이다.

다과회를 하던 도중에도 계속……, 그 말을 할 기회를……, 자신의 각오를 다지려 했을 것이다.

왜냐하면 그것은 이별의 말이니까.

이제 자신의 손이 닿지 않는 곳으로 가게 될 언니를 누군가에게 맡기는 말이니까.

쯔안 롱은 그 사실을 짐작했다.

"……반드시, 지키겠습니다."

그래서 쯔안 롱도……, 자신의 모든 마음으로 맹세했다.

무슨 일이 있더라도, 상대가 누구라 해도, 반드시 엘리자베트를 지켜내겠다고.

그렇게 쯔안 롱과 테레지아는……, [용제]와 [사신]은 약속을 나누었다.

◆ ◆ ◆

■ '감옥' 카페 〈다이스〉

그날 〈다이스〉에는 결국 손님이 한 명도 나타나지 않았다.

조금 전부터는 가게 밖에서 목소리조차 들리지 않고 있다.

바깥 세계의 소동과는 인연이 없는 '감옥' 안에서도 딱히 아무런 일도 없는 평범한 하루였다.

테이블에 엎드린 채 종이 자료를 팔랑팔랑 넘기던 가베라는 멍하게 생각했다.

소리 내어 말하진 않았지만, 오늘은 오너……, 젝스도 조금 이상했다.

(끝판왕 이야기를 한 다음에, 온화하고 종잡을 수 없던 분위기가……, 왠지 커다란 맹수가 발톱을 쓱싹쓱싹 갈아대는 듯한 분위기로 바뀌지 않았나? ……뭐, 나도 어렴풋하게만 느끼는 거지

만⋯⋯.)

적어도 평소의 젝스와는 다르다는 건 분명하다, 가베라는 그렇게 생각했다.

(그런 걸 알 수 있게 된 나도 이상하지⋯⋯. 아, 그 반대야. 나 같은 것도 알 수 있을 정도로 살벌하니까⋯⋯, 오늘은 손님이 안 온 거구나~.)

'그렇구나, 그렇구나', 그렇게 가베라는 자신의 추측을 납득하며 다시 자료를 넘기기 시작했다.

그것은 〈IF〉의 다른 멤버가 현실 쪽에서 보낸 데이터의 내용을 기억한 젝스가 가베라를 위해 손수 베낀 자료였다.

참고로 가베라에게도 현실 쪽에서 메일을 보내면 그런 수고를 들일 필요가 없지만, 가베라가 현실 쪽 연락처를 멤버들에게 가르쳐주지 않았기에 보낼 수가 없었던 것이다. 덴드로 안에서는 몰라도 현실에서는 그럭저럭 인터넷 활용능력이 뛰어난 키쿠코(가베라)였다.

(뭐, 덴드로 안에서 범죄 행위를 마구 저지르는 멤버에게 현실 쪽 주소를 가르쳐줄 수는 없지⋯⋯, 남에게 뭐라고 할 처지는 아니지만~.)

너무 한가해서 그런지 평소보다 더 기운이 빠지는 상태로 가베라는 자료를 계속 읽어나갔다.

"흐음~. [이그니스]하고 [아라네아], [웨스펠티리오]에 [레지나 아피스]⋯⋯라. 왠지 악당 같은 느낌이네."

그녀가 읽고 있던 것은 오늘 제타의 주도 아래 진행되고 있을 왕도 습격 계획과 거기에 투입된 개조인의 정보였다.

(하는 짓도 악당이네……. 카페에 있다 보면 깜빡하곤 하는데, 역시 우리는 꽤 대단한 악당 조직이란 말이지…….)

가베라가 그런 생각을 하고 있자니 딸랑딸랑, 종소리와 함께 〈다이스〉의 문이 열렸다.

"어서 오십시오. 어라, 오랜만이로군요."

"야후~ ♪ 모두에게 인기가 있는 GOD이 왔다고 ♪"

설탕 과자에 벌꿀과 과당, 인공 감미료를 끼얹은 것처럼 듣기만 해도 두개골이 녹아버릴 것 같은 목소리가 가게 안에 울렸다.

가게에 들어온 사람은 보란 듯이 프릴과 자그마한 인형이 달린 데코레이션 케이크 같은 드레스를 나부끼며 가게 안으로 걸어와 카운터석에 앉았다.

"제짱, 가짱 ♪ 오랜만이야 ♪ 아, 캐러멜 마키아또 주문한다고 ♪"

옷과 지나치게 잘 들어맞는 달달하면서도 안타까운 목소리가 젝스와 가베라를 애칭으로 불렀다. 주문 내용 또한 젝스가 현실의 카페를 참고해서 만든 달달한 음료였다.

"으엑……, 캔디."

훨씬 더 축 처진 듯 피곤한 표정으로 가베라가 상대방의 이름을 불렀다.

"여전히……, 질색이야."

"아~! 가짱도 참, 너무해~! 그런 말 하면 삐진다고 ♪"

"그 분위기가 지금 내게는 괴로워……."

농담이 아니라 진짜로 토할 것 같은 표정과 기분이었다. 가베라는 상대방의 얼굴을 보았다.

'감옥'에서 알고 지내게 된 상대이자 만난 건 지금까지 손꼽을 정도뿐이지만……, 그 횟수를 결코 잊지 않을 정도로 인상이 지나치게 강한 상대였다.

(……이 녀석, 또 화장이 레벨업했네. 머리가 이상한 것 같은 차림새하고 목소리는 그렇다 치더라도 미소녀로 보여…….)

마음속으로 안타까워하면서도 그 모습을 칭찬한 다음, 조용히 중얼거렸다.

"……**남자인데.**"

"쯧쯧쯧 ♪ 어설프구나, 캔디는 성별을 초월한 GOD이라고 ♪"

아무렇지 않게 대답한 그의 이름은——, 캔디 카네이지. 차림새와 얼굴은 소녀인 것 같지만, 아바타도 현실도 분명한 남자라는 이야기를 가베라는 들은 적이 있다.

그와 동시에 그에 대해 외모와 성격 이상으로 중요한 점도……, 잘 알고 있다.

"GOD이 GOD이 될 수 있는 이 덴드로니까 어느 정도 불경한 건 용서해주겠지만, 너무 지나치면 가짱을 없애버릴 거야 ♪"

"…………나도 알아."

농담처럼 한 말이 아무런 헛소리도 섞여 있지 않은 선고라는 사실을, 가베라는 알고 있었다.

왜냐하면 그는 이미 **그렇게 한 적이 있기 때문이다.**

그는 이 '감옥'에 수감된 〈초급〉 중 한 명.

최대 최악의 광역 섬멸, 제압형.

도시 국가를 멸망시키고, 10만 명이나 되는 티안을 살육하고, [용사]조차 죽인 남자.

'티안 최다 살인자'. '국가 근절자'.

——[역병왕] 캔디 카네이지.

"…………."

가베라는 그가 자신이 이길 수 없는 부류의 상대라는 것을 알고 있었다.

이렇게까지 접근한 상태인 지금이라면 죽일 수 있을지도 모르겠지만, 전투 상태에 들어간 캔디는 정말로 재해 그 자체다.

(오너와 한냐 씨는 용케도 이 녀석을 해치웠네……. 그리고 〈초급 킬러〉도……. 텐드로는 상성 게임이란 말이지……, 그리고 리얼 치트 & 크레이지.)

가베라는 역량 차이와 상성 차이, 실력 차이를 느끼고 풀 죽으며 다시 탁자에 엎드렸다.

"……그러고 보니까 캔디. 당신이 바깥에 나온 것치고는 거리가 조용하네."

가베라는 〈신조 던전〉에서 한 번, 거리에서 두 번, 캔디와 만난 적이 있다. (던전에서는 얼굴도 보지 못하고 데스 페널티를 받았지만)

지금까지 캔디가 거리로 나왔을 때는 '감옥'의 주민들이 항상 도망쳐다녔다. 그야말로 재해로부터 도망치는 듯한 공황상태. 오늘은 계속 조용했으니 이상하다.

"바깥에 있던 녀석들이라면 죽여버렸다고 ♪ 무지몽매한 것들이 캔디의 GOD 의상을 보고 웃었으니까~, 약간 빡쳐서 '감옥' 거리도 찰싹 해버렸지♪"

"…………아까부터 엄청 조용하다 싶었는데."

(……아~, 이 녀석 파워업했네~. 도망칠 틈도 주지 않을 정도로 재빠르게 **감염 확대**해서 죽여버렸구나~.)

그 생각에 이른 가베라는 몸에 힘이 더 풀리는 것을 느꼈다.

"그래도! 그래도! 이 가게는 확실하게 범위에서 제외하게끔 설정했거든! 칭찬해줘♪"

"아~, 그래, 그래. 기특해, 기특해."

"두 번 칭찬해줬으니까 아까 불경하게 굴었던 것도 용서해줄게♪"

(……용서하지 않았었구나, 위험했네.)

'감옥'의 주민들 중에서도 캔디는 특히 다루기가 까다롭다는 사실을 가베라는 알고 있었다.

두려움을 사고 있긴 하지만 너그럽고 태도도 부드러운 젝스는 문제가 없다.

커플이나 피가로 뒷담 같은 지뢰만 밟지 않으면 상냥한 한냐도 문제가 없다.

다가가면 무조건 당하게 되지만 한 곳에서 움직이지 않기 때문에 다가가지만 않으면 되는 후우타도 문제가 없다.

하지만 이 캔디만큼은 어떻게 다루어야 하는지 알 수가 없다. 변덕스럽게 거리에도 나오고, 다가오기도 하고, 무엇 때문에 화를 내는 건지 확실하지도 않고, 날뛸 때는 지나치게 날뛴다.

(제일 골치 아프니까 사실 별로 엮이고 싶지 않단 말이지…….)

하지만 무시하면 확실하게 성질을 건드리게 되기 때문에 가베라도 맞장구를 쳐줄 수밖에 없었다.

오늘은 그냥 로그아웃할까……, 가베라가 진지하게 그런 생각을 하고 있자니 젝스가 주문받은 캐러멜 마키아또를 내밀며 캔디에게 말을 걸었다.

"그런데 캔디 씨. 오늘은 무슨 일이신가요?"

"맞아! 맞아! 오늘은 좋은 소식이 있다고♪"

"좋은 소식이라면……, 아, 끝난 거군요."

"쪼르륵……, 잘 물어봐 줬어!"

캐러맬 마키아또를 빨대로 빨아먹으며 캔디가 가슴을 폈다.

"드디어, 드디어 해냈다고! 캔디의 [재균병기] 토벌……, 완료했다고♪"

"그거 잘됐네요."

캔디가 한 말의 의미는……, 무시무시하게 크다.

'감옥'에는 〈신조 던전〉이 있는데, 그중에서도 특수한 구획에 〈UBM〉 한 마리가 갇혀 있다.

[재균병기]라는 이름이 붙은 그 〈UBM〉은 신화급조차 초월해서 레벨 100을 넘어선 〈이레귤러〉다. 지금까지 수많은 〈마스터〉들이 그것을 토벌해서 특전 무구를 얻으려 했지만, 모두 맞서 싸우지조차 못하고 쓰러졌다.

캔디 또한 [재균병기]에게 도전했으며 가장 많이 패배한 〈마스터〉. 하지만 그에게는 언젠가 쓰러뜨릴 수 있을 거라는 확신이 있었고, 거듭된 도전 끝에 오늘 결판이 났다.

캔디는 이 '감옥'에서 〈이레귤러〉의 단독 토벌을 이루어낸 것이다.

"고생……, 얼마나 많이 했는지 잊어버렸지만 말이지♪"

"……아~, 이번에는 진짜로 칭찬할게. 대단하네."

"이제 당당하게……, 는 모르겠고, '감옥'을 나가도 된다고♪ 그러니까……."

캔디는 활짝 피어난 꽃 같은 미소를 지으며 그렇게 말한 다음.

"──이제야 악취미 같은 새까만 살인청부업자를 죽이러 갈 수 있다고."

처음으로 화가 난 표정과 함께 선언했다.

(……완전히 앙심을 품고 있었구나, PK당한 거.)

가베라도 루크에게 대한 원한이라고 해야 하나, 적개심이라고 해야 하나, 복수심을 계속 품고 있었기에 약간이나마 공감할 수 있었다.

"그래도 악취미라니, 〈초급 킬러〉도 당신에게는 그런 말을 듣고 싶지 않을 텐데……."

"여자인데도 남장을 하는 시점에서 취향이 안 맞는다고."

가베라는 '그건 동족 혐오 아닌가?'라고 생각했지만, 소리 내어 말하지는 않았다.

"좋은 기회네요."

캔디의 보고를 들은 젝스가 고개를 끄덕였다.

"캔디 씨의 볼일도 끝났고, 가베라 씨도 대충 마무리가 되었습니다. 그럼 캔디 씨. 예전에 말씀드린 것 말인데요……."

"오케이라고 ♪ 복수를 좀 미루게 되겠지만, 1년 동안은 〈IF〉에 신세를 진다고."

가베라가 '나는 처음 듣는 이야기인데'라든가 '진짜로?'라는 표정을 지었지만, 젝스와 캔디가 그걸 눈치챈 것 같지는 않았다.

"그거 다행이군요. ……사실은 후우타 군도 참가해줬으면 했습니다만, 그는 그의 길을 갈 테니까요."

"그런데 정말 할 수 있어?"

"네. 예전 한냐 씨의 시도를 보면 7할 정도. 그리고 지금은 가베라 씨 덕분에 확실하게 성공할 수 있습니다."

"어? 어?"

이해하지 못한 채 이야기가 진행되는 이야기 속, 가베라의 물음표가 오늘 띄운 것들 중에서 가장 커졌다.

하지만 그런 그녀를 제쳐두고 젝스는 가장 결정적인 말을 꺼냈다.

"슬슬──, 이 '감옥'에서 탈옥하시죠."

──범죄자의 왕은 임시 숙소를 나가겠다고 선언했다.

그와 그녀, 그리고……

□ [성기사] 레이 스탈링

 데스 페널티 기간이 끝나서 로그인한 곳은 처음 데스 페널티를 받고 돌아왔을 때와 마찬가지로 그 대분수였다.

 그날과 다른 점은 아직 해가 높게 떠 있다는 것……, 그리고 또 하나.

 "네메시스……."

 네메시스가 문장에서 나오지 않았다는 것.

 그 이유는 나도 알고 있다.

 [수왕(베헤모트)]과의 전투를 벌이던 최후의 순간, 내가 네메시스에게 나 자신을 꿰뚫게 했기 때문이다.

 네메시스의 성격은 잘 알고 있다.

 내가 하는 행동을 언제나 따라주지만 그와 동시에 나보다 나 자신을 걱정해준다.

 그런 네메시스에게 '나를 꿰뚫어라'라고 부탁했다.

 그녀에게 얼마나 심한 짓을 한 건지……, 전혀 생각하지 않은 건 아니다.

 "미안해……, 네메시스."

 『……응.』

 내가 문장을 향해 그렇게 말하자 네메시스가 고개를 끄덕이는 듯한 목소리로 대답했다.

그날처럼 '필요 없다'라는 말이 아니었다.

역시 그녀에게 사과만으로 끝낼 수 없는 일을 했다는 사실을 실감했다.

"……내가 잘못했어."

『그래도……, 그대는 원하는 가능성을 붙잡기 위해 수단을 가리지 않겠지……?』

"……그래."

거짓이 아닌 진심으로 대답했다.

『그렇다면 어쩔 수 없지. 그것이 레이이고, 그런 레이를 돕는 것이 나이니까.』

네메시스는 그렇게 말한 다음 문장 밖으로 나왔다.

그 눈은……, 약간 붉어져 있었다.

"그대는 항상 터무니없는 짓을 하고, 자신의 몸도 돌보지 않아. 그대는 항상 만신창이다. ……비 쓰리에게 받은 갑옷도 없어져 버리지 않았는가."

"그렇지……, 선배에게도 사과해야겠어."

선배에게 받은 갑옷은 [수왕]의 공격으로 인해 완전히 망가져 버렸다. 거리에 있을 때는 평상복을 입기 때문에 문제가 없지만, 조만간 장비를 다시 맞춰야만 할 것 같다.

"그래도 말이다, 레이."

네메시스가 내게 등을 돌린 다음 말했다.

"그대가 그렇게 만신창이가 되었기에 지킬 수 있었던 것도 있

는 거겠지. 그렇다면 그 전투에서 그대의 소원을 들어준 나의
고뇌도……, 마찬가지로 헛된 것은 아니었을 게다."

"네메시스……."

등을 돌리고 있는 네메시스의 표정은 보이지 않았다. 보이지
않게끔 등을 돌린 거겠지.

그런 네메시스에게 나는 뭐라고 할지 고민하다가……, 두 가
지 말을 했다.

"네메시스."

한 가지는 그녀의 이름. 내가 부르자 그녀는 돌아보지 않은 채
대답했다.

"……왜?"

다른 한 가지는 그녀에게 전하고 싶은 말.

그것은 '미안'도 아니고, '고마워'도 아니다.

어디론가 사라져버릴 것 같은 그녀의 자그마한 뒷모습을 향해
내 입에서 나온 말은.

"──나와 함께 있어줘."

……할 수밖에 없었던 그 한마디.

"…………."

여전히 네메시스는 돌아보지 않았다. 내게 등을 돌린 채 꿈쩍
도 하지 않았다.

아니, 약간……, 떨고 있었다.

"……나, 나는 그대의 〈엠브리오〉니까……, 당연히 함께 있는 것 아닌가……."

"〈엠브리오〉라서가 아니야. 나로부터 생겨난 존재라서가 아니야. 나는 네메시스가 네메시스니까……, 곁에 있었으면 하는 거야."

〈엠브리오〉라는 시스템에 의한 것이 아니라 한 명의 인격으로서……, 그녀가 함께 있어주기를 바랐다.

누구보다 나를 이해하고 함께 걸어가 주고 있는 그녀가.

"……후후후, 당연하지! 나는 최고의 〈엠브리오〉니까!"

"그래, 네메시스가 최고야."

"…………!!"

진심으로 그렇게 대답하자 그녀는 굳어버린 듯이 움직이지 않게 되었다.

"네메시스?"

"아, 아무것도 아니다! 아무것도 아니다만……, 지, 지금은 문장으로 돌아가마! 그럼 나중에 보자꾸나!"

왜 그러는지를 전부 다 알 수는 없었지만, 보아하니……, 앞으로도 함께 있어줄 것 같다.

왕도를 돌아다녔지만, 나보다 먼저 데스 페널티를 받은 〈데스 피리어드〉 멤버들과 아직 합류하지 못했다. 확인해 봐도 아직 로그인하지 않은 상태. 실제 시간으로 따지면 얼마 안 되는 차이이니 데스 페널티가 끝날 때까지 기다리고 있던 내가 먼저 로

그인한 것 같다.

그리고 현실에서 형에게 받은 연락에 따르면 아즈라이트 일행
은 아직 왕도로 귀환하지 않았다.

아즈라이트의 몸 상태 때문이었다.

아무래도 [충신(클라우디아)]과의 전투에서 꽤 지친 모양이다.
그럼에도 불구하고 전투가 끝난 뒤에도 [충신]과 이야기를 주고
받았던 것 같은데, 황국 쪽에서 철수하자 쓰러졌다고 한다.

전투 중에 사용한 오의 탓인지 이틀 동안은 움직이지 못하다
가, 형에게 들은 바로는 '후소 츠쿠요(이 기생충)에게 간병을 맡기
는 일만큼은 없을 줄 알았는데, 굴욕이야'라고 농담(진심)을 했
다는 모양이다. 지금은 몸을 추스른 거겠지.

아즈라이트 일행은 덴드로 시간으로 어제 국경 지대를 출발하
여 오늘 저녁까지 돌아올 예정이다.

우리 멤버나 아즈라이트 일행과 합류하기 전에 왕성의 상황을
확인해두자.

그렇게 생각한 나는 분수 큰길을 지나 왕성을 향해 걸어갔다.

"이봐, 저기……."

지금은 전투 장비가 아니라 평상복이기 때문에 예전만큼 나를
알아보는 사람은 없다. 그럼에도 가끔 내 얼굴을 알아보고 이야
기하는 일은 있었다.

"저게 '언브레이커블'……."

"[수왕]하고 비겼다는……."

……실제로 비겼다고 할 수도 없고, 결코 나 혼자의 힘만으로

싸운 것도 아니다.

후소 선배가 [수왕]의 스테이터스를 낮추고, 루크가 내게 대미지 카운터를 벌 수 있는 기회를 주었고, 선배와 함께 몰아붙였고, 마리와 츠키카게 씨가 초급 무구를 박살 냈고, 그 결과가 해치우지 못한 패배다.

후소 선배가 교섭으로 물러가게 해주지 않았다면 모두의 노력을 끝까지 이어낼 수도 없었을 것이다.

하지만 마치 내가 [수왕]과 정면으로 맞서 싸워서 비긴 것 같은 소문이 퍼지고 있다.

소문의 출처는 인터넷에 올라온 동영상.

어디서 찍은 건지, 우리 전투를 도촬한 동영상이 올라와 있었다.

진짜로 그곳에서 싸운 사람이 아니면 눈치챌 수가 없게끔 편집되어 있었고, 어쩐지 나……, 그리고 〈데스 피리어드〉를 띄워주는 것만 같았다.

왠지 기분 나쁜 느낌이었다.

귀족가 문을 지나 왕성에 도착했다. 이미 아즈라이트에게 통행 허가를 받았고, 내 얼굴을 아는 경비병도 있었기에 쉽사리 왕성 부지에 들어갈 수 있었다.

"……불탔네."

왕성의 문은 마치 강력한 불꽃으로 녹인 것처럼 망가진 상태.

그뿐만이 아니라 벽에 구멍이 뚫리고, 첨탑 몇 개가 부러지고,

……까맣게 그을려 있었다. 얼마나 치열한 전투가 이 왕성에서 벌어졌던 것일까.

릴리아나 일행은 무사한 걸까. 변해버린 왕성의 모습에 불안함을 느끼고 있자니 낯익은 목소리가 들렸다.

"좀 전에 연락이 왔고, 두 시간 정도 뒤에 왕도로 귀환하신다고 하네요."

"나도 오랜만에 전하를 만날 수 있게 되니 기뻐. 아, 지금은 폐하라고 하는 게 나으려나?"

돌아보자 약간 다치긴 했지만 무사한 릴리아나가 있었다.

"릴리아나!"

"어? ……레이 씨!"

내가 부르자 릴리아나가 이쪽을 돌아본 다음 뛰어왔다.

"무사하셔서 다행이에요……!"

"그건 내가 할 말이지. 밀리안느하고 전하 일행은?"

"……무사합니다. ……저기, 문제도 있지만요."

"문제라니……."

"아! 만나서 반가워! 자네가 레이 스탈링 군이지!"

어떤 문제인지 물어보려던 참에 낯선 목소리가 내 이름을 부르며 끼어들었다.

"당신은……?"

좀 전까지 릴리아나와 이야기하고 있던 사람이다.

몸집은 네메시스와 비슷하거나 좀 더 작긴 하지만, 나이가 어린 건 아닌 느낌이었다.

마치 그림책에 나오는 마법사 같은 로브에 마녀 같은 뾰족 모자.

"만나고 싶었어! 그 기데온과 카르티에 라탱, 두 번이나 〈초급〉을 물리치고 왕국을 위기에서 구해낸 자네를! 아, 지금은 세 번인가!"

밝은 목소리로 그렇게 말하며 그녀는 내 손을 잡고 위아래로 흔들었다.

호의를 목소리와 태도로 나타내고 있다.

그런데 어째서일까.

태도와는 달리, 이 사람의 눈에서는 나에 대한 호의가 전혀 느껴지지 않았다.

오히려 눈 안쪽의 빛은 마치 먹잇감을 발견한 육식 동물……, 아니.

처리해야 할 시체를 발견한……, 벌레와도 같다.

"어이쿠, 자기소개가 늦어버렸군! 나는……."

그녀는 내게서 손을 놓고 제자리에서 빙글 돈 다음, 고개를 크게 숙였다.

"나는 선대 [대현자]의 애제자이자 현재 [대현자]."

내가 그녀의 직업을 듣고 놀라는 동안.

"이름은——, 인테그라 세드나 클라리스 **플래그만**."

더욱 놀라운 단어가 포함되어 있는 이름이 튀어나왔다.

"앞으로 잘 부탁해. '불굴(언브레이커블)'의 영웅 군."

고개를 숙이며 인사하는 그녀의 모습을 보고⋯⋯, 나는 어디선가 커다란 톱니바퀴가 움직이기 시작한 것 같다는 예감을 받았다.

고양이 "후기 시간입니다~. 고양이, 체셔입니다~."

우 "우, 신우다. 이번에는 저번 권에 나오지 않았던 둘이서 진행한다."

고양이 "15권의 신우는 작중에서도 열심히 활약했지~."

우 "그래. 이번에는 오랜만에……, 3권 이후로 처음 배틀 담당이었으니까."

고양이 "고생했어~. 그런데 너, 이번에도 불탄 거 아니야?"

우 "내가 언데드라고 다들 열량 공격을 가한단 말이지……."

고양이 "어쩔 수 없지~. 자, 이번 권에서는 작가에게도 최대의 적이 덮쳐들었습니다."

우 "그게 뭐지?"

고양이 "페이지 숫자입니다. 볼륨이 너무 커서 서적 작업으로 정리하는 데 고생했습니다."

우 "뭐, 나까지 포함해서 배틀 숫자가 많았으니까."

고양이 "레이 군이 거의 자리를 비운 와중에 과거 최대 클래스의 전장 숫자였죠."

우 "작가는 힘들었겠지. 나는 오랜만에 컬러 페이지에도 나와서 기쁘지만 말이야."

고양이 (……팔만 나온 것 같은데?)

우 "그건 그렇고 페이지가 아슬아슬해서 후기 파트가 적단 말이지."

고양이 "네. 하지만 그만큼 15권 발매와 동시에 공식 트위터에서 시작될."

고양이 "트위터 캠페인 신규 집필 SS에 힘을 썼습니다."

고양이 "분명히 꽤 큰 볼륨을 전달해드릴 것으로 추측됩니다."

우 "추측됩니다?"

고양이 "……이 후기를 쓰고 있는 시점에서는 아직 완성되지 않았으니까……."

고양이 "참고로 이 후기는 작가가 설날에 쓰고 있습니다."

우 "설날……."

고양이 "작가는 설 연휴 전에 일을 의뢰받기 때문에 연말연시 때가 더 바쁘곤 하죠."

고양이 "그러니 그런 작가의 단골손님 같은 진지한 코멘트 타임입니다."

독자 여러분, 구입해 주셔서 감사합니다. 작가인 카이도 사콘입니다.

코로나 감염자 급증과 큰 눈 등, 연말연시에도 다양한 사건이 있었습니다.

작가는 큰 눈의 영향으로 이동하는 데 불편을 겪는 경우도 늘어났습니다.

하지만 저희 집 개는 매우 기뻐하면서 일부러 쌓인 눈 위를 전력

질주하며 눈 속에 머리를 파묻고 있습니다. 포메라니안 믹스 실내견일 텐데 기운만 보면 대형견 같네요. 약간 멍청하지만 귀엽습니다.

아, 이번 15권보다 약간 일찍 발매된 코미컬라이즈 8권. 이번에도 포메……, 아니, 로보타의 단편을 신규 집필하여 수록하였으니 괜찮으시다면 한번 읽어주시길 바랍니다.

자, 15권에 대해 말해보자면, 이번에는 13권부터 이어진 강화 회의에 관련된 사건의 완결편입니다. 강화 회의 뒤에서 일어난 사건을 묘사하고, 인피니트 덴드로그램의 세계관의 근간에 가까운 자……, [사신]과 〈종언〉이 드디어 겉으로 드러난 에피소드입니다.

그들과 관리 AI의 관계는 '미완성품에 내장된 자폭 장치'와 '미완성품에 손을 써서 다른 형태의 완성품으로 만든 자들'입니다. 원래는 공존할 수가 없습니다.

그리고 공존할 수 없는 흑막들의 책략은 여러 겹으로 교차되어 있습니다.

관리 AI, [사신], 플래그만, 황왕, 카르디나, 그밖에도 많은 자들의 속셈이 소용돌이치는 인피니트 덴드로그램.

그런 와중에 레이 일행이 어떤 이야기를 전개해 나갈 것인지 앞으로도 주목해주시기 바랍니다.

다음 권은 일단 레이 일행에게서 시점이 벗어나 왕국 동쪽의 카르디나를 무대로 또 하나의 메이든 콤비인 유고와 큐코의 이야기가 전개됩니다.

두 사람이 만나는 새로운 〈초급〉들과의 에피소드를 기대해 주시기 바랍니다.

앞으로도 인피니트 덴드로그램을 잘 부탁드립니다.

카이도 사콘

우 "……개 이야기가 섞여 있지 않았나?"

고양이 "어째서 고양이 이야기가 아닌 건데~! 작가는 고양이파 아니었나~!"

우 "어디에 질투하는 건데……."

우 『아. 16권은 2021년 6월 발매 예정이다.』

우 "그러고 보니 왜 이번에는 우리 두 명이 후기를 맡은 거지?"

고양이 "본편에 여유가 없고, 곰 형님도 과거 파트에서만 나오니까~."

우 "정말 미묘한 본편 내용이군……."

6 "──그럼 저는 나와도 괜찮겠군요."

고양이, 우 "?!"

6 "안녕하세요. 제가 6, 젝스 뷔펠입니다."

6 "제가 크로우 레코드의 20화에 잠깐 출연했습니다."

6 "그리고 다음 권에도 〈IF〉 멤버가 출연하니 잘 부탁드립니다."

6 "그럼 안녕히." (떠나가는 소리)

우 "하고 싶은 말만 하고 갔는데, 저 녀석……."

고양이 "……추, 출연 선전을 하려고 나온 건가?"

우 "…………범죄 클랜 오너는 한가한가?"

역자 후기

안녕하세요, 천선필입니다.

이번 인피니트 덴드로그램 15권, 재미있게 읽으셨는지 모르겠습니다.

이번 15권에는 주인공인 레이가 거의 등장하지 않고, 강화 회의에 참가하러 가지 않았던 인물들이 주로 활약하였습니다. 13권에서 패배하여 왕도에 남았던 라이저, 호위 임무로 인해 마찬가지로 왕도에 남았던 신우, 그와 함께 남았던 쯔안 롱 같은 캐릭터들이죠. 개인적으로는 주인공뿐만이 아니라 다른 인물들도 제각각 어떻게 지내는지, 어떤 활약을 보이는지 묘사하는 것을 좋아하기 때문에 꽤 괜찮았던 것 같습니다. 독자 여러분께서는 읽고 어떻게 생각하셨는지 궁금하네요.

그리고 이번 15권의 부제가 〈GAME OVER〉였던 것처럼 가장 큰 비중을 차지했던 것은 뜻밖에도 테레지아였던 것 같습니다. 왕도 습격이 발생하게 된 원인, 14권에서 밝혀진 내용을 감안하면 훨씬 더 거슬러 올라가서 황국과 왕국이 대립하게 된 원인이라고 볼 수도 있을 것 같은데요. 그 정도로 세계에 큰 비중을 차지하면서 무시무시한 힘을 지니고 있고, 관리 AI들조차 위협적으로 생각할 정도로 두려운 존재인데도 정작 테레지아는 착한 아이라는 게 더욱 비극적인 느낌을 강하게 만드는 것 같습니다.

　그뿐만이 아니라 이번 권 마지막 부분에는 비교적 비중이 큰데도 불구하고 그동안 언급만 되고 모습을 드러내지 않았거나 잠깐씩만 나오면서 조용히 지냈던 두 사람이 본격적으로 움직일 듯한 낌새를 보였습니다. 전자는 당연히 15권 만에 본격적으로 등장한 [대현자] 인테그라이고, 후자는 후기에도 나타나서 존재감을 과시한(……) 젝스겠죠. 특히 인테그라는 그동안 쌓아 온 복선뿐만이 아니라 [용제]처럼 선대 [대현자]들의 기억을 이어받은 듯한 암시도 있으니 이야기를 크게 움직일 존재가 되지 않을까 하는 생각이 듭니다. 젝스는 본인만 해도 그렇지만 다들 하나같이 어마어마한 사건을 일으킬 멤버들의 모임인 〈IF〉까지 데리고 탈옥한다고 하니까요. 작가분의 후기에 따르면 다음 권에는 〈IF〉의 다른 멤버도 나온다고 하니 16권, 되살아나는 가능성, 기대해봐도 괜찮을 것 같습니다.

　이런 생각을 하면서 이번 인피니트 덴드로그램 15권을 번역하였습니다. 매번 그랬듯이 감사의 말씀 드리고 후기를 마치려 합니다.
　항상 신경을 많이 써주시는 담당 편집자분, 그리고 책을 내는 데 도움을 많이 주신 소미미디어 관계자 여러분, 그리고 가족 여러분. 감사합니다.
　그 누구보다 감사드리고 싶은 분은 독자 여러분입니다. 제가 이렇게 무사히 번역을 마치고 후기를 쓸 수 있는 것도 독자 여러분 덕분이라 생각합니다. 진심으로 감사드립니다.

다시 찾아뵙게 될 때까지 행복한 하루 보내시길 바랍니다.
감사합니다.

천선필

Infinite Dendrogram 15
© Sakon Kaidou
Originally published in Japan in 2020 by HOBBY JAPAN Co., Ltd.

인피니트 덴드로그램 15 〈GAME OVER〉

2023년 2월 15일 1판 1쇄 발행

저　　　자	카이도 사콘
일 러 스 트	타이키
옮 긴 이	천선필
발 행 인	유재옥
본 부 장	조병권
담당편집자	박치우
편 집 1팀	김준균 김혜연
편 집 2팀	정영길 조찬희 박치우 정지원
편 집 3팀	오준영 이해빈 이소의
편 집 4팀	전태영 박소연
라 이 츠	김정미 맹미영 이윤서
디 지 털	박상섭 김지연
미　　　술	김보라 박민솔
인쇄제작처	코리아피앤피
발 행 처	㈜소미미디어
등　　　록	제2015-000008호
주　　　소	서울시 마포구 토정로222, 403호 (신수동, 한국출판콘텐츠센터)
판　　　매	㈜소미미디어
마 케 팅	한민지 최정연 최원석 박수진
물　　　류	허석용 백철기
전　　　화	(02)567-3388, Fax (02)322-7665

ISBN 979-11-384-3571-0 04830
ISBN 979-11-5710-725-4 (세트)